오늘의 할 일
작업실

오늘의 할 일 작업실

김혜진 장편소설

㈜자음과모음

차례

첫날의 그림   7
망치고 실수해야 완성되는 것   26
아는 대로 보지 않기, 보이는 대로 그리기   46
봄날의 그림소풍   63
묻지 않고 답하지 않는   77
한밤중 작업실   92
여름 맞이 특별 프로젝트   111
백 개의 그림자를 위한 시간   125
그 여름의 바다   145
습격!   158
뒤늦은 결심   177
함께 있을 수 없는 이유   196
정육면체 실버 그레이 양철상자   214
언제까지나 이럴 것이라는, 착각   223
내가 그린 나의 얼굴   237
돌아오는 길   254
눈물의 색깔   276

∴

발문 정진희(문학박사, 성신여대 강사)   290
작가의 말   307

첫날의 그림

작업실을 생각하면 유리창으로 비쳐 들어오던 노란 햇빛과 나무 바닥에 드리워진 플라타너스의 검푸른 그림자가 먼저 떠오른다. 그것은 내가 그린 그림자들 중 하나였다.

그림자들은 밝고 신선하며 여렸다. 그림자를 그리면서, 모든 사물들은 그림자 안에 있을 때 제 모습을 드러낸다는 것을 배웠다. 그림자가 형태를 만든다. 색깔에 깊이를 더하고 평면에 흩어져 있는 것을 공간 안으로 모아들인다.

—그림을 배우고 싶어요.

견지 형에게 말했을 때는 이런 건 알지 못했다. 막연하고 불안했고 감히 그렇게 말해도 된다면, 설레었다. 그리고 간절히 바랐다. 무엇을 바라고 있는지도 몰랐지만 체한 것처럼 손이 차가워져서 자꾸 손을 주물렀다.

그래서, 첫 장면은 이렇다. 나는 처음 들어와본 작업실의 낡은 나무 의자에 앉아 있다. 한 번도 본 적 없는 견지 형을 기다리고 있는 것이다. 견지 형, 입 안으로 중얼거려보기도 한다. 누군가를 형이라고 불러본 적이 없어 어색하지만 건우 오빠가 불렀던 그대로 불러야만 할 것 같다. 오빠라든가 선생님이라는 호칭은 그 사람, 견지 형에게는 전혀 어울리지 않을 것 같다.

작업실은 온통 하얗다. 사실 때 묻어 어둡고 얼룩들로 칙칙하지만 넓은 창으로 비춰 들어오는 햇살을 마주하고 있는 내게는 온통 하얗게 떠 보인다. 빛나 보인다. 심장이 빠르게 뛰고 숨을 쉬기가 힘들다. 그 자리에서 펄쩍 뛰면서 고함이라도 지를 수 있을 것 같다.

마침내 견지 형이 나타나 무슨 일이냐고 묻는다. 나는 고함을 지르는 것과 마찬가지로 대답한다.

"그림을 배우고 싶어요."

눈앞이 확 트이는 기분, 내가 말해 놓고도 이런 말이 있었구나 놀라게 되는 말. 조금씩 마음이 부풀어 오르고 뭔가 분명한 것을 손에 잡을 수도 있을 것 같은데, 견지 형이 말했다.

"여긴 학생들 다니는 화실이 아니에요."
"네?"
견지 형은 또박또박 한 번 더 말했다. 여기는, 학생들 다니는, 그런 화실이 아니라고. 그럴 리가 없다, 분명 이곳이 맞는데…….
"다른 학원 소개시켜 줄 수는 있는데. 고등학생이지?"
견지 형은 한결 풀어진 목소리로 호의를 베풀듯 말했다. 전혀 예상치 못한 방향으로 얘기가 흘러가는 것에 당황해서 더듬더듬 말했다.
"전, 여기 다니고 싶은데요."
"미안해서 어쩌지, 우리가 학생은 안 받아서."
과장된 사과와 웃음. 이 사람이 진짜 그 견지 형인가, 건우 오빠의 스케치북에서 발견했던 그 사람 같지 않았다. 훨씬 가볍고 손에 잡히지 않는 느낌이었다.
"도움이 못 되어서 미안하네. 그럼 잘 가요."
견지 형의 완고한 말이 내 등을 떠밀었다. 이대로 돌아서서 문을 나서는 것밖에는 다른 선택이 없을 것 같은 그때, 작업실 문이 열리고 아이들이 들어왔다. 남자애 둘, 여자애 하나. 경쾌하고 높은 목소리.
"견지 형, 오늘 윤샘 언제 와요? 나 정물 다 못했는데……."
어? 남자애와 눈이 마주쳤다. 남자애는 하던 말을 끝마치지 않고 눈을 동그랗게 떴다. 놀라고 혼란스러운 것은 나도 마찬가지였다. 학생은 받지 않는다더니 세 명 다 고등학생 같았다. 남자애는 내게로 성큼성큼 다가왔다.

"와, 우리 작업실 들어오려고? 고등학생이지? 몇 학년?"

"이제 이 학년 돼요."

엉겁결에 대답했다. 남자애는 환하게 웃으며 내 손을 잡고 흔들었다. 얼굴은 화사하고 부드러운데 손은 거칠고 굳은살로 딱딱했다.

"반가워, 잘 왔어! 내 이름은 이환이고, 고 삼이야. 저기 두 명도 이 학년 되는데. 동갑이니까 친하게 지내."

"이환."

견지 형이 웃음기 없는 얼굴로 남자애를 불렀다.

"학생은 안 받는다고 얘기했어."

"에이, 그렇다고 여기까지 온 애를 그냥 보낼 순 없잖아요."

남자애는 능청스럽게 대꾸했지만 견지 형은 받아줄 생각이 없어 보였다.

"여기가 네 집이야? 이럴 거면 너도 나가."

남자애의 얼굴에서 웃음이 사라졌다. 이게 도대체 무슨 상황이지. 남자애와 함께 들어온 아이들도 어쩔 줄 몰라 하며 문가에 섰다.

공기가 버석하게 얼어붙은 것 같은 몇 초가 흘렀다. 알아들었다고, 실례했다고 말하고 나가야 하나. 후회와 긴장과 이유를 알

수 없는 서러움 때문에 입술이 다 떨리는데,

"견지, 무슨 일이야?"

총무실 문이 열리고 자그마한 여자가 나타났다. 검고 곧은 머리카락은 어깨에 닿도록 길고 하얀 얼굴은 작고 둥글었다. 그 모습과 함께 따뜻한 바람이 불어오기라도 한 듯 살얼음 낀 분위기가 순식간에 녹아내렸다. 견지 형은 어깨를 늘어뜨리고 고개를 저었다.

"아무것도 아니에요."

그 말이 나를 찔렀다. 나는 아무것도 아니고 여기까지 온 게 아무 일도 아니었구나……. 그때 남자애가 끼어들었다.

"계림 누나, 저기 작업실 다니고 싶어서 온 애래요. 고 이고요."

"아…… 그래?"

여자는 내 쪽을 보았다. 견지 형은 탁자를 짚고 있던 손을 떼면서 훌쩍 몸을 일으켰다.

"난 안 된다고 얘기했어요. 알아서 하세요."

견지 형은 조금의 망설임도 없이 문을 쾅 닫고 밖으로 나갔다. 내가 진짜 뭘 잘못한 건가? 야단맞은 아이처럼 움츠러든 내게 여자는 미소 띤 얼굴로 말을 건넸다.

"총무실에 들어가서 얘기할까?"

총무실 안은 햇빛이 덜 들어 어둑했다. 그래도 따뜻한 냄새가 났다. 여자는 나를 소파에 앉히고 건너편에 마주 보고 앉았다. 강사 중 하나인 계림이라고, 언니라고 부르라고 말하고는 내게 물었다.

"화실 다녀본 적 있니?"

"아니요."

"미대 가려고 학원 찾는 거야? 여기는 입시전문학원이 아니라서……. 입시미술 하고 싶은 거라면 괜찮은 데 소개해 줄게."

계림 언니는 자료를 찾으려는 듯 두리번거렸다. 아니, 아니에요. 그런 게 아니라…….

"미대 가려는 거 아니에요. 전 그냥, 여기 다니고 싶어요……."

참고 있는 줄도 몰랐던 눈물이 뺨을 타고 흘렀다. 함께 흘러나온 것은 꾹 눌러두었던 마음. 앞일을 계획한 건 아니다. 무슨 일이 벌어질까 예상하지도 못했다. 단지 여기 와보고 싶었다. 여기 있고 싶었던 것뿐이다.

눈이 얼얼해지는 순간이 지나고, 계림 언니가 건네준 휴지로 눈가를 닦았다. 부끄러웠다.

"고등학생이 그림 그린다 하면 당연히 미대 입시 준비할 거라 생각한다는 건, 좀 슬픈 일이긴 하지."

계림 언니의 가느다란 손가락 사이로 검은 펜이 춤추듯 가볍게 움직였다. 수채물감일까, 손가락에 묻은 푸른색 얼룩이 예뻤다.

"학생부가 있긴 있어. 아까 본 사람, 여기 작업실 총무님이 학생부 담당이고. 그런데 총무님이 지금 학생부에 아이들을 더 안 받으려고 하거든. 네가 정 여기 다니고 싶으면 일반부로 와야 해. 일반부 담당은 나니까, 내가 널 받으면 되지."

계림 언니는 고개를 갸웃 옆으로 숙이고 내 눈을 보았다. 벽이 없는 눈, 어른 같지 않은 눈이었다.

"일반부도 괜찮아요."

계림 언니는 잠깐 머뭇거렸다. 놓치지 않고 말했다.

"여기서 그림을 배우고 싶어요."

내 말에 계림 언니가 웃었다. 좀 아이 같았나, 달아오른 얼굴을 문지르는데 계림 언니는 웃음기가 남은 얼굴로 찬찬히 내 얼굴을 살폈다.

"그런데 아직 이름도 안 물어봤네. 이름이?"

입안이 말랐다. 혹시 알까? 알아차릴까?

"김…… 김초우예요."

계림 언니는 김, 초, 우? 하고 확인하듯 내 이름을 읊었다. 다른 느낌은 전혀 없었다. 모르는구나. 나에 대해 들어본 적이 없는 거구나. 안심인 건지 실망인 건지 모를 모호한 기분이 들었다.

계림 언니는 책상에서 큰 검정색 수첩을 가지고 와서 탁자 위에 펼쳤다.

"우리는 작업실이야. 다른 미술학원이나 화실과 방식이 많이 다르진 않지만 기본 생각은 달라. 각자 자기 작업을 하고, 선생님들은 네가 네 작업을 하는 걸 도와주는 거지. 어때, 초우 넌 해보고 싶은 게 있니?"

"……잘 모르겠어요."

모르긴 하지만 없는 건 아니에요, 뭔가를 할 수 있을 것 같아요. 뒤죽박죽된 말은 미처 입 밖으로 나오질 않았다. 계림 언니가 말을 이었다.

"개학하면 야자도 해야 할 거고. 학원은 안 다니니? 음, 그럼 봄방학 동안에 일단 나와 보고, 개학하면 주말에만 하든지……. 그래야겠다. 입시할 게 아니면 여기에 쓸 시간이 많진 않을 건데."

"괜찮아요. 시간 낼 수 있어요."

무엇이든 다 약속할 수 있을 것 같았다. 맹세라도 할 수 있을 것 같다고 생각하는 스스로에게 놀라면서도 그렇게 생각했다.

계림 언니는 학교와 연락처를 묻고 수첩에 적더니 작업실 전화번호가 적힌 작은 종이를 건네주었다.

"집에다 허락은 받고 왔지? 부모님이 이쪽에 전화 한번 주셔야 돼. 여기 번호야."

당황스러웠다. 엄마와 아빠에게 이곳 작업실에 다닐 거라고, 그림을 그릴 거라고 이야기하는 것은 상상도 해보지 않았다. 겨우 잔잔해진 호수에 돌을 던지는 일. 그 파장을 감당할 수 있을까. 손에 힘을 주자 빳빳한 종이가 팽팽하게 휘었다.

계림 언니는 수첩을 덮고, 조금 다른 표정―약간은 장난스러운 표정으로 나를 보았다.

"어떠니, 한 번 그려볼래?"

"그림을요? 지금요?"

"응. 작업실에 왔으니 그림을 그려야지. 어디 보자, 밖에서 애들이랑 같이."

계림 언니는 시계를 보고는 자리에서 일어나 문을 나섰다. 나는 내려놓았던 가방을 들고, 황급히 계림 언니를 뒤따랐다.

언제 왔는지 아이들이 몇 명 더 있었다. 이젤 앞에 앉아 있거나 개수대에서 붓을 씻던 아이들이 모두 나를 바라보았다. 호기심, 가늠하기. 얼굴이 화끈거렸다.

"이쪽은 김초우. 일반부로 들어오게 된 친구인데, 그래도 같이 하는 거 많을 테니까 잘 지내요."

계림 언니의 말이 끝나기 무섭게 아까 나를 반겨주었던 남자애가 와, 환호를 하며 두 손을 치켜들었다. 귀를 덮도록 기른 갈색 머리카락이 풀썩였다.

"잘 왔어! 반가워!"

"저기 저렇게 반가워해주는 친구 이름은 이화이고 고 삼이야. 그 옆도 고 삼인데, 그러고 보니 묘은이가 그쪽 학교였지? 초우야, 너희 학교 선배야."

안녕하세요, 엉거주춤하게 인사를 하자 가늘고 긴 눈매의 여자애가 짧게 고개를 끄덕였다. 계림 언니는 나머지 아이들도 하나하나 소개해주었다. 몸집이 크고 뿔테 안경을 쓴 남자애는 고삼 정승목이고, 아까 본 두 명은 나랑 동갑으로 둘 다 예고생이라고 했다. 예고 다니는 애들이 화실에 다니기도 하나 싶었다. 유경하라는 남자애와 김아운이라는 여자애. 차분하고 조용한 느낌이 서로 비슷했다. 그 뒤로 안경을 쓴 희미한 인상의 여자애가 고 일 이주영, 툭 치면 주먹을 쳐들 것 같은 남자애가 중 삼 김태현이었다. 마지막으로 통통하고 고집 세 보이는 중 삼 여자애가 하나 더 있었는데, 본명은 강은지이지만 모두 강강이라고 부른다고 했다. 강강이는 붓을 쥔 채로 내게 손을 흔들었다.

"언니 안녕."

씩 웃으며 반말 하는 것이 귀여웠다. 학생부는 이렇게 여덟 명, 생각했던 것보다 적은 숫자였다. 계림 언니는 빈자리에 나를 앉히고는 아이들을 향해 물었다.

"음악 그리기 할 건데, 자기 하던 거 할 사람은 계속 해도 되고. 할 사람?"

"진짜요? 할래요!"

아이들은 반색했다. 음악을 그린다고? 어떻게? 어리둥절해하고 있는데, 계림 언니는 총무실에서 노트북 컴퓨터를 가지고 나와서 스피커에 연결했다.

"세 번 틀어줄 거야. 십사 분, 십오 분 정도 되는 꽤 긴 곡이니까 너무 서두르지 말고. 듣고 들리는 대로 표현해 보세요. 종이는 최대한 크게 쓰고. 초우야, 봐. 저렇게 붙여서, 강강이처럼 해봐."

계림 언니가 한쪽을 가리켰다. 강강이는 큰 종이 몇 장을 서로 이어붙이고 있었다. 계림 언니가 건네준 종이테이프로 황급히 종이를 붙이면서도 뭘 어쩌라는 거야 싶었는데 계림 언니가 말했다.

"추상적으로 해. 뭔가를 머리로 떠올리며 그리려하기보다는 귀하고 손하고 연결된 것처럼 바로 바로. 알겠지?"

"잘 모르겠는데요."

계림 언니는 아랑곳없이 재료 상자를 내 쪽으로 끌어다놓았다. 상자 안에는 몽당 크레파스와 칠이 벗겨진 색연필, 크고 작은 붓, 갖가지 상표의 수채 물감과 아크릴 물감이 들어 있었다. 거기에 잉크 병 여럿, 잉크 얼룩이 묻은 나무 펜대와 닳은 펜촉, 지우개 조각, 정체를 알 수 없는 안료 덩어리들.

"자, 재료 있는 대로 다 쓰고. 뿌리고, 흘려보기도 하고. 애들 하는 것 봐, 보면 알아."

계림 언니가 음악을 틀었다. 음들이 흘러나왔다. 몽롱하면서도 선명한, 이상하고 아름다운 음악이었다.

어떤 아이들은 가만히 음악을 듣고만 있고 어떤 아이들은 바로 종이 위에 그 음악을 '그리기' 시작했다. 강강이가 빨강 아크릴 물감을 물감 튜브째 들고 종이 위에 눌러 짜는 것이 보였다. 강강이는 종이를 찢어 구겨들고는 그 물감을 문질러 퍼지게 했다. 종이가 순식간에 선명한 빨강색으로 덮였다. 그 건너편에 자리 잡은 이환이 펜을 잉크에 찍어 휙 날리자 검푸른 잉크방울이 비처럼 뿌려졌다. 옆에 놓인 묘은 언니의 종이에까지 잉크가 튀었다.

"야, 야. 튄다."

"미안, 미안."

나도 시작하긴 해야 할 텐데, 어쩌지……. 일단 만만한 목탄을 잡았다. 선을 긋자마자 후회했다. 아니, 이게 아니야. 음악에 귀 기울여보지만 모르겠다. 목탄을 내려놓고 물감을 팔레트에 짜고 물을 섞어 풀면서 시간을 끌었다. 나 말고 다른 애들은 모두 종이 위에서 펄펄 나는데 나 혼자 땅에 남아 벌벌 떨고 있다. 엄청 초라해진 기분이었다.

그때 누군가 내 옆에 섰다. 언제 방에 들어왔는지 견지 형이 팔짱을 끼고 서서 나를, 내 종이를, 내 손을 내려다보고 있었다. 놀라서 고개를 숙였다. 왜 여기 있느냐고, 나가라고 하면 어쩌지. 내가 그리는 것을 보고 이 따위밖에 안 되냐고 비웃으면 어쩌지.

붓을 놓고 크레파스를 만지작거렸다. 무슨 색깔일까, 이 노래는, 이 소리는……. 아무 생각이 안 나서 아무 색깔이나 집고 보니 초록색이었다. 나는 종이 위에 천천히 동그라미를 하나 그렸다. 생뚱맞기 그지없었다.

"동선을 크게. 팔을 움직여."

"네?"

견지 형은 크레파스를 쥔 내 오른손을 잡더니 종이 한가운데에 커다란 동그라미를 그렸다. 팔뿐 아니라 몸을 움직여야 할 정도로 커다란 동그라미였다. 견지 형의 손은 정신이 확 들만큼 차가웠다.

"자, 계속해. 더 크게, 크게."

미술 수업이 아니라 운동 수업을 받는 기분이었다. 조금이라도 움츠러들면 견지 형은 어느새 다가와 내 팔을 잡고 더 크게, 넓게를 외쳤다.

"몸으로 그려, 몸으로. 머리로 그리지 말고."

내가 초록 크레파스를 내려놓고 보라색 크레파스를 잡자 견지 형은 서슴없이 크레파스를 빼앗아 반으로 뚝 자르더니, 포장지를 벗기고 넓게 문질러 보라고 했다. 그 다음에는 잉크가, 연필이, 상자 속 이름 모를 재료들이 내 손에 들어왔다.

어느 순간엔가 몰라, 맘대로 할래 하고 생각했던 것 같다. 마치 그전까지는 누가 못하게 해서 맘대로 못했던 것처럼. 엉망이면 어떻고 망치면 어때, 나 이렇게밖에 못 그려, 라고도 생각했다. 그러고 나니까 들리고, 보이기 시작했다.

강강이처럼 종이를 구겨잡고 팔레트를 닦듯이 노란 물감을 묻혀 종이에 쿡쿡 찍었다. 초록과 보라가 노랑 아래서 한 숨 죽이고, 노랑은 어두운 색깔을 품고 빛났다.

묘하게 두근거리는 음악이 점점 분명하게 들렸다. 어쩌면 나를 두근거리게 만든 것은 음악이 아니라 뭔가 그려지고 있는 눈앞의 종이와 그 종이를 바로 내가 그렇게 만들어간다는 사실이 아닐까. 그릴 것이 있고 그리는 내가 있고, 종이 위에 드러나는 형태가 있다. 나는 오랫동안 이 같은 것을 꿈꿔왔는지도 모른다. 그림을 그려도 되는, 그리는 게 당연한 곳에 있는 꿈을.

십오 분짜리 음악을 세 번 반복해 듣고 끝났다. 계림 언니는 십 분 안에 그림을 마무리하고 벽에 붙이라고 했다. 안 말라서 못 붙이겠다는 애들은 탁자 위에 그림을 올려놓았다. 그러고 나서 그림들을 죽 둘러보았다. 어떻게 이런 그림들이 나왔을까, 같은 음악을 들었는데 하나같이 다 달랐다.

다들 작업실을 한 바퀴 돌고 난 뒤 계림 언니는 어떤 그림이 제일 마음에 드는지, 왜 그런지를 물었다. 어떤 그림을 고를까 마음이 분주했는데 누가 내 그림을 골랐다. 유경하. 예고 이 학년이 된다는 남자애.

"저기 노란 그림이요."

"왜?"

"음, 전 음악 들으면서 밤이라고 생각해서 어둡게 갔는데, 저거 보니까 밤에 가로등…… 헤드라이트 불빛 같은 게 생각나서, 어둡진 않은데 더 밤 같아요."

얼굴이 빨개진 것을 들킬까봐 그쪽을 보지도 못했다. 밤이니 가로등이니 그런 건 생각도 못 하고 그냥 그린 건데. 어쨌든 내 그림이 좋았대. 맘에 든대.

"그럼 초우는 뭐가 마음에 드니?"

계림 언니가 물었다. 나는 파란 물감이 빗줄기처럼 죽죽 흘러내리듯 그려진 그림을 골랐다. 뭐라도 좋으니까 이유를 말하라기에 억지로 말을 짜냈다.

"비 같기도 하고, 아, 창살 같기도 하고."

"바로 그거야! 감옥 창살!"

박수까지 치면서 좋아하는 건 이환이었다. 이환은 역시 제대로 알아봐주는 사람이 있네 없네 하면서 한참 좋아하다가 견지 형에게서 시끄럽단 소리를 듣고 멈추었다. 그러고도 나를 향해 상냥하게 손짓을 했다.

돌아가면서 얘기하고 듣고 정리하고. 그림을 창가 사물함 위에 올리거나 자기 보관함에 넣느라 다들 부산한데, 나는 그대로 서서 내가 그린 것을 내려다보았다. 정말 내가 이걸 그린 건가? 어떻게 이런 것을 했지? 눈만 끔박이다 고개를 들었을 때, 견지 형과 눈이 마주쳤다.

견지 형은 웃었다. 눈이 웃었다. 바로 다시 무표정한 얼굴이 되어버렸지만 그 눈이 뭔가 말했다고 생각했다. 근사하지? 그렇지? 같은 말들을. 이게 바로 작업실이야, 같은 말을.

계림 언니가 내게로 왔다. 언니는 내 얼굴을 살피며 물었다.

"어때? 재밌지?"

"네. 재밌었어요."

더 많은 것을 말하고 싶은데 생각이 안 났다. 재미있다는 말이 그렇게 많은 것을 담고 있는 줄 그제야 알았다.

집으로 돌아오는 버스 안에서도 내내 그림 그리던 생각을 했다. 막 소리를 지르고 싶고 노래를 하고 싶은, 뭐든 더 할 수 있을 것 같은 기분. 손이 간지러워서 꼭꼭 쥐었다 폈다. 정말 신기한 느낌이었다.

그림을 배우러 다닐 거라고 말하자 아빠는 한참 말이 없었다. 중얼거리듯 덧붙였다.

"엄마한텐 비밀로 하고요."

"그림, 그리고 싶었니?"

아빠는 과거형으로 물었다. 싶었니? 원래 그랬던 거니? 아니면 건우 때문에…… 차마 묻지 못하는 말.

건우 오빠가 학원 대신 화실을 다녔다는 것은 나와 아빠만 알았다. 나는 나만 아는 줄 알았지만 울음 섞인 어른들의 대화를 듣고 아빠도 알고 있었다는 것을 알았다. 그래서 아빠는 더 힘들어했을지도 모르지만, 그래서 아빠는 나를 도와줄 것 같았다.

"거기 전화 걸어서 선생님한테 말 좀 해주세요."

아빠는 연락처가 적힌 종이를 오래 들여다보다가 나를 불렀다.

"풀잎아."

가슴이 쿵 내려앉았다. 풀잎아…… 얼마나 오랜만에 들은 이름인가. 건우 오빠가 죽고 나서는 누구도 나를 풀잎이라고 부르지 않았다.

하늘과 풀잎. 그게 우리의 이름이었다. 아주 어렸을 때는 왜 내가 풀잎이인지 몰랐다. 내 이름에 풀을 뜻하는 글자가 있다는 것을, 두 살 위의 사촌인 건우 오빠가 알려주었다.

—그래서 나는 하늘이인 거야, 내 이름엔 하늘이라는 뜻이 있거든.

초등학생이 되고 나서 나는 풀잎이가 아니라 초우가 되었다. 명절 때 친척들이 모일 때랑, 집에서 아빠가 장난치듯 부를 때만 풀잎이었다. 엄마는 내가 헷갈릴 거라고, 아빠가 풀잎이라 부르는 것도 별로 좋아하지 않았다.

고등학생이 된 건우 오빠가 대전의 자기 집을 떠나 우리 집에 살게 되었을 때 오빠는 나를 보고 풀잎아! 하고 불렀다. 부끄럽고 낯설었다.

―뭐야, 초우라고 불러.

―풀잎이 너도 날 하늘이라고 부르면 되잖아.

―하늘이가 뭐야, 애도 아니고.

건우 오빠는 우리 엄마가 풀잎이라는 호칭을 싫어한다는 것을 금방 눈치 챘다. 나를 풀잎이라고 부르는 것은 엄마가 없을 때만이었다. 꼬박꼬박, 풀잎이. 그래도 나는 건우 오빠를 한 번도 하늘이 오빠라고 부르지 않았다. 쑥스러워서 그랬다.

―풀잎이 너, 작은아빠한테 이른다?

장난스럽게 했던 그 말이 마지막이었다. 그 뒤로는 누구도 나를 풀잎이라고 부르지 않았다. 아빠조차도.

이제 와서 나를 풀잎이라 부르는 아빠는, 내게 무슨 말을 하고 싶은 걸까.

"꼭 여기 다녀야 하니?"

꼭 거기여야 할까. 작업실이어야 할까. 나도 모른다. 거기만 알고 거기만 생각해봐서, 다른 선택지 같은 건 몰랐다.

나는 기다렸다. 아빠는 더 묻지 않고 전화를 걸었다.

"네, 안녕하세요. 박계림 선생님 계신가요? 여기 김초우 학생 집인데요……."

화실비는 내가 모아둔 돈으로 낼 거라고 했는데도 아빠는 굳이 보태주겠다고 했다. 실은 다행이었다. 재료비까지 포함된 화실비는 생각보다 비쌌다.

침대에 누워 이불을 머리끝까지 끌어올려 덮자, 큰 붓으로 몇 번 붓질하여 남긴 그림처럼 어렴풋한 느낌으로 작업실이 떠올랐다. 그곳의 색깔, 명암, 형태 그리고 사람들.

작업실의 누군가는 나를 알지도 모른다고 생각했었다. 건우 오빠가 내 이야기를 해서 내 이름을 알고 있을지도 모른다고. 그런데 전혀 그렇지가 않았다. 차라리 잘된 일일까. 아무 상관없는 사람처럼 시작하는 것이 더 나은 걸까.

건우 오빠…… 하늘이 오빠. 그래도 될까? 괜찮은 걸까? 오빠는 웃을까, 화를 낼까. 아니면 아주 아쉬워할까. 우리는 같이 그곳에 있을 수도 있었는데. 같이 작업실에 가고, 마주 앉아 그림을 그리고. 그건 지금은 생각해봤자 아무 소용없는 일이 되어버린, 한때 내가 꾸었던 꿈.

망치고 실수해야 완성되는 것

작업실로 가는 길. 겨울 해는 눈부시도록 밝고 날은 섬뜩하도록 추운데, 손가락이 하얗게 얼어붙어 감각이 없어지는 그 느낌이 좋아서 일부러 주머니에 손을 넣지 않고 걸었다.

버스로 몇 정거장, 낯선 동네의 오래된 상가 건물. 이층의 닫힌 창문에는 화실이라고 쓰여 있고 계단에서부터 물감 냄새가 났다. 아니, 그보다 훨씬 더 복잡하고 깊은 냄새. 먼지, 기름, 흙? 크레용과 페인트, 그리고 이름을 댈 수 없는 낯선 냄새들을 들이마시며 계단을 오르면 하얀 페인트로 칠한 나무문에 나무로 만든 간판—하얀 바탕에 검은 글씨로, 작업실.

문 안쪽은 짧은 복도였다. 오른쪽 넓은 창 아래로는 캔버스와 이젤과 나무판자들이 벽에 기대어 쌓여 있고 복도 끝과 왼쪽 벽에 문이 하나씩 있었다. 하나는 학생부가 쓰는 작은방, 하나는 일반부가 쓰는 큰방이었다. 재료 창고는 큰방에 붙어 있어서 종이 같은 것은 직접 가져다 썼다.

작은방 문을 열고 들어서면 하얀 탁자들과 등받이 없는 높은 나무 의자들, 바퀴 달린 이동 선반이 먼저 보였다. 폭넓은 서랍식 그림 보관함과 알록달록 원색의 천 소파 몇 개, 잡지가 가득 담긴 나무 상자들, 벽에 붙여놓은 그림들이 이어서 눈에 들어왔다.

오른쪽 벽 위에는 비슷한 크기의 정사각형 그림들이 수십 개 걸려 있었는데 자세히 보면 그림이 아니라 달력이었다. 작업실 사람들이 하나씩 달을 맡아서 달력을 만드는 것이 전통이라고 이환이 알려주었다. 색깔이나 재질은 제각기인데 그렇게 모아놓고 보니 커다란 모자이크 작품 같아 보이기도 했다.

그리고 선생님들이 있었다. 사람 좋아 보이는 정 선생님과 쌀쌀맞아 보이는 윤 선생님. 정쌤, 윤쌤, 그렇게 부르라고 한 말이 장난인 줄 알았는데 애들을 보니 다 정말 그렇게 불렀다. 견지 형은 누구에게나, 여자애들에게도 견지 형이었다

학생부와 달리 일반부에는 사람이 꽤 많았다. 특히 화실이 있는 상가와 길 건너 시장골목의 가게 주인들이 이곳에 많이 다닌다고 했다.

"그래서 정물용 과일이나 채소는 살 필요가 없어. 가게 아줌마들이 다 가져다주시거든. 조금 벌레 먹은 과일은 작업실 사람들 먹으라고 공짜로 주시기도 하고. 견지 형은 장 안 봐도 먹고 살 수 있을걸."

이환이 연필을 깎으며 말했다. 이환은 일반부 아줌마 아저씨들하고도 친했다. 옆방에 가서 그런 과일을 한 아름 얻어 의기양양하게 돌아오는 것은 언제나 이환이었다.

"그런 온정의 손길이라도 없으면 벌써 굶어 죽었을 거야, 그 사람."

묘은 언니는 견지 형이 무슨 애물단지라도 되는 듯 말했다.

"자기 밥그릇은 가지고 태어난다잖아."

묘은 언니 못지않게 냉소적인 말투로 목상이 말했다. 목상은 말도 없고 행동도 느릿느릿해서, 정승목이란 본명보다 목상이라는 별명이 차라리 어울렸다. 이환, 묘은 언니, 목상, 이렇게 고 삼 끼리는 제법 친한 것 같았다.

사실 나는 일반부니까 큰방에 있어야 했지만 계림 언니는 내가 작은방에 와 있으면 자기가 이쪽으로 오겠다고 했다. 또래들과 있는 게 더 재밌을 거라는 이유였다. 가장 반가워한 사람은 역시 이환이었다.

견지 형이 뭐라고 할까 겁이 나기도 했지만 견지 형은 내게 별다른 관심을 보이지 않았다. 너는 일반부니까, 하는 거리감. 옆에서 견지 형이 다른 애들하고만 이야기하는 것을 듣는 일은 썩 기분 좋은 일은 아니었지만 아예 이 자리에 앉지 못했을 수도 있다는 생각을 하면 참을 만했다.

봄방학 내내 작업실에 나왔다. 계림 언니는 작업실 적응 속성 코스라며 매일매일 할 일을 내어주었다. 하루는 내 손과 발을 그렸고, 작업실 주변 가게들을 돌며 거기서 파는 것들을 그려와야 하는 날도 있었다. 잎이 다 떨어진 앙상한 나뭇가지들도 그렸고 아크릴 물감으로 색상환도 만들었다. 작업실 책장에 빽빽이 꽂혀 있는 화집들을 보다가 마음에 드는 그림을 골라 따라 그려보기도 했다. 태어나서 처음으로 작은 캔버스에 유화도 그려봤는데, 옷에 조금 물감을 묻히는 바람에 엄마에게 변명하느라 진을 뺐다. 엄마는 내가 봄방학 동안 도서관에 다니고 있다고 생각했다. 아빠가 비밀을 지켜준 덕분이었다.

"견지 형, 이 동네의 마스코트라니까. 아줌마, 아저씨, 할아버지, 할머니 할 것 없이 다 좋아해. 다들 사윗감으로 노리고 있는 것 같아."

이환은 자기 말에 자기가 쿡쿡 웃었다. 이환은 그림 그릴 생각도 않고 가방을 멘 채로 탁자 위에 걸터앉아 있었다. 목상은 뜨거운 물을 한 컵 받아놓고 김이 피어오르는 것을 뚫어져라 보고 있는데 뭘 하고 있는 건지 물어볼 엄두도 안 났다. 묘은 언니는 두꺼운 책을 펴놓고 읽고 있었다.

아직 작업실 작은방에는 우리 넷뿐이었고, 나는 계림 언니가 기초 중의 기초라고 설명한 연필선 긋기를 하고 있었다. 커다란 A1 종이를 두 번 접어 네 칸으로 만든 후에 한 칸은 십자형으로, 또 하나는 대각선 십자형으로 선을 채우고, 또 하나는 흐리게 시작해서 점점 진하게 메우고 나머지 하나는 반대로 진하게 시작해서 흐리게 끝나도록 선을 긋는다. 집에 가기 전까지 한 장을 다 채워서 눈도장 찍고 가야 했다. 손목만 움직이면 비뚤어지기 때문에 팔을 움직여야 했고 그러다보면 손부터 팔이랑 어깨까지 다 아팠다.

"작년에 윤샘이 결혼하면서 이제 작업실 선생님들 중에 미혼은 견지 형이 유일하거든. 아, 일반부 막내 강사로 있는 수정 누나 빼고. 그 누나는 대학생이니까."

"계림 언니도 결혼했어요?"

계림 언니의 남편이 바로 견지 형의 형이라고 했다. 계림 언니 아들은 이제 겨우 아장아장 걸을락 말락 한 조그만 아기라는데, 진짜 귀엽게 생겼단다.

"또 궁금한 거 없어? 물어봐."

이환이 생글생글 웃으며 물었다. 그 말을 듣자마자 생각이 났다.

"그럼요, 견지 형은 왜 학생은 안 받으려는 거예요? 나더러 여긴 학생들 다니는 화실이 아니라고 했다구요, 학생들도 있으면서."

 나도 모르게 억울함이 목소리에 섞여 들어갔다. 묘은 언니가 읽던 책에서 고개를 들고, 이환이 머뭇머뭇 말했다.

"그건 뭐……. 원래 애들은 별로 없었어, 특히 어린애들은. 견지 형이 싫어하거든. 어린애들은 너무 가능성이 많아서 싫대. 뭐지, 잠재력? 그 잠재력이 문제란 거지. 조심조심 잘 가꿔주어야 하는 거잖아. 그런 섬세한 작업은 싫으시단다."

"그럼 우리는 막 대해도 된다는 거냐?"

 묘은 언니가 책을 뒤집어놓으며 한마디 했다. 이환은 어깨를 으쓱해 보였다.

"우리는 이미 망가졌달까. 사실이잖아. 중학생, 고등학생들이 뻔하지. 뭘 잔뜩 잘못 배웠든, 못 배웠든 해서 그 가능성이라는 게 많이 망가진 상태라고. 그걸 손질해서 펴주고 다시 싹이 돋게 하는 게 견지 형 취미지."

"좀 변태 같아요."

"그렇지?"

 내 말에 이환은 신나게 웃었다.

"그래서 원래는 중학생 반도 없었대. 그러다 강강이 때문에 만든 거나 다름없어."

 작업실 대표 막내인 강강이는 사 년 전, 열두 살이었을 때 여기에 왔다고 했다.

"처음 작업실 왔을 때 강강이는 진짜 그림을 그리기 싫어했었대. 그 어릴 적에 그림 안 그리려고 가출했었다니까."

"근데 왜 미술을 해요?"

"걔네 엄마가 미대 교수야. 애를 잡았지, 아주. 재능은 있는데 완전 비뚤어져가지고. 견지 형이 달래고 구슬려서 저만큼 만들어놓은 거야. 예중도 보냈고. 뭐, 강강이가 워낙 잘하긴 하니까."

강강이에게는 이른바 작업실 전설이라 할 만한 에피소드가 많았다. 이환이 밤에 작업실에 남았다가 배가 너무 고파서 정물용 감을 먹어버리고 다음날 일찍 다른 감을 가져와서 두었는데, 강강이가 그리던 감이 바뀌었다고 난리난리해서 손 모아 빌었다는 얘기 같은 것들. 이환은 혀를 찼다.

"완전 똑같은 감이었는데. 그걸 어떻게 알아보냐, 진짜."

"강강이가 얼마나 눈이 날카로운데."

묘은 언니가 대꾸했다. 이환이 말을 이었다.

"그래서 강강이 엄마가 여기 계속 다니게 두는 거야. 여기 못 다니게 하면 학교도 안 다니겠다고 강강이가 그러니까. 강강이가 친구 없어서 심심하다니까 견지 형은 중학생 반을 만들어서 애들도 더 받았대."

그랬는데 지금은 왜 애들을 더 안 받는다는 거지? 중학생도 두 명밖에 없고. 물어보려 했는데,

"참, 작업실 이름 알아, 초우야?"

이환이 물었다. 작업실은 작업실이지 따로 이름이 있다고는 생각해 보지 않았다. 이환이 바로 답을 했다.

"오늘의 할 일."

"네?"

"그게 이름이야, 오늘의 할 일."

이환의 말에 묘은 언니가 쿡쿡 웃기 시작했다. 날 놀리는 건가 싶었다.

"진짜야, 밖에 쓰여 있는데. 못 봤어?"

이환은 굳이 나를 밖으로 데리고 나갔다. 이환은 간판 위에 검게 그려진 '작업실' 글자 앞쪽 빈 공간을 가리켰다.

"봐봐, 여기."

정말로 희미하게 글자가 보였다. '오늘의 할 일'. 썼다가 흰 물감으로 덮어 지운 듯했다. 다시 방으로 들어오면서 이환은 노래하듯이 말했다.

"무슨 뜻이냐면 오늘의 할 일, 밥 먹기, 학교 가기, 작업실에서 작업하기. 작업이라는 게 해도 되고 안 해도 되는 거잖아. 매일매일 하겠다고 결심하고 다이어리에 적고, 그러는 거라고 해서 지은 이름이야."

"그리고 오늘의 할 일을 내일로 미루는 거지."

묘은 언니가 말하자 이환은 박수를 치며 웃었다.

"근데 왜 지웠어요?"

"견지 형이 지웠어. 예전에."

이환은 웃음기를 거뒀다. 견지 형은 왜 지웠는데요? 물어보려는데 문이 열리고 견지 형이 들어왔다. 묘은 언니는 책을 도로 펴고 이환은 종이를 가져오겠다며 방을 나섰다. 나도 서둘러 연필을 집었는데, 견지 형은 뚱한 표정을 하고 내 앞에 와서 헛기침을 했다.

"일반부에 사람이 많아서 계림 샘이 바쁘다 그러네. 오늘은 내가 봐줄게."

"네?"

"왜, 싫어? 계림 샘 오라고 그럴까?"

"아니, 아니에요."

연필 잡은 손에 저절로 힘이 들어갔다. 견지 형이 내 그림을 봐주는 것은 첫날 음악 그리기 때 이후로 처음이었다.

견지 형은 어제부터 강강이를 비롯한 몇몇 아이들이 그리고 있던 정물을 같이 그리라고 했다. 견지 형이 봐주는 거니까 잘 하고 싶었다. 하지만 막상 시작하니 손이 안 나갔다. 다른 아이들은 모두 자기가 무슨 일을 하고 있는지 잘 알고 있는 것 같은데, 나는 등산화와 생수병만 뚫어져라 보고 또 보았다. 자, 그리자. 겁내지 말자. 시작하자.

뒤에 서 있던 견지 형은 내가 몇 번이나 연필로 선을 그었다가

지우니까,

"지우개 쓰지 마. 줘, 이리 내. 연필도 쓰지 마. 잉크로만 해. 틀려도 되니까."

네, 대답은 했다. 틀리면 끝인데 어떻게 그래도 된다는 생각을 할 수 있는지 모르겠다.

"강강아, 그만 생각하고 마음을 정해."

견지 형이 탁자 저편에 앉은 강강이에게 말했다. 어제도 여기 하다가 갔잖아, 하는 말도 들렸다. 언뜻 보니 수채화 작업을 하고 있는 모양이었다. 잘하는 애도 잔소리를 듣는구나 싶었는데,

"어!"

소리에 고개를 들었다. 강강이가 당황한 얼굴로 손을 내밀었지만 이미 견지 형이 강강이의 종이를 집어든 뒤였다. 견지 형은 성큼성큼 방 건너편으로 걸어가서 그림을 개수대 안에 넣더니 물을 확 틀어버렸다.

어떻게 그림을, 그것도 수채화를 물에 넣어? 강강이 얼굴이 바짝 굳는 게 보였다. 견지 형은 종이를 흐르는 물에 씻더니 툭툭 털어 강강이 앞에 놓았다.

"자, 여기서 다시 시작해. 또 머뭇거리고 있으면 다음번엔 찢어 버릴 거야."

강강이의 까만 눈동자가 부옇게 흐려지는 것이 보였다. 강강이는 눈물을 뚝뚝 흘리면서도, 흠뻑 젖어서 엉망으로 번진 종이

를 압지로 눌러 물기를 뺐다. 안 그래도 애기 같은데 우니까 더 애 같아서 마음이 안되었다.

"강강이 고집도 장난이 아니야. 저게 벌써 몇 번째니. 완전 헬렌 켈러와 설리번 선생이라니까."

이환이 내게 속삭였다.

"그 설리번 선생이 헬렌 켈러를 데리고 나가서 막 물 붓고 그런 장면 있잖아, 위인전 보면. 난 둘이 저럴 때마다 꼭 그 장면이 생각나더라."

쿡, 분위기는 심각했는데 너무 웃겨서, 웃지 않으려고 무진 애를 써야만 했다.

강강이는 대들지도, 화를 내지도, 안 하겠다고 뻗대지도 않고 금방 다시 몰두한 얼굴로 붓을 놀리고 다들 그러려니 하고 넘어간다. 나도 내 종이로 돌아왔다. 지금 강강이 걱정할 때가 아니다.

"잘 돼?"

선시 형이 물었을 때 느닷없이 잉크를 듬뿍 묻힌 펜을 종이 위에 떨어뜨렸다. 잉크 방울이 기껏 그어놓은 선들 위로 흩어졌다. 어떻게 해! 휴지를 찾는데 견지 형이 어깨를 눌러 나를 도로 앉혔다.

"왜, 괜찮네."

견지 형은 이환의 붓을 집어서 물통에 푹 담그더니, 내 그림에 뚝뚝 물기를 묻혔다. 그러고는 종이를 들어서 몇 번 흔들었다. 잉크가 번지고, 흘렀다.

"괜찮아 보이지?"

정말로 훨씬 나았다. 그전까지 해놓은 게 텅 빈 것 같았다면 지금은 뭔가 들어 있었다.

"여기서 다시 시작해."

강강이에게 했던 말 똑같이 견지 형이 말했다.

그렇게 잉크를 번지게 해놓고 나니 훨씬 손대기가 편했다. 실수로 생긴 잉크 자국들이 밟고 오를 디딤돌이 된 것 같았다.

종이가 채워지는 게 보였다. 형태가 잡히고 사물이 드러난다. 달리고 있는 느낌이었다. 단거리 말고 장거리, 꼭 일등을 하지 않아도 되는 경주. 내 호흡에 맞추어 차박차박 달려가는 느낌. 앞서 가는 것도 아니고 뒤처지는 것도 아니다. 넘치지도 모자라지도 않고, 딱 들어맞는 속도, 그리고 아마도 장소.

결국 완성된 그림은 하나하나 뜯어보면 실제랑은 다 다른데 전체적으로는 나쁘지 않았다. 잘했어…… 하고 성의 없이 말을 꺼낸 견지 형은 몇 군데를 가리켰다.

"여기는 우연한 효과로 이렇게 나온 건데 재밌게 됐지. 실수하는 걸 겁내지 마. 망치고 실수하고, 그래야 작품이 완성되는 거니까. 그게 네 장점이야, 뭘 아직 몰라서 어쨌든 실수하게 되는 거."

기분 나빠야 하는 말인 거 같은데, 그게 내 장점이라고 하다 겁내지 말라고 한다.

"실수 안 하려고만 하면 되게 심심해져. 실수하지 않는 법만 완벽하게 익힌 사람들도 있지만, 그런 사람들 그림은 박제 같아. 너는 안 그럴 수 있는 거지."

견지 형은 이번에는 종이를 들고 내가 그린 그림을 군데군데 가렸다.

"여기 이 선들은 없는 게 더 낫지 않았을까? 이렇게 할 거였으면 이 옆이 비거나. 봐, 어때?"

"그러네요."

견지 형이 말해주고 나서야 내가 뭘 어떻게 더 하거나 하지 않을 수 있었는지 알았다. 하지만 그걸 어떻게 처음부터 안단 말인가. 견지 형은 말을 이었다.

"하다보면 감각이 생겨. 배고플 때 배고픈 거 알고, 졸릴 때 졸린 거 알잖아. 추울 때 옷 더 입어야 하는 거 알잖아. 누가 가르쳐주지 않아도 알아서 먹고 자고 옷 입고 그러잖아. 그런 것처럼 아는 거야. 여기에 뭘 더해야 하는지, 빼야 하는지."

내가 꽤나 절망적인 얼굴을 하고 있었나보다.

"너도 그 감각을 깨닫게 될 때가 올 테니까."

견지 형은 미심쩍은 말로 마무리를 지었다.

밤 열 시, 가방을 챙기는데 이환이 성큼 다가와서 옆에 섰다.

"초우야, 바로 집에 갈 거야? 우리 놀러 갈까?"

깜짝 놀랐다.

"……왜요?"

"이럴 때는 어디로요, 하고 물어보는 거야."

둘이서요? 라는 질문이 머릿속에 메아리쳤다. 다행히도 입 밖에 내놓기 전에 이환이 답을 주었다.

"묘은이가 같이 가자는데."

묘은 언니가 문가에 서 있었다. 내 눈과 마주치자, 예민해 보이는 눈이 조금 부드러워졌다.

놀러 가는 게 아니라 먹으러 가는 거였다. 별로 멀지 않은 골목 어귀의 편의점이 목적지였다.

"내가 편의점을 되게 좋아하거든!"

이환은 싱글벙글 신이 났다. 묘은 언니가 말했다.

"어느 편의점에서 무슨 신제품이 나왔는지 다 알아, 쟤는. 쟤 몸에는 방부제와 화학조미료가 잔뜩 쌓여 있을 거야."

"너무하다!"

이환이 어리광처럼 우는 얼굴을 하자 묘은 언니는 피식 웃었다. 이환은 금세 얼굴을 펴고 들뜬 목소리로 말했다.

"내가 사줄게, 초우야. 뭐 먹을래?"

친하지도 않은 사람이 성을 떼고 이름만 부르는 것은 싫다. 그런데 이환이 부르는 것은 이상하게도 싫지가 않았다.

"매운 게 좋아, 좀 느끼한 게 좋아? 고기, 아님 해산물? 여기 이

거 명란젓갈맛 있잖아, 이상할 거 같은데 되게 맛있다?"

삼각 김밥 앞에서 망설이고 있었더니 이환은 애정을 듬뿍 담아 하나하나 설명하기 시작했다. 꼭 여기서 일하는 사람 같다. 이환은 삼각 김밥에 샌드위치, 컵라면까지 몇 개씩 골라서 계산했다. 돈을 내려고 했는데 이환이 굳이 내 것을 사준다고 했다.

"잘 먹어야 돼. 화실 생활의 오십 퍼센트는 간식이야."

"나머지 오십 퍼센트로 그리고요?"

먹고 그리고 먹고 그리는 생활도 나쁘지 않다고 생각하며 물었다.

"아니. 사십 퍼센트는 연애지. 나머지 십 퍼센트가 그림."

"하."

묘은 언니가 웃었다. 둘이 사귀나 싶었는데, 이환이 대뜸 물었다.

"나 어때, 초우야?"

뭐라고 해야 하지? 이환은 동그란 눈을 더 크게 뜨고 나를 보았다. 묘은 언니는 뒤에서 여유롭게 삼각 김밥을 한 입 물었다.

"음……. 제 취향은 아니에요."

"다행이다. 너도 내 취향은 아니야."

먼저 아니라고 말해놓고서, 기분이 나빴다.

"어째서?"

"연하는 싫더라."

"아하. 그럼 오빠랑 언니랑…….."
"거기까지."
묘은 언니가 말을 잘랐다.
"쟤는 꼭 저래. 재밌나봐, 오해 받는 게. 그걸 즐겨. 완전 마조히스트야."
"뭐가."
이환은 아무렇지도 않게 대꾸하며 덮어두었던 컵라면 뚜껑을 열었다. 묘은 언니가 내게 충고했다.
"얘 실실대는 거에 신경 쓰지 마. 원래 저래. 자기랑 상관없는 사람들에게는 언제나 백 퍼센트 친절하거든."
그 말이 마음에 들었다. 인간은 원래 그런 거다. 자기와 상관있는 사람에게는 바닥없이 잔인해질 수 있듯이.
잠깐 셋 다 말없이 김밥과 라면을 먹었다. 배고픈 줄도 몰랐는데 쑥쑥 잘 들어갔다.
"너 들어온다고 했을 때, 견지 형이 안 된다고 했던 거 말이야."
이환이 불쑥 말했다. 무표정한 얼굴이었다. 이화우 말하다 말고 입에 든 것을 우물우물 씹어 삼켰다.
"그게……. 애들 안 받은 지 오래됐어. 견지 형은 학생부를 아주 없애려고 하거든. 있던 애들도 많이 나갔지. 선생님들도 딴 데 가고."

"왜요? 왜 없애는 건데요?"

생각지도 못했던 말이었다. 이환은 대답없이 라면 국물을 마시고, 묘은 언니가 대답이 아닌 말을 했다.

"그래도 끝까지 남은 애들한텐 나가라고 강요는 안 하던데. 경하와 아운이도 조건부라지만 어쨌든 받아줬고. 은근히 소심한 사람이라니까."

그 말에 이환이 다시 웃음 지었다. 버튼을 누르면 표정이 삭삭 바뀌는 장난감 인형 같았다.

"근데 전부터도 애들이 다른 화실만큼 많진 않았어. 그나마 중학생들은 태현이랑 싸우고 다 나갔고. 태현이 있잖아, 중 삼짜리. 초우야, 너도 걔만 조심하면 돼. 시비 걸리면 무작정 피하고. 흐흐."

이환 말로는 태현이가 작업실 일진회 짱이란다. 묘은 언니가 덧붙였다.

"근네 일진회에 걔 하나밖에 없어."

그 말을 듣고 이환은 뒤로 넘어가게 웃었다. 말하는 투로 보면 이환도 묘은 언니도 태현이를 꽤 귀여워하는 것 같았다.

"몇 명이나 태현이랑 싸우고 그만뒀어. 견지 형은 나갈 애는 나가라 그러고 신경 껐지. 태현이가 버티고 있으니 다른 애들이 나간 거야."

견지 형은 그림 밖의 문제에 대해서는 간섭하는 일이 없다고 했다. 싸우든 말든, 맞은 애 엄마가 찾아와 난리를 치든 말든, 그림을 그려내기만 하면—그러니까 제대로 배우기만 하면 상관 안 한다는 것이다. 대신 그 그림의 영역에서는 누구도 감히 견지 형에게 대들거나 반항하지 못한다고 했다.

"견지 형, 고집 있어. 카리스마랄까. 아까 강강이랑 그러는 거 봤잖아."

이환은 그놈의 카리스마가 평소엔 숨어 있는데 한 번 튀어나오면 장난 아니라며 친구 얘기하듯 말했다. 말투가 무척 다정했다.

"견지 형의 원칙은 그리고 싶은 것을 그리고 싶은 방식대로 그린다야. 이게 진짜 무서운 거라고. 생각해봐, 그리고 싶은 게 없으면 어쩔 건데. 어떻게 그리고 싶은지 모르면 어쩔 건데."

"음, 하지만 그럼 미술을 하겠다는 생각을 아예 안 하지 않을까요?"

이환은 금방 감탄하는 표정이 되었다.

"되게 똑똑하구나, 너."

"그럼 넌 뭘 어떻게 그리고 싶은데?"

묘온 언니가 내게 물었다.

"잘…… 모르겠어요."

두 사람은 나를 비웃지 않았다. 이환이 말했다.

"그건 해봐야 아는 거더라. 해보면 알아. 그리고 싶은 게 생기기를 기다리고만 있음 아무것도 안 돼."

시작하면, 뭐가 되긴 된다. 시작했으니까 뭔가 되길 기대해 볼 수 있다. 문득 묻고 싶었다. 혹시 작업실에 이런 사람 다녔던 거 알아요……? 입이 차마 떨어지지 않았는데, 이환이 말했다.

"견지 형은 너무 신경 쓰지 마. 가끔 방황도 하고 그런 거지. 괜찮아질 거야, 금방. 형이 작업실 두고 무슨 딴마음을 먹겠어."

"너 꼭 남편 바람날까봐 걱정하는 부인 같애, 말하는 게."

묘은 언니가 말했다. 이환은 못 들은 척 말을 이었다.

"여기는 작업실이잖아. 같이 작업하는 곳이란 말이야. 형도 우리랑 똑같아. 우리도 가끔 하기 싫을 때 있잖아. 그래도 다시 하잖아."

화실이 아니라 작업실. 선생님이 아니라 동료. 이 이야기를 하려고 같이 편의점에 오자고 했구나 싶었다.

"가자."

캔을 꾹 눌러 납작하게 만들면서 묘은 언니가 말했다. 싫어, 더 놀자, 그런 반응을 기대했는데 이환은 순순히 쓰레기를 집었다.

이환과 묘은 언니는 지하철을 타러 가고 나는 버스 정류장으로 갔다. 덜컹거리는 버스 맨 앞자리에 앉아서 차가운 유리에 머리를 기대고 이환이 한 이야기들을 생각해봤다. 나를 받을 수 없다고 말한 견지 형, 학생부를 없애려는 견지 형. 일층도 없이 얇은 기둥 위에서 겨우 균형을 잡고 있는 작업실의 모습이 상상이 되었다.

 그렇지만 그림자가 있는 게 어두운 구석 하나 없이 밝기만 한 것보다는 훨씬 낫지 않은가. 난 너무 행복해, 하는 얼굴로 웃고만 있는 사람보다 틈이 있고 그늘이 있고 빈 곳이 있는 사람과 함께 있는 것이 낫듯이. 나쁘지 않았다. 아니, 사실은 그래서 마음이 놓였다. 내가 있어도 괜찮은 곳 같았다.

아는 대로 보지 않기, 보이는 대로 그리기

"야자 빠지게? 학원 다니니?"

"음……. 네."

맞는 말인데도 거짓말을 하는 것 같아 말을 더듬었다. 담임은 들었던 볼펜을 책상 위에 놓고 나를 보았다. 이야기를 해보라는 투였다.

"화실 다닐 거라서요, 일주일에 세 번은 야자 안 하고 가야 해요."

나는 가고 싶어요, 갈 거예요, 라고 말하지 못하고 가야 해요, 라고 말했다. 그게 더 분명한 설득력을 가질 것처럼. 개학하면 주말에만 작업실에 가기로 했었다. 하지만 야자 시간에 남아 있으면 그리다가 두고온 그림들이 자꾸 눈에 밟혔다. 문제집이고 뭐고 눈에 하나도 안 들어와서, 결국 개학하고 일주일도 참지 못하고 담임에게 말하러 왔다.

"화실? 미술하려고? 봄방학 면담 때도 그런 얘기 없었잖아. 어떻게 갑자기 그렇게 됐어?"

수학 선생인 새 담임은 작년에 우리 반 수업을 하면서 나더러 이과 쪽으로 진로를 생각해보라는 말을 했었다. 그래서 이과로 온 건데 그런 애가 갑자기 화실에 다닌다니 황당하긴 할 것이다.

"꼭 입시할 건 아니고요, 한번 해보려는 건데요."

"거 참."

담임은 볼펜 뒤로 펼쳐진 수첩 위를 톡톡 건드렸다.

"괜히 시간…… 낭비하는 건 아닐까 싶네."

말을 골라서 하는 게 느껴졌다.

"정말로 미술을 할 거면 다른 길은 없다 생각하고 해야지."

"그러게요."

남 얘기 하듯 답하자 담임은 오묘한 표정을 짓더니,

"그래. 하고 싶은 거 해야지, 뭐. 일단 야자는 안 하는 걸로 하고, 나중에 확실해지면 다시 나한테 말을 해주고."

"고맙습니다."

인사하고 나오는데, 머릿속이 복잡했다. 할지 안 할지 모르겠으나 일단 좀 해보려고 한다, 라니. 내가 들어도 우유부단하다. 난 진짜 미술을 하려는 건가? 하고 싶다고 다 해도 되나? 아니, 하고 싶긴 한 건가?

교실에 올라와 작업실에서 접어온 종이를 꺼내 선 긋기를 시작했다. 직직 선을 긋고 있으려니 아직 친하지도 않은 반 아이들이 반은 신기해하며, 반은 한심해하며 말을 걸었다.

"그걸 왜 하는 거야?"

"손 풀기."

그림은 몸으로 하는 일이라고, 견지 형은 말했다. 운동을 하는 것처럼 그림 그리는 근육을 만들고 단련하고 키워야 한다고.

점차 마음이 가라앉았다. 검은 연필선이 그어지고 면이 채워지는데 마음에 싹싹 결이 생기는 기분이었다. 아직은 익숙하지 않아서 비뚤어지고 흔들거리지만 그래도 선은 하나 둘 늘어난다. 엄청 무서운 표정으로 집중하고 있었던지,

"야, 너 무슨 신들린 애 같다."

주위 애들이 농담을 했다. 누군가에게는 의미 있는 일이 다른 누군가에게는 전혀 의미 없을 수도 있다는 것이 이상했다. 선 하나에 울고 웃을 수 있다는 게, 내게는 그게 보이고 이해된다는 게 너무 이상했다.

"자, 누드 크로키 다음 주에 다시 시작합니다. 유월 말까지 삼 개월이에요. 미리미리 등록해주세요."

계림 언니가 밝은 목소리로 말했다. 누드 크로키? 동네 목욕탕에서 본 벗은 몸들이 스쳐지나가고 그걸 어떻게 그려, 하는 생각이 먼저 들었다.

"따로 돈 내야 해요? 등록 안 해도 돼요?"

"등록하면서 돈은 내야 하는데 등록 안 하고 그냥 와서 그려도 돼."

견지 형이 대답하자 계림 언니가 장난스러운 태도로 흘겨보았다. 견지 형은 모르는 척 말을 이었다.

"근데 웬만하면 등록해주라. 안 그럼 모델비가 모자라서 모델을 못 구해. 그럼 내가 모델 서야 돼."

"으악."

애들이 소리 지르며 마구 웃었다.

"아니면 정샘이 희생할 수도……."

"제발."

정샘이 빨개진 얼굴로 웃었다.

"안 되죠. 두 아이의 아버지세요, 안 되죠. 그러니까 등록해주세요."

나눠준 신청서를 써내자 견지 형은 그래 초우 넌 꼭 해야 돼, 말했다.

견지 형이 내 그림을 봐준 뒤로 나는 더 위치가 애매해졌다. 나는 일반부인 건가, 아님 학생부인 건가. 계림 언니는 얼굴도 못

보고 견지 형하고만 이야기하다가 돌아가는 날도 있었지만 굳이 정확히 할 생각은 없었다. 견지 형에게 배우는 것이 좋았다. 괜히 말을 꺼냈다가 내가 학생부가 아니라는 것을 견지 형이 새삼 깨달을까봐, 가만히 입 다물고 있었다.

누드 크로키는 큰방에 가서 일반부와 함께 했다. 대학생 같은 사람들도 있고 동네 아저씨 아줌마들에 가죽 베레모를 쓴 정체 모를 할아버지도 있었다. 일반부는 분위기가 시끌벅적했다. 생전 안 웃게 생긴 윤샘이 일반부 사람들과 깔깔대며 웃는 것을 보고 놀랐다.

탁자를 가장자리로 치우고, 방 가운데 담요를 깔고, 그 주위로 둥글게 이젤을 세웠다. 사람이 많아서 몇몇은 화판을 들고 바닥에 앉기도 했다. 정샘과 윤샘과 계림 언니도 자기 종이나 스케치북을 들고 자리를 잡았다. 선생님들도 자기 그림을 그리는 곳, 역시 작업실다웠다.

하지만 견지 형은 빈손이었다. 왜 안 그리지? 잠깐 궁금했는데, 가운을 입은 여자 모델이 걸어 들어와서 거기에 온 신경이 쏠렸다.

어떻게 해! 심장이 다 떨렸다. 나처럼 긴장한 사람은 없는지 다들 편한 표정이었다. 모델은 휴대용 시디 플레이어 앞에 앉아 가져온 시디를 넣었다. 음악을 틀고,

"시작하겠습니다."

악, 시작하지 말아요. 옷 벗지 마세요, 악!

가운을 벗고 맨몸으로 포즈를 취한 모델 때문에 당황한 것은 잠깐, 어떻게 그려야 할지를 몰라 죽을 것 같아졌다. 다들 쓱쓱 잘도 그린다. 나는 머리 그리고 몸통 그리고 팔 하나 겨우 그렸는데 포즈가 바뀌었다. 어쩌지, 어쩌지 하다가 삼십 분이 지나버렸다.

"십 분 쉬었다 하겠습니다."

바로 스케치북을 덮었다. 스스로도 창피해서 못 보겠다. 사람들은 자리에서 일어나더니 돌아다니면서 다른 사람 그림을 들추어보았다.

"어쩜 학생들은 이렇게 잘 그려?"

과일 가게 아줌마가 호들갑을 떨며 감탄했다. 그 말을 받아 얼굴이 낯익은, 부동산 혹은 떡집 아저씨가 한마디 했다.

"애네랑 우리가 같은가요. 애네는 프로예요, 프로."

나는 빼고요. 난 여기 앉아 있으면 안 될 것 같다. 못 박힌 듯 앉아 있었더니 계림 언니가 왔다.

"어디, 초우 한 것 보자."

계림 언니가 스케치북을 잡아당겼다. 보여주기 싫다고 버티고 있으니 정샘까지 왔다.

"왜, 왜. 초우 그림 좀 봐야지."

"안 돼요!"

내가 끝까지 스케치북을 붙들고 놓지 않자, 정샘이 말했다.

"그럼 다른 사람들 그린 거나 보고 와. 도움이 될 거야."

나는 스케치북을 안고 자리에서 일어났다. 뒤에서 계림 언니가 소리내어 웃었다.

도움이 되기는커녕 집에 가고 싶어졌다. 얘들이 그린 모델과 내가 그린 모델이 같은 사람이라고 누가 생각하겠나. 나는 연필 가지고도 벌벌 떨었는데 다들 목탄에 파스텔에 잉크에, 재료도 가지가지 썼다. 일반부 사람들도 모두 나보다는 나았다.

정샘이 조언을 해주었다.

"초우야, 머리랑 얼굴에 너무 시간을 쓰지 말고 몸 전체의 선을 그리려고 해봐. 어쩔까, 목탄으로 해볼래? 선이 두껍고 부드러우니까 덜 부담스러울 거야."

쉬는 시간이 끝나고 다시 시작했을 때는 아주 조금 정신을 차렸다. 이젠 모델을 보지 못할 정도로 민망하지는 않았다. 가끔 눈이 마주치면 깜짝깜짝 놀라기는 했지만. 그런데 이제는 자꾸 다리가 잘렸다. 서면 선 대로, 누우면 누운 대로 언제나 종아리에서 끝나 버려서 내 스케치북에는 다리 없는 여자만 가득했다.

두 번째 삼십 분이 지나고 쉬는 시간이 되어서 서둘러 스케치북을 덮고 자리에서 일어나는데 견지 형이랑 부딪칠 뻔했다.

내 그림을 봤을까, 아, 창피해. 얼굴이 화끈거리는데 견지 형은 진지하게 말했다.

"앞에 있는 게 사람이라고 생각하지 마. 처음 보는 거라고 생각하고 보이는 대로 그려. 저게 팔이라고 생각하면 네가 머리로 알고 있는 팔을 그리게 돼. 자세히 보면 사람 몸이 아는 거하고는 다르게 생겼을 거야."

머리로는 알아듣겠는데 손과 눈이 안 따라준다. 지금까지는 나름 할 만하다고 생각했는데, 나 정말 기초가 없구나. 절실하게 깨달아버렸다.

누드 크로키는 매주 넘어야 할 고비였다.

발전이 있다면 내가 그린 그림을 안 보여주겠다고 우기지 않게 되었다는 것. 지금 네 실력이 이 정도면 이 정도라고 받아들여야지, 안 보여준다고 네 실력이 나아져? 라는 윤샘 말 때문이었다. 그 말에 풀 죽은 내가 손을 놓자 내 스케치북을 펼친 정샘이 와, 힘이 있네, 좋다, 그렇게 말해주지 않았더라면 진짜 우울했을 것이다. 미술 선생들은 칭찬하기 수업 같은 것을 받는 것인지도 모르겠다. 아무리 이상한 그림도 칭찬할 구석이 보이나 보다.

정샘은 손에 잡히는 모든 것, 나뭇가지나 털실 뭉치며 비닐봉지까지도 그림 그리는 도구가 될 수 있다고 말했다. 그 말에 따라 재료를 다양하게 써봤더니 그리는 재미가 생겼다.

정샘은 주영이와 아운이에게는 더 풀어지라는 말을 하고, 내게는 좀 더 모아보라고 했다.

"초우야, 너는 어떻게 하면 그림이 재밌는지는 잘 아는 거 같아."

내가 아는지 모르는지를 모르겠다.

"근데 그렇게만 하다 보면 기초가 늘지를 않거든. 재미없더라도 정확하게 하려고 해봐, 응?"

"좋겠다. 내 그림은 재미없어."

갑자기 내 왼편에 앉아 있던 아운이가 말했다. 뭐야, 네 그림은 재밌고 말고 할 수준이 아니잖아! 예고에 다닌다는 아운이. 이번, 삼월의 달력이 아운이가 그린 것이었다. 섬세하면서도 밝은 수채화. 색깔이 참 예쁘고 고왔다.

"배부른 고민이라고 하지, 그런 걸."

묘은 언니가 내 마음처럼 말했다. 아운이는 조금 웃었다. 묘은 언니가 내게 말했다.

"이환도 너랑 비슷해. 쟤도 정석대로 못 가서."

"왜 또 나를 가지고 그러냐?"

이환이 휙 돌아앉았다.

"나처럼 말 잘 듣는 학생이 또 어딨다고."

"그건 좀 아니지 않아요?"

"와, 초우. 너 이건 배신이야."

장난을 치는데, 우리가 너무 가벼워 보였나보다. 계림 언니가 말했다.

"지금 안 해 놓으면 나중에 땅을 치고 후회한다, 너희. 이런 때가 또 있을 줄 알아? 밥 먹고 그림만 그려도 되는 때가."

"학교도 가는데요."

이환이 농담을 했지만 계림 언니는 받아주지 않았다.

"그래, 학교까지 넣어, 그럼. 밥 먹고, 학교 가고, 그림만 그려도 되는 때. 이런 순간은 다시는 없을지도 모른다고."

밥 먹고 그림만 그려도 되는 때, 라는 계림 언니의 말이 너무 맘에 들어서 꼭꼭 머리에 담아두었다. 다른 생각 안 해도 되는 때. 왜 작업실에만 오면 시간이 잘 흘러가는지 알 것 같았다.

그날 나는 작업실에 다니게 된 후로는 처음으로 건우 오빠의 스케치북을 펼쳐보았다. 공책 반만 한 하드커버 스케치북이었다. 원래 검었을 앞표지에는 스티커와 잡지에서 뜯어낸 사진들이 붙어 있고 뒷표지에는 검정과 하양, 파랑 아크릴 물감으로 추상화 같은 그림이 그려져 있는, 손때 묻은 낡은 스케치북. 그 여름, 모든 일이 일어난 후에 내가 몰래 빼돌렸던, 구해냈던 스케치북.

그림 그린다는 것을 내게 들키고서 건우 오빠는 내 앞에서는 자주 스케치북을 펼쳤다. 손 좀 이렇게 하고 있어봐, 시키고는 슥슥 그리기도 하고 거실 바닥에 엎드려 빼곡히 글을 적기도 했다.

"여기 있다."

연필과 잉크로 빠르게 그린, 스케치북 한 장을 꽉 채운 알몸의 여인. 몇 장이 그렇게 이어졌다. 예전에 봤을 때는 오빠가 어디 사진이라도 보고 그린 줄 알았다. 건우 오빠는 누드 크로키에 대해선 말한 적이 없었다. 쑥스러워서 그랬겠지, 조금 웃었다.

건우 오빠가 작업실에서 얼마나 많은 그림을 그렸을까. 새삼스럽게 오빠의 그림들이 보고 싶었다. 하지만 이 스케치북 말고 다른 그림을 보는 일은 이젠 불가능한 일이 되었다……. 건우 오빠의 그림들은 모두 불태워졌으니까. 장례식이 끝난 후 큰아빠가 작업실에서 그림들을 다 찾아다가 태워버렸다고 했다. 그 그림은 건우 오빠 건데, 아니, 바로 건우 오빠 자신인 건데.

―네가 그린 그림은 바로 너야. 네 모습이 보이는 거라고. 그리고 싶지 않은 것을 그려봤자 소용없어. 하기 싫은데 한 티가 다 나니까.

건우 오빠가 내게 했던 말. 미술 수행평가 때문에 그림을 그리면서 하기 싫다고 괜한 투정을 부린 나에게, 건우 오빠는 그렇게 말했다. 외외의 말이라서 창피했고, 화가 났고, 이해할 수 없었다. 몰라, 대충할 거야! 말하면서 방으로 들어가 버렸더랬지.

건우 오빠, 그랬던 내가 오빠가 말해주었던 것을 알아가고 있어. 오빠에게 묻고 싶은 게 점점 늘어가는데.

나는 스케치북을 덮었다. 이건 그림일 뿐이야. 기억일 뿐이야. 묻고 싶고 이야기하고 싶은 오빠는 이제 여기에 없다. 같이 그림을 그릴 수도, 서로의 그림을 보고 놀리거나 감탄할 수도 없는 것이다.

삼월에도 여전히 추워서 눈이 두 번이나 왔는데 사월이 되자 달이 바뀌길 기다렸다는 듯이 날이 따뜻해졌다. 버드나무 가지에 연둣빛 구름이 걸린 듯 새 잎이 돋아나는 때, 큰고모네 언니 결혼식이 있었다. 명절 때도 잘 보지 못하는 친척들이 모였다. 큰아빠는 왔지만 큰엄마는 오지 않았다.

"아직은 힘들 거예요, 그렇죠? 건우 엄마가 얼마나……."
"별거한 지 좀 되었다면서?"
"다시 합쳤다던데, 어쨌든 어머니는 모셔야지 어떻게 해요."
뒤쪽 테이블에서 두 사람의 대화가 들렸다. 누군지 알 것 같았다. 아주 가깝지도 멀지도 않은 친척들. 쉽게 말할 수 있는 위치의 사람들. 대화는 교묘하게 핵심을 빗겨간다. 슬쩍 치고 지나간다. 하지만 그렇다 해도, 우리는 죄인처럼 고개를 숙여야 한다.
"초우네도 힘들지 뭐. 그게 무슨 초우 엄마 아빠 책임이에요?"
"그래도 애를 맡기로 했으면 애가 뭐하고 다니는지는 알았어야지. 건우네 생각하면……. 아유, 나 같으면 저렇게 얼굴 들고 못 다녀."
말들이 귓속으로 파고들고, 나는 자리에서 일어났다.
"어디 가?"
엄마가 물었다. 엄마는 저 말들을 듣지 못한 걸까?

"잠깐 화장실 좀……."

말끝을 흐렸다.

예식장 홀을 빠져나왔는데도 목까지 열기가 찬 것처럼 온몸이 뜨거웠다. 저렇게 모두 엄마와 아빠를 탓한다. 우리 집에 살던, 맡겨두었던 건우 오빠가 어이없이 죽어버렸으니까. 교통사고라고 들었다. 음주운전사고였다고. 그건 엄마 아빠의 잘못은 절대 아니었지만 큰엄마는 우리를 원망했다. 건우 오빠가 몰래 화실을 다녔다는 것을 알고서는 더더욱 우리를 탓했다.

큰엄마에 대해서는 뭐라 말할 수가 없다. 하지만 다른 사람들이 어떻게 저렇게 쉽게 말할 수 있지? 우리가 어떤 마음으로 어떻게 견디고 있는지도 모르면서, 아무것도 모르면서!

탕탕, 대리석 바닥에 내 구두 소리가 울렸다. 이게 뭐지, 왜 이런 일들을 겪어야 하지, 여기 안 있고 싶어, 다른 데로 가고 싶어…….

"그렇다고 그냥 가면 어떻게 해!"

조용한 로비에 남자애의 화난 목소리가 울렸다. 화들짝 놀라 멈춰 섰다. 결혼식장 옆 갤러리 앞, 결혼 축하 화환과는 색조며 분위기가 미묘하게 다른 화환들 사이에 서 있는 내 또래 여자애와 남자애. 아운이와 경하였다.

작업실 밖에서, 그것도 이런 순간에 마주할 거라고는 꿈에도 생각 못한 애들이었다. 경하가 뭔가 말하는데 아운이는 경하를 외면하고 내가 있는 쪽으로 걸어왔다. 아운이와 내 눈이 마주치고, 잔뜩 찌푸렸던 아운이의 얼굴이 확 밝아졌다.
"초우야!"
아운이는 종종걸음으로 다가와 우리 나가자, 하고 말했다.
"어? 아, 안녕. 근데 어딜? 어?"
"김아운, 너 진짜 이럴 거야?"
경하가 뒤따라왔다. 경하는 날 못 알아본 것 같았다. 그만큼 아운이에게만 시선이 고정되어 있었다.
"들어가서 인사라도 해야지!"
"그럼 너는 들어가면 되잖아!"
평소에는 그렇게 차분하던 두 아이가 이렇게 소리를 지르며 싸우는 것을 보니 당황스러웠다. 지나가던 사람들이 흘끔흘끔 쳐다볼 정도였다. 나 역시 화를 내던 중이었음을 잊고,
"그만해, 좀. 야, 진짜, 소리 지르지 마. 목 안 아파? 저 봐라, 핏줄 서는 거."
나는 오른손으로는 아운이를, 왼손으로는 경하 옷소매를 잡았다. 아운이는 경하에게서 고개를 돌리고 내 손을 잡아끌면서 걷기 시작했다.
"어, 야, 아운아……."
비틀거리며 아운이 손에 끌려가면서도, 나는 잡고 있던 경하의 옷소매를 차마 놓지 못했다. 결국 우리 셋은 무슨 유치원생 아

가들처럼 나란히 서로를 잡고 걷게 되어버렸다.

큰 동굴 같은 건물을 빠져나가자 사월의 밝은 햇살에 눈이 부셨다. 우리는 그대로 건물 앞 횡단보도를 건너 공원 입구로 들어섰다. 눈앞에 길이 있으니까 길을 따라 걸었다. 손을 놓지 못했던 것은 서로에게 소리를 지른 사람들이 입을 다물었을 때 밀려드는 그 당혹스런 침묵 때문이었을 것이다.

내가 지금 뭘 하고 있는 거야. 아운이 손도 경하 옷소매도 다 놓아버리고 싶었지만 어떻게 언제 놓아야 할지 몰라서 계속 잡고 있었다. 우리 셋은 그렇게 나란히 그 넓은 공원을 걸었다. 경하는 자주 전화를 확인했지만 전화를 받거나 아운이에게 말을 걸지는 않았다. 나 역시 주머니에서 계속 진동하는 핸드폰은 무시하고 있었다. 아운이는 그런 건 전혀 신경도 쓰지 않는 듯했다.

마침내 갓 걸음마를 하는 조그만 아이가 비틀비틀 우리 쪽으로 걸어와서, 그 아이를 피하느라 자연스레 손을 놓았다. 갑자기 더욱 어색해졌다. 뭐가 말을 해야만 할 것 같은데,

"아는 선생님 전시회여서."

경하가 불쑥 말했다.

"아, 나는 사촌 언니 결혼식이어서."

"어떻게 해, 이렇게 나와도 돼? 나 때문에……."

아운이가 미안해했다.

"아니야, 괜찮아. 어차피 나오던 참이었어."

차라리 잘 되었다. 적어도 자리를 비운 것에 대한 거짓 없는 변명거리는 생겼다. 다시 할 말이 없어지고, 우리는 걸었다.

공원의 반대편 문으로 나오자 복잡한 대학가였다. 어스름이 깔리기 시작했다. 우리는 불을 밝힌 좌판들 사이로 걸었다. 사람은 너무 많고, 시끄럽고, 말해봤자 들리지도 않을 테고, 우리는 서로 모르는 사람처럼 눈도 거의 마주치지 않았다.

초조해하던 경하도 포기한 모양이었다. 한 걸음 한 걸음 걸을 때마다 나도 조금씩 가라앉았다. 아까 그렇게 결혼식장을 뛰쳐나온 것이 까마득하게 느껴졌다.

이야기하고 싶기도 했다. 나는 왜 이러냐면……. 듣고 싶기도 했다. 너희는 무슨 일인데? 하지만 말하지 않는 순간에만 얻을 수 있는 평화로움과 안도감이 더 컸다. 공범자가 된 것 같아, 말 한마디 안 해도 아주 가까워진 것처럼. 우리는 묵묵히 떡볶이를 사 먹고 묵묵히 지하철을 타고 돌아와 헤어졌다.

아운이와 경하와 나는 약속이라도 한 듯 토요일의 일에 대해서는 이야기하지 않았다. 대신 예전보다 자주 두 사람의 그림에 눈이 갔다. 바르고 곧은, 나쁜 짓은 한 번도 안 했을 것 같은 경하의 그림. 따뜻하고 고운, 가벼운 구름 같은 아운이의 그림. 그림으로 보이는 모습과 그림 밖에 있는 모습. 다들 내가 모르는 곳에서 각자의 삶을 살고 있다는 게 비로소 실감이 났다.

아운이는 그날 이후로 나를 좀 더 편하게 여기게 된 것 같았다. 옆에 와서 말을 걸기도 하고 누드 크로키를 할 때면 옆에 같이 앉자고 말하기도 했다.

"아운이 걔가 그런 애가 아닌데."

이환이 감탄할 정도였다.

"아운이 처음 작업실 왔을 때, 내가 걔 말 시키느라고 얼마나 고생했는지 알아? 요즘도 아운이는 경하랑도 말 한마디 안 하고 있다가 갈 때도 있거든. 강강이하고나 좀 친한가 싶지. 우리 초우, 대단하네?"

"무슨 헛소리에요."

쑥스러워져서 타박하자 이환은 너 아운이랑 친해졌다고 날 버릴 거야? 그런 거야? 신파조로 말하다가 견지 형에게 한 소리를 듣고서야 자기 그림으로 돌아갔다.

막상 가까워지고 나니 아운이는 그렇게 딴 세상 애 같지가 않았다. 있는 그대로를 보지 않고 안다고 생각하는 대로 그려버리는 내 버릇은 사람에 대해서도 마찬가지였던가. 그럼 보이는 대로 그리는 법을 익히면 사람들도 바로 볼 수 있을까. 이런 건 작업실 밖에선 한 번도 생각해본 적 없는 일.

봄날의 그림소풍

어린이날에는 다 같이 그림소풍을 갔다. 그림소풍, 간질간질한 단어였다.

"여기서 시작하자."

높은 동네 가파른 골목길 위 놀이터에서 견지 형은 말했다.

"한 시간 반 뒤에…… 지금 열 시 십 분 전이니까 열한 시 이십 분까지 여기로 다시 모이도록 해. 되도록이면 두 장 이상 그리고, 다섯 장은 넘기지 마라. 무슨 일 있거나 길을 잃었거나 내가 필요하면 전화하고. 너무 멀리는 가지 마. 알았지?"

다들 흩어졌다. 이환과 묘은 언니는 함께 움직일 줄 알았는데 미련 없이 각자 걸어갔다.

나는 일단 걸어가서 적당히 자리를 잡고 앉았다. 연필, 잉크, 색연필, 팔레트와 붓, 물통까지 챙겨놓았지만 어떻게 시작을 해야 할지 모르겠다. 손 놓고 앉아 있었더니 견지 형이 걸어왔다.

"잘 모르겠으면 먼저 말로 해봐. 저 계단 위에 있는 게 뭐니."

"화분이요."

"어떤 화분인데?"

"하나는 좀 크고…… 그러니까 무릎까지 오는 크기? 색깔은 까맣고, 잎이 길고 가느다란 나무가 심겨져 있어요. 옆에 두 개, 아니 세 개는 그거 반만 한데 주황색이고, 테라코타 같아요. 하나는 선인장이고, 그 옆에 잎이 동그란 작은 나무……."

"그 말을 종이 위에 옮기는 거야."

견지 형이 말했다.

곧 견지 형은 떠나고 나는 보고 말하기 시작했다. 계단 옆 골목. 파란색 티셔츠를 입고 담배를 피우는 남자. 바람. 나무. 흔들림. 하얀 치마를 입은 꼬마 여자애가 계단을 뛰어올라간다. 그림자도 같이 뛴다. 치맛자락이 다리에 감겨. 그런 움직임까지 그릴 수 있을까.

빨간 장바구니를 들고 걸어가다가 멈춰서 허리를 콩콩 두드리는 아주머니. 전봇대에 붙은 스티커들. 파란 하늘에 죽죽 그어진 검은 전선들. 그런 게 보였다. 보이는 것들, 읽히는 것들을 그렸다.

한 장을 그리고 걷다가 강강이를 발견했다. 발소리를 죽이고 다가가보았더니 강강이는 얇은 펜으로 조그만 놀이터와 그 옆의 작은 집을 그리고 있었다. 머뭇거리지도 않고 서두르는 기색도 없었다. 강강이의 스케치북에 풍경이 담기는 광경은 마술처럼 신비로웠다.

"좋다."

진심이었다. 강강이는 놀란 기색도 없이 나를 빤히 올려다보더니 활짝 웃었다.

"언니 그린 거도 보여줘."

"별로 못 그렸는데."

보여주려니 부끄러웠다. 그래도 강강이는 내 그림을 보고 좋다, 말하곤 옆에 앉으라며 바닥을 톡톡 쳤다.

강강이 근처에 앉아서 연필과 수성펜으로 골목 안을 그렸다. 강강이처럼 망설이지도 않고 조급해지지도 않으려고 애썼다. 어차피 똑같이 그릴 수도 없고, 그럴 필요도 없는 것일지 모른다.

자리를 옮겨 한 장을 더 그리니 모일 시간이 되었다. 견지 형은 모두 스케치북을 펴서 바닥에 내려놓으라고 했다. 크기도 모양도 제각기인 스케치북 위에 너무나 다른 풍경들. 저마다의 작은 세상이 빼곡히 내려앉은 모습. 견지 형은 하나하나 스케치북을 짚으면서 충고를 해주었다. 나에게는 보이는 것을 다 그리려 하지 말고 몇 가지만 골라서 여백을 남기며 해보라고 했다.

"자, 한 번 더 가자. 똑같이 한 시간 반."

걷다 보니 오래된 슈퍼마켓이 눈에 띄었다. 바랜 차양은 노랑과 연두. 예뻤다. 물병에 담아온 물을 물통에 붓고 팔레트를 꺼냈다. 한 장 그리는데,

"조금 더 세게 나가도 괜찮을 것 같은데."

깜짝이야. 견지 형이 바로 뒤에 서 있었다.

"색깔을 잘 봐, 초우야. 바로 오늘, 여기에서만 볼 수 있는 색깔들이 있어. 이 계절에 이 날씨에 이 시간에만 이 색들이 나타난다고. 색깔에 이렇게 이름을 붙일 수도 있겠지. 몇 월 며칠 몇 시, 어디의 노란색."

다시 그렸다. 견지 형은 옆에 앉아서 딴청이었다. 다 되었다 싶어 붓을 놓았더니 흘깃 보고 좋은데, 그랬다. 그 말 말고 또 없나 기다렸더니,

"어디 보자…… 보이는 대로 다 칠하려고 하지 말고 색깔도 몇 개만 써 봐. 이런 말이 있어, 그림은 완성되는 게 아니라 흥미로운 지점에서 멈추는 것이라고. 너무 많이 그리지 말고, 재미있을 때 딱 멈춰봐."

들은 대로 할 수 있다면 못 그리는 사람이 하나도 없겠지. 그래도 들은 말을 품고, 그리려고 한다. 가르쳐주는 사람이 있으니까 배우면 된다. 배우고 싶었다.

견지 형이 다른 아이들을 찾아간 후에 한 장 더 그리고, 성에

안 차서 구도만 조금 바꾸어 다시 그렸다. 아 정말, 이 색깔이 아닌데. 훨씬 더 예쁜데. 선도 이런 느낌이 아닌데 왜 이렇지. 속상해서 스케치북을 확 덮었다가 도로 폈다. 어쨌든 내가 그린 거니까 책임을 져야 한다. 덮고 잊고 버릴 수는 없다.

그릴 만한 것을 찾아 내키는 대로 걷다가 이환이 골목 그늘에 앉아 있는 것을 보았다. 반가워서 손을 휘휘 저으며 다가갔는데, 이환은 내가 바로 옆에 설 때까지도 알아차리지 못하고 눈앞의 벽만 바라보고 있었다.

"아, 초우야."

"뭘 보는 거예요?"

이환은 손을 내밀어 골목 건너편의 벽을 가리키며 조금 어정쩡한 얼굴로 웃었다.

"예뻐서."

그냥 벽이었다. 하얀 페인트가 비바람에 낡고 군데군데 떨어져 거친 잿빛 바탕을 드러낸 회벽. 갈라진 틈으로는 작은 초록 잎들이 고개를 내밀고 있었다.

"저걸…… 이렇게 잘라서 갤러리에 가져다 놓으면 그게 작품일 거야."

이환은 손가락으로 네모를 만들어 벽 쪽으로 내밀었다. 벽은 벽일 뿐이지만 이환의 말을 알 수 있었다.

"사람이 만들지 않은 것은 아름답다고 생각하고 있었어."

"저 벽도 사람이 만든 건데요?"

"처음엔 저렇게 예쁘지 않았을 거야, 막 만들었을 때는. 근데 비에 젖고, 낡고 해어지니까 예뻐지잖아. 그건 인간이 만든 게 아니지. 사람이 만든 것들도 사람 손에서 벗어나면 아름다워질 수 있어."

사람은 만들 수 없는 아름다움. 사람 손이 닿은 흔적을 벗어야 아름다워지는 것들. 그럼 인간은? 하고 묻고 싶기도 했다.

잠시 이환과 함께 그 벽을 바라보았다. 그려볼까 했는데 덜컥 겁이 났다.

"왜 앞에 흰 종이만 놓으면 겁이 날까요."

"나도 하얀 종이를 눈앞에 두고 있을 때면 겁이 나."

이환이 고백하듯 말했다.

"그래서 일부러 노란 종이를 쓰지."

"그게 뭐야!"

진지하게 듣고 있던 나만 바보가 되었나 싶었는데 이환이 말했다.

"갱지 같은 거 있잖아. 아니면 구겨진 종이나 신문지. 그런 데다 그리면 마음이 훨씬 편하다? 손도 더 빨리 나가고. 정 안 되면 종이 위에 종이를 막 붙여."

이환은 두툼한 파일을 열어 보였다. 신문지부터 포장지, 잡지 뜯은 것까지 갖가지 종이가 들어 있었다.

"너 쓰고 싶은 거 맘대로 가져가도 돼."

이환은 어차피 자기 혼자선 다 못 쓴다며 너그럽게 파일을 넘겨주었다. 뭘 쓸까 고민하고 있노라니 종이 고르다가 시간 다 가겠다고, 눈에 띄는 걸로 빨랑 시작해, 잔소리도 해주었다.

흰 닥종이 같은 종이를 찢어서 붙이고 그걸 벽이라고 생각하고 주변을 그렸다. 다른 종이들도 더 붙였다가 아니다 싶어 떼어냈다. 그래, 떼는 게 낫다. 와, 그 감각이라는 거, 나한테도 생기고 있나봐.

"알아서 점심들 먹고, 두 시 반까지 저쪽 은행 앞으로 다시 모입니다. 알겠지?"

견지 형은 휘적휘적 걸어가버리고, 이환 쪽에 붙을까 했는데 강강이가 손을 끌어 아운이까지 셋이 햄버거를 먹으러 갔다.

햄버거와 콜라를 앞에 두고 셋이 앉아 있으려니 조금 낯간지러웠다. 학교 얘기나 작업실 얘기, 견지 형 얘기도 하는데, 강강이가 갑자기 내게 물었다.

"언니야, 언니는 왜 그림을 그리냐?"

"동생아, 이 언니는 네 말투가 심히 마음에 들지 않구나."

"그러냐아?"

강강이는 일부러 말끝을 길게 끌면서 웃었다. 귀여워서, 똑같이 따라하면서 물었다.

"너는 왜 그리는데에?"

"나는 말이지이—이렇게 보면, 세상이 그림으로 보인다?"

강강이는 끝을 올리며 말하고 대답을 기다리는 것처럼 내 눈을 들여다보았다.

"그래."

나는 강강이가 하는 말을 못 알아들으면서도 대답했다.

"그럼 그걸 그리는 거야."

강강이는 결론을 내듯 말했다. 그게 뭐야, 웃으려다가 응, 하고 말았다. 진짜구나 싶어서 웃어넘길 수가 없었다.

언니는, 언니는? 하고 재촉하기에,

"나는 계속 하고 싶었는데. 예전부터."

"근데 왜 안했어?"

바로 대답하지 못했다. 왜 진작 시작하지 못했냐면……. 강강이는 그 질문은 넘기고 다른 걸 물었다.

"초우 언니 일반부지? 미술 쪽으로 전공 안 할 거야?"

"음, 모르겠어. 그렇게까지 생각 안 해봤어."

미술을 전공한다는 건 어떤 것일까. 그건 그림을 그리는 것과는 다를까? 강강이가 말했다.

"나도 예중 시험 보기 전에, 미술은 계속 하고 싶었는데 예중 시험은 보기 싫었어. 그때 다닌 화실은 여기 오기 전에 다닌 덴데, 거기서는 막 맞으면서 그림을 그렸어."

"맞아? 왜?"

"시간 정해 놓고 그때까지 다 못 그리면 맞고…… 말해준 대로 안 그리면 맞고."

"어딜 맞는데?"

"여자애들은 주로 손바닥, 남자애들은 막 뺨도 맞고 그랬어. 나도 뺨 맞은 적 있어. 근데 되게 억울했어. 나는 그린다고 그렸거든. 시간이 너무 빨리 지나가서……."

"……엄마가 뭐라 안 그러셨어?"

"다 때리는 덴 줄 알고 애들 보내는 건데 뭐. 그리고 뭐, 많이 배웠어. 실력은 늘었던 거 같애."

맞으면서 공부하는 것은 봤어도 맞으면서 그림 그리는 건 한 번도 생각 안 해 봤다. 강강이가 말을 이었다.

"근데 나는 견지 형이 더 무서웠어, 때리는 것보다. 그리기 싫으면 그리지 말라고 했는데, 진짜로 하는 말 같아서. 정말로 그리지 말라고 할까봐서."

알 것 같다. 견지 형이 정색을 하고 그렇게 말했다면 진짜 무서웠을 거다. 우리가 얘기하는 걸 조용히 듣고만 있던 아운이에게

"그럼 예고 갈 마음은 있어?"

"글쎄, 아직은 몰라. 엄마는 그러라는데. 아, 아운이 언니, 예고 다녀."

문득 예고 입시 시험은 어떤 건지 궁금해졌다. 물었더니, 아운

이는 난처한 얼굴이 되어서 잘 모른다고 말했다.

"원래는 무용으로 들어갔는데 작년 말에 전공을 바꾼 거라서."

아운이는 무용을 하다가 무릎을 다쳤다고 했다. 처음엔 빨리 나아서 밀린 연습을 해야겠다는 생각뿐이었는데, 다시는 할 수 없게 되었다는 말을 듣고는 그럼 이제 다른 걸 해야겠구나 생각했다고 했다. 남 이야기하듯 담담했다. 원래 성격이 그런 것이 아니라면 그렇게 말하기 위해 엄청 노력해야 할 것 같은 이야기였다.

"예전에 그림을 그리기도 했거든. 그래서 미술반으로 옮기긴 했는데, 기초도 부족하고……. 거기 애들은 다 미술로 시험보고 들어온 건데 내가 가 있으니까 별로 안 좋아하고."

"언니가 잘하니까 옮기게 해준 거지, 뭐."

강강이 말에 아운이는 살짝 미소를 지었다. 그래서 아운이는 그 부족한 기초를 쌓기 위해 작업실에 다니고 있다는 말이었다. 학생, 그것도 예고생은 받지 않겠다는 견지 형을 설득해서 올해까지만 다닌다는 조건으로 들어왔다고 했다. 경하 오빠도 그때 같이 다시 들어왔고, 강강이가 덧붙였다.

무용을 하다가 미술로 바꿨다, 라는 건 내겐 상상이 안 되는 얘기였다. 아운이는 중학교는 무용으로 예중을 다녔다고 했다. 아주 어릴 때부터 당연하게 그림을 그리고 무용을 하는 아이로 사는 건 어떤 기분일까. 짐작할 수도 없어서 콜라를 벌컥 들이켰다.

아, 차가워!

오후에 다시 모였을 때 견지 형은 장소를 옮겼다.

큰길가 재래시장이었다. 견지 형은 두 시간, 말하고서 그 시장통에 우리를 버려두고 사라졌다.

생선 비린내에 깨 볶는 고소한 냄새, 정신없도록 활기차고 선명했다. 이렇게 복작복작한 옛날 분위기의 시장은 참 오랜만이었다. 강강이랑 아운이랑 이것저것 구경하면서 그림을 그리는 게 아니라 노는 기분이었는데, 곧 강강이는 생선 가게에 꽂혀 거기에 두고 와야 했고, 아운이는 그릇 가게 앞에서 멈췄다. 혼자서 좀 더 안쪽으로 들어가 보았다. 빗자루며 양철 냄비에 호스, 밧줄까지 온갖 잡동사니를 쌓아놓고 파는 가게가 눈에 들어왔다. 만물상이라고 붙여놓은 간판까지도 제멋대로면서도 나름 질서가 있다. 물건을 하나라도 잘못 빼면 우르르 무너질 것 같은, 아슬아슬하면서도 꽉 잡힌 균형. 그걸 그리기 시작했다.

"어머나, 학생, 잘 그리네?"

"네? 네? 아니요."

지나가는 아주머니들이 말을 걸었다. 창피하고 쑥스럽고, 뿌듯하기도 했다.

"그런데 이걸 왜 그린대?"

하하. 저도 몰라요. 그리라네요. 그런데, 저도 막 그리고 싶어요.

아유, 이 좁은 데서 뭐 하는 거야, 학생, 비켜! 아니면 말도 없이 어깨를 밀치며 지나가는 아주머니들도 있다. 부대끼면서, 계속 그렸다. 사람들에 밀려 점점 길 가장자리로 몰려서, 종이를 휙휙 넘기며 보이는 것들을 그렸다. 눈치 볼 것도 없고 망설일 것도 없다. 눈앞에 뭔가 그릴 것이 보였다. 나는 뒤처져 있는 게 분명하지만 이런 순간에는 그런 마음도 들지 않았다.

두 시간 뒤에 다시 모였을 때는 스케치북도 너덜너덜하고 몸도 마음도 너덜더널했다. 그리고 무척 뿌듯했다.

근처 건물 주차장에서 다시 스케치북을 펴놓고 평가를 했다. 다들 잘했는데, 다들 좋았는데 내 그림도 좋았다. 이환은 그림을 그리다가 지나가는 아주머니한테서 귤을 받았다 하고, 태현이는 동네 꼬마와 싸울 뻔했다지 않나, 모두 들떠서 한마디씩 했다.

벌써 해질 때가 된 건지 하늘이 알록달록해지는데, 다들 하나만 더 그리자고 했다. 나도 저 하늘을 그리고 싶었다. 견지 형은 딱 십오 분만 주었다. 멀리 가지 못하고 주차장 가장자리 시멘트 턱에 앉았다. 수채 물감으로 색깔을 확확 칠하고 기다렸다. 적당히 마르고 나면 수채 색연필로 번지도록 그려봐야지……. 뭘 할지를 알고 있다는 게 신기하고 신났다.

기분이 좋아서, 방심했다. 가방에 넣어온 건우 오빠의 스케치북을 꺼내 펼쳤던 것이다. 오빠가 적어둔 문장을 확인하고 싶어서였다. 앞부분 어딘가에,

―거리로 나서자 구원이 왔다.

무슨 말인지 알 것 같았다. 잠시 그리는 것도 잊고 건우 오빠의 스케치북을 보았다. 길과 골목과 하늘과 건물과 사람들. 이미 보았던 그림들이 다르게 보였다. 이 년 전 봄의 날짜. 그렇구나, 오빠도 여기 이렇게 길에서 거리를 그렸구나. 이 탁 트이는 느낌을 느껴보았던 거구나.

한 장 더 넘겼다. 글이 나왔다.

―오늘의 견지 형 어록. 그 따위로 하려면 밥 로스 비디오나 봐.

쿡, 웃는데,

"초우야."

견지 형이었다. 놀라 스케치북을 덮었다. 견지 형의 시선이 스케치북으로 향했다.

"이건……."

견지 형은 알아보았다. 스티커와 잡지에서 뜯어낸 사진들과 물감으로 꽁꽁 표지를 덮어놓은 건우 오빠의 스케치북을.

"이걸, 이걸 네가 어떻게?"

견지 형의 얼굴에 떠오른 표정, 그 목소리. 놀라고, 믿지 못하고. 꽁꽁 닫아두었던 문을 누가 우악스럽게 열어젖혀 느닷없이 자신을 내보인 것 같은 모습으로 견지 형이 말했다.

"건우를 어떻게……."

목이 메어왔다. 언젠가는 말해야 할 거라고 생각했다. 하지만 이렇게 말하게 될 줄은 몰랐다.

"동생이에요……. 사촌 동생이요."

아주 오래, 우리 둘 다 아무 말도 하지 못했던 것 같다. 아, 그래? 건우 동생이구나, 건우 요즘 잘 지내니? 그럼요, 잘 지내요. 이런 말들이 오갈 수 있었다면 얼마나 좋았을까. 이렇게 텅 빈, 깜깜한 허공과 마주하는 대신에. 마침내 견지 형이 입을 열었을 때는 하늘은 한 겹 더 어둑해지고, 멀리서 아이들이 재잘대는 소리와 차 소리, 경적소리가 들렸다. 아득했다.

"그랬구나, 그래서……."

그래서, 그다음에 이어질 말은 무엇일까. 그러나 견지 형은 말을 잇지 않고 내 스케치북으로 눈을 돌렸다.

"색깔 예쁘다."

견지 형 목소리의 색깔을 구별해낼 수가 없었다.

묻지 않고 답하지 않는

거실로는 햇볕이 쏟아져 들어오고 있다. 나는 엎드려 만화책을 읽고 있고 건우 오빠는 베란다에 쭈그리고 앉아 뭔가를 그리고 있다. 물이 반쯤 담긴 종이컵, 얇은 붓 하나, 종이 위로 번져가는 수채색연필 자국들.

―풀잎이 너도 그려볼래?

건우 오빠가 내게 묻고, 그제야 나는 내가 거실 유리문에 기대어 오빠의 그림을 내려다보고 있음을 깨닫는다. 건우 오빠는 선뜻 자기 스케치북에서 종이를 한 장 뜯어 내민다. 색연필이 빽빽하게 꽂힌 둥근 연필꽂이도 함께. 나는 갑자기 주어진 이 놀라운 자유―기회 앞에서 어리둥절해지고 만다.

내가 그 종이를 받아들고 그림을 그렸던가. 어두운 방에 누워 이 꿈같은 기억을 끝의 끝까지 더듬어갔지만 생각이 나지 않았다. 미처 완성하지 못한 그림소풍의 마지막 그림만 떠올랐다. 수채색연필을 쓰겠다고 꺼내놓았었지. 그러곤 하지 못했다. 견지 형이, 내가 건우 오빠의 사촌동생임을 알아버렸기 때문에.

일부러 숨기려했던 건 아니다. 말하지 않았던 것뿐이다. 그런데도 이틀이나 작업실에 가지 못했다. 어떻게 견지 형을 대해야 하나. 그래서, 라고 말했던 견지 형의 목소리. 질문하는 것인지 단정 짓는 것인지 알 수 없는, 그래서. 나는 답을 해야 할까, 아니면 변명을 해야 할까. 건우 오빠에 대해 미리 말하지 않은 것에 대한 변명? 왜 작업실에 왔는지에 대한 답?

학교에 와서도 영 집중이 되질 않아 낙서만 끼적이는데, 점심 때쯤에 계림 언니로부터 문자가 왔다. 왜 안 오느냐고 묻는 문자인 줄 알았는데 뜬금없이,

—내일, 토요일은 작업실 페인트칠하는 날! 헌옷 준비해 오세요.

페인트칠? 핸드폰 액정이 까매질 때까지 문자를 들여다보았다. 그러면 견지 형의 마음이 읽히기라도 할 것처럼.

토요일에는 날씨가 너무 좋았다. 앞서 걸어가는 내 그림자가 진한 파랑빛으로 보였다. 그림자는 자꾸 발을 멈추었다. 작업실

로 올라가는 계단에서도 그림자는 몇 번이나 비틀거렸다.
 큰방도 페인트칠을 하는지, 헌 옷에 면장갑에 머릿수건까지 완벽하게 차려입은 아줌마 아저씨들로 좁은 복도가 붐볐다.
 "학생, 위에 입을 건 가져왔어? 옷에 페인트 묻으면 못 지워!"
 혀를 차는 반찬 가게 아주머니께 꾸벅 인사를 하고 쭈뼛거리며 작은 방으로 들어갔다. 바닥엔 이미 신문지가 덮였고, 선생님들과 아이들 몇 명이 창문과 탁자를 신문지로 덮고 있었다. 가운데 서 있던 견지 형이 나를 돌아봤다. 눈을 마주칠 수가 없어 고개를 숙였다.
 "여기."
 "네?"
 견지 형은 페인트 붓과 장갑을 내밀었다. 엉겁결에 받아들었다. 그게 다였다. 뭔가 말하고 싶었는데, 이환이 들어오면서 볼멘소리를 했다.
 "아, 형, 갑자기 무슨 페인트칠이에요."
 "나 저거 다 어쩌라고. 네?"
 빈 벽에 사진과 그림을 붙여 자기만의 공간을 만들어둔 강강이도 칭얼거렸다. 견지 형은 아랑곳하지 않았다.
 "너무 더러워졌잖아. 너희늘 보기도 안 그래? 새로 칠하면 기분도 좋고, 그림도 잘 그려진다."
 정샘이 페인트 통을 열자 확, 페인트 냄새가 번졌다. 견지 형은 손뼉을 짝 치고 외쳤다.

"자, 그럼 시작!"

하얗게 덮여간다. 작업실 곳곳에 하얀 불이 붙어 점점 번져나가는 것 같았다.

"아우, 내 걸작을 지우게 하다니. 견지 형 성격 나빠. 이런 거 그대로 두면 나중에 엄청 뜰지도 모르는데."

벽에 꽤 공들여 그려놓은 나무 그림 위로 페인트를 칠하며 이환이 투덜댔다.

"한 오십 년 뒤에?"

묘은 언니 말은 들은 척도 않고 이환은 말을 이었다.

"잘라서 팔 수도 있는데."

아쉬워하면서도 한번 칠하기 시작하자 흥이 돋는지 이환은 에잇, 다 없어져버려라, 시끄럽게 소리를 지르며 팔을 움직였다.

"근데 견지 형이 페인트칠을 하겠다고 나서다니, 웬일이야? 만날 귀찮아 죽으려는 사람이."

이환이 혼잣말처럼 말했다. 이상했다. 견지 형은 무슨 생각을 하고 있는 걸까? 왜 아무 일도 없었던 것처럼 나를 대하는 걸까.

"김초우, 페인트 흐른다."

묘은 언니가 말했다. 그 말에 정신 차리고 붓을 바로잡았다.

"묘은이 네가 온 뒤로는 페인트칠 처음 하는 거지?"

이환이 묘은 언니에게 물었다. 언니가 고개를 끄덕였다.

"언니는 여기 다닌 지 얼마나 되셨는데요?"

내가 묻자 묘은 언니는 잠깐 눈을 찡그렸다.

"나? 한 이 년 정도 된 것 같은데."

"그런데 그림은 정말 안 늘었어."

이환이 말참견을 했다. 묘은 언니는 바닥에 깔린 신문을 이리 저리 뒤적이면서 말했다.

"나는 뭐, 미대 갈 것도 아니고."

깜짝이야, 나 말고는 당연히 모두 입시생이라고 생각했는데. 그럼 여기에 왜 다니는 거냐고 물었더니 취미라고 했다.

"언니 공부 되게 잘 하나 봐요. 이럴 여유도 있고."

"여유가 아니라 허세지. 여기가 없었음 머리가 터져버렸을 거야. 뭔가 다른 일을 하고 있다고 스스로에게, 남들에게 계속 말할 수 없었다면."

고 삼치고는 굉장히 배부른 소리를 하는 묘은 언니는 추리 소설이나 과학 소설 작가가 되고 싶다고, 벌써 글을 쓰고 있다고 했다. 언니 쓴 글 읽어보고 싶다고 했더니 이환은 자기가 읽어봤는데 무슨 소린지 하나도 모르겠더라 말하고는 묘은 언니에게서 팔을 한 대 맞았다.

"너 책 내면 내가 거기에 그림 그려줄게."

이환은 맞고서도 금방 방글거리며 말했다.

"이해도 못 하는 글에 어떻게 그림을 그리냐?"

"그러니까 그림도 이해할 수 없는 그림으로……."

됐다, 고개를 저으면서도 묘은 언니는 언제나처럼 픽 웃었다.

강강이랑 태현이는 사명감을 느끼고 있기라도 한 것처럼 열심이었고 주영이도 완전 몰입해서 페인트를 칠했다. 그에 비하면 고참이랄까, 고 삼 무리들은 대충대충 하는 게 빤히 보였다. 목상은 아예 책을 펴들고 읽으면서 느리게 붓을 움직였고, 이환의 나무를 한 번 덮어 칠한 묘은 언니와 이환은 바닥에 깔아놓은 옛날 신문의 기사를 읽으며 수다를 떨었다. 아운이와 나는 가까이에서 서로 종이테이프를 붙여주고 옷소매를 걷어주기도 하면서 일했다. 경하는 사다리에 올라 높은 곳을 칠했다. 가끔 눈을 들면 게으름 피우지 않고 움직이는 경하의 팔과 등이 보였다.

페인트를 칠하면서 점점 마음이 편해졌다. 일할 때는 자장면을 먹는 거라면서 견지 형이 시켜준 자장면도 먹었다. 페인트 냄새 풍기는 방 안에서 신문지 깔고 앉아 자장면을 먹고 있으려니 열어놓은 창문으로 따뜻한 바람이 불어 들어왔다. 봄의 초록까지 같이 불어 들어오는 것 같았다.

페인트칠은 날이 저문 후에야 끝났다. 밖이 어두워지자 안이 더 밝아보였다.

"와, 좋다!"

아까 투덜거렸던 것은 잊었는지 강강이가 손뼉을 치면서 좋아했다. 나 역시 그랬다. 내가 직접 칠했기 때문일까, 진짜 내 작업실 같았다.

다들 짐을 챙기고 나서는데,

"초우 잠깐 나 좀 보자."

견지 형이 나를 불렀다. 잠깐 잊었던 현실이 되돌아왔다. 그래, 들어야 할 말이 있었지. 각오하고 총무실로 들어갔는데, 견지 형은 딴말을 했다.

"내일부터는 윤샘하고도 해봐. 기본을 잡아야 하니까."

내가 예상한 말이 아니었다. 왜 견지 형은 내게 건우 오빠에 대해서 묻지 않는 것일까? 머뭇거리다 물었다.

"저, 여기 계속 있어도 돼요?"

이런 질문이 이상한 건지도 모른다. 별일 없었던 것처럼 굴면 별일 없는 게 될까. 그게 나을까.

견지 형은 오래 대답하지 않았다. 왜 미리 이야기하지 않았느냐고 말하면, 야단치면 고개를 숙이려 했다. 잘못했다고 빌고, 그래도 다니고 싶다고 말하려 했다. 하지만 견지 형은 물었다.

"그림을 왜 배우고 싶었니?"

생각 못한 질문이었다.

"저는, 전, 그리고 싶었어요."

답은 아니었을 것이다. 하지만 다른 말은 생각나지 않았다.

"그래도 돼요?"

여기 있어도 되나요? 그리고 싶은 만큼 다 그려도 되나요? 건우 오빠의 동생인 초우가 아니라, 작업실에 온 지 얼마 안 된 김초우로 있어도 되나요?

견지 형은 아주 긴 것 같은 잠깐 동안 침묵했다가 고개를 끄덕였다.

윤샘은 여러 의미에서 견지 형의 정반대인 듯한 선생이었다. 느낌도, 태도도, 가르치는 것도 다 정반대였다. 쌀쌀맞고 정확하다.

"저게 이 비율로 보이니? 김초우, 먼저 봐야 해. 보지도 않고 그리는데 맞게 그릴 수 있어?"

"보고 있는데요."

마지못해 대답하는데, 내가 보는 게 보는 게 아니야, 옆에 앉은 이환이 노래 가사를 바꿔서 흥얼거렸다. 상황파악 못 하고 웃음이 터져나오려는 것을 윤샘 손가락을 보며 꾹 참았다. 윤샘은 손가락도 차갑고 정확하게 생겼다.

"뭘 보고 있는데. 말로 설명해봐."

"바구니, 롤 휴지, 해바라기……."

"바구니 폭과 높이의 비율은? 꽃의 길이와의 차이는? 바구니 면적과 휴지의 크기 차이는?"

수학문제를 푸는 기분으로 겨우겨우 대답하자 윤샘이 말했다.

"자, 그럼 네 그림을 봐. 아까 너 뭐랬어. 일 점 오 배라 그랬지.

근데 네가 그린 건 몇 배야?"

"……두 배요."

"제대로 봤음 이렇게 그리지 않았겠지."

봤는데……. 입술로만 웅얼거렸는데, 역시나 제대로 보는 윤샘은 바로 읽어냈다.

"그림을 그리려면 지금까지 봐왔던 식으로 보는 걸로는 부족해. 다시 봐. 정확하게 봐."

윤샘은 내가 두 시간 동안 열심히 그려놓은 연필 소묘 위에 꼭 자기처럼 정확하고 군더더기 없는 선으로 제대로 된 구도와 비율의 사물을 덧그렸다.

"다시 그려. 똑같은 구도로."

윤샘이 손댄 그림을 들고 이걸 밑에 대고 베껴볼까 고민했다. 종이가 얇았다면 그렇게 편법을 썼을지도 모른다. 새 종이를 이젤에 올려놓았지만 지금껏 했던 식으로 일단 망치고 시작할 수도 없으니 막막했다.

끙끙대며 그리다가 화장실에 가려고 일어나는데, 뒤쪽에 서 있던 주영이와 부딪칠 뻔했다.

"아, 미안."

내가 돌아올 때까지도 주영이는 내 그림 앞에 서 있었다. 왜 그러느냐고 물었더니,

"여기, 비뚤어졌어요."

주영이가 손을 뻗어 한 부분을 가리켰다.

"어디?"

어디가 어떻게 비뚤어졌다는 건지 봐도 모르겠다. 주영이는 플라스틱 자를 가지고 와서 종이 왼쪽 끝에서 내가 그려놓은 물병까지의 간격을 재었다.

"여기요. 위에는 이십오 센티인데 아래는 이십이 센티잖아요."

그렇게 알고 보니 비뚤어진 것이 보였다. 선이 수직으로 떨어진 것이 아니라 사선으로 내려왔다. 나 눈이 비뚤어졌나봐. 이걸 또 어떻게 고치지.

"아, 진짜."

"참견해서 미안해요."

야단맞을까봐 겁내는 아이 같은 목소리여서 내가 도리어 미안해졌다.

"가르쳐줬는데 뭐가 미안해."

주영이는 애매한 얼굴로 웃었다. 솔직히 그때까지 주영이가 눈에 들어온 적은 없었다. 뭐랄까, 주영이는 그림 그리는 애 같지 않았다. 열심히 영어 지문을 읽는 게 더 어울릴 것 같은 아이.

"초우 언니!"

막 작업실에 들어온 강강이가 내게 뛰어오자 주영이는 한 걸음 뒤로 물러섰다. 강강이가 의도적으로 주영이를 밀어내거나 멀리하는 건 아니었다. 주영이에게 관심이 없는 것뿐이다. 주영이는 그대로 조용히 자기 자리로 가 앉았다. 마음에 걸렸다.

주영이는 어떻게 그리나 궁금해져서 스트레칭하는 척하고 주영이 그림 쪽에 가봤더니, 이건 딱 윤샘의 수제자 작품이었다.

"잘 그렸다······."

하아, 한숨이 섞였다. 주영이가 돌아보았다. 별로 밝은 표정이 아니었다.

"뭐가 잘 그려요."

"너도 자학하냐. 그거 정신 건강에 진짜 안 좋아."

일부러 실없이 말했다. 주영이는 웃을까 말까 하는 얼굴.

"이럴 때가 아니야!"

괜히 큰소리를 내며 주먹 불끈 쥐고 내 자리로 돌아왔다.

돌아온 윤샘은 아까보다는 나아졌다고 말하고는 곧바로 다시 지적에 들어갔다. 비뚤어진 거, 비율 틀린 거, 위치 잘못 잡은 거, 명암이 어긋난 거······. 마무리는 저기 걸려 있는 작품들을 보면서 네가 그린 거랑 뭐가 어떻게 다른지를 봐라, 로 끝났다. 윤샘은 완전히 나를 입시생 취급을 한다. 전 미대 안 갈 수도 있는데요, 말하려다가 변명처럼 들릴까봐 그냥 가서 그림을 봤다. 모르는 사람이 그린 것도 있고 강깅이와 아운이와 경하, 주영이 것도 있었다. 눈앞이 캄캄했다. 언제, 어떻게 저기까지 가지.

"저한테는 안 보여요. 못 보나봐요."

총무실 소파에 털썩 주저앉아 필요 이상으로 투덜대었다. 나는 아직 견지 형이 어려웠다. 견지 형은 건우 오빠와 나에 대해 아예 모르는 것처럼 나를 대했다. 그 속마음을 짐작할 수 없었고 누구에게 어떻게 해야 하는 거냐고 물어볼 수도 없어서, 더 어리광을 부렸다. 어쩌면 견지 형이 정말로 나를 받아주는 건지 시험해 보고 싶었던 것인지도 모른다.

"못하겠어요, 지겹기만 하고."

"지겹고 힘들고 어려울 때 그만두는 거, 누가 못하냐. 나쁠 때 그만두는 게 어딨어. 그 뒤에 뭐가 있는 줄 알고. 버티고 넘어가면 다른 게 보일 수도 있는데. 그만두려면 좋을 때 그만둬야 하는 거야."

견지 형은 책상 위에 놓인 서류들을 뒤적이며 말했다. 그렇게 생각해본 적이 없어서 견지 형의 말을 곰곰 되새겨봐야 했다. 그러느라 잠시 내 고민은 잊었다.

"좋으면 계속하는 거지, 어떻게 좋은데 그만둬요?"

"좋은데, 그 좋은 것이 더 이상 내게 의미가 없어질 때. 그 순간만 반짝하고 그 순간이 지나면 막막해질 때. 밋밋하고 감흥 없어질 때 그만두는 거지."

견지 형이 갑자기 몸을 돌리더니 버럭 소리를 질렀다.

"이환 너! 커피 가져가지 말랬지!"

"아유, 참. 형도."

이환은 살살 웃으며 컵을 손으로 감쌌다. 선생님들 마시라고 늘 뽑아두는 원두커피였다.

"돈 내고 마셔!"

"너무한다. 수강생 복지는 생각 안 해줘요?"

총무실 문가에 기대선 묘은 언니가 거들었다.

"내 복지 챙기기도 바빠."

"자판기를 놔주든지요."

"사람이 몇 명 있다고 자판기를 두냐?"

"여기 서비스가 영 아닌데."

"맘에 안 들면 서비스 좋은 데로 찾아가시든지요."

견지 형은 들은 척도 안 했다. 어쨌거나 커피를 빼낸 이환과 묘은 언니는 의기양양하게 자리로 돌아갔다.

견지 형은 여전히 소파에 앉아 있는 나를 보고 너 아직도 여기에 있냐, 하는 표정이었다.

"남들 하는 것처럼 똑같이 그리라는 건 아니야."

"그래 봤자 정물은 순 외우는 거잖아요."

아는 척했더니 그런 소리 할 정도로 그릴 수는 있어? 하는 대답이 돌아왔다.

"초우 네게는 분명 특별한 점이 있어. 독학으로 그림을 그려온 사람의 특징이기도 하지. 왜곡되고 집요한 거. 그게 매력이긴 해. 그렇지만 절대적으로 부족한 점도 있어. ……모르겠다. 그 높은 곳을 깎아서 낮은 곳을 메우는 일, 평균적으로 만드는 일은 나도 하고 싶지 않은데."

견지 형은 뭔가 설명하고 싶을 때의 표정이 되었다.

"생각해봐. 모든 사람은 하나의 기계…… 계산기 같은 거야. 예를 들어 일이라는 숫자를 입력했다고 쳐. 그럼 사람마다 내놓는 결론이 다 달라. 누구는 칠, 누구는 십오, 아님 엉뚱하게 바다, 커피, 이런 답이 나오는 거라고. 그렇게 다른 계산이 나오게 하는 게 바로 자기 자신이라는 시스템인 거고. 그러면 똑같은 걸 보고 그려도 다 다른 답이 나와야 하잖아. 근데 막상 보면 비슷하게 하는 애들이 훨씬 많아. 왜 그럴까? 자기 자신을 이용하지 않아서야. 보이는 것을 그대로 자기 안에 넣고, 정직하게 답을 내놓는 게 아니라 머리로 외운 대로, 다른 사람이 하는 대로 그냥 그럴 듯하게 그린단 말이야."

견지 형의 말에 압도됐다. 내가 어렴풋이 생각했던 것이 또렷한 이미지로 떠올랐다.

"자기만의 답을 찾으려면 자기 자신에게 정직해야 해. 사실은 다들 두려워서 못 그러는 거거든. 내게 정말 보이는 대로 그렸다가는 엉망이 될까봐, 그럴듯한 게 안 나올까봐, 자기 자신을 못 믿어서 그래. 솔직히, 믿어선 안 될 때도 있을지 모르지."

보이는 대로, 느껴지는 대로 그리기. 스스로를 믿지 못하면 불가능한 일.

"그러니까 초우야, 먼저 잘 봐야 해. 밖에 있는 것들도 제대로 봐야 하지만 네 자신을, 네 안에 있는 것들을 잘 봐야 해. 네가 정말로 어떻게 생겼는지 알아야 해. 보기 싫다고, 귀찮다고 넘어가지 말고."

말끝에 견지 형은 조금 작은 목소리로 덧붙였다.

"사람들이 가장 쉽게 거짓말을 하고 속이는 대상은, 바로 자기 자신일 테니까."

한밤중 작업실

몰입할 수 있는 무엇을 가지고 있는 것은 그렇지 못한 것과 얼마나 다른가. 그런 것을 가지고 계절의 변화를 경험하는 것은 정말 달랐다. 점점 짙어지는 초록도, 비 오는 날 젖은 보도블록의 잿빛도 예전과는 달랐다. 더위조차도 다르게 느껴졌다.

오월 중순부터 덥더니 유월이 되자 여름이었다. 교복 조끼도 마저 벗어들고 계단을 올라왔더니 웬일로 작업실이 비었고 딱 한 명, 낯선 남자 애가 그림을 걸어놓은 벽 앞에 서 있었다.

모르는 애였다. 누구지? 설마 새로 들어온 앨까? 마시던 콜라 캔을 구기기에 나름 친절해지려고,

"아, 그건 저기 버리면 돼요."

"알아요."

군더더기 없는 대답이 돌아오더니 내가 할 말을 개가 했다.

"여기, 신입이에요?"

대답을 못하고 있는데 문이 열리고 사람들이 들어왔다. 음료수며 아이스크림을 든 것을 보니 견지 형이 애들을 데리고 나가 사준 모양이었다. 초우 넌 늦었으니까 없어, 에이 너무해요, 그런 말이 오가길 기다리고 있는데,

"강강아!"

"어, 규성 오빠 언제 왔어?"

강강이가 반갑게 달려 들어왔다. 둘이 손바닥을 마주치면서 언제 왔냐느니 키가 컸다느니 시끄럽다. 뒤이어 들어온 아운이와 경하를 보고서도 아운이 누나, 경하 형! 난리 났다. 태현이랑은 친하지 않은 듯 서로 인사를 안 했다.

나는 멀찌감치 서 있다가 사물함에서 주섬주섬 그림도구를 꺼냈다. 왠지 모르게 좀 기분 나빴다. 계림 언니 말을 들어보니 작업실 다니다가 유학 간 앤데 방학 때마다 꼬박꼬박 작업실에 온다고 했다. 이름은 조규성, 나이는 나보다 한 살 어렸다.

"견지 형, 이거 보여주려고 가져왔어요."

조규성이 커다란 포트폴리오 가방을 낑낑대며 탁자 위로 올렸다.

"무겁게 이런 건 왜 가져왔냐?"

"형 보여주려고 가져왔다니까?"

규성이는 겉표지부터 심상치 않은 포트폴리오를 펼쳤다. 보지 않으려고 했는데, 안 볼 수가 없었다. 그래도 보지 않을 걸 그랬다. 너무…… 너무 근사했다.

규성이는 그날부터 거의 매일 작업실에 나왔다. 쟤는 오랜만에 한국에 들어왔음 좀 놀고 그래야 될 거 아니야. 친구가 그렇게 없나? 빈정대다가도 규성이가 그리는 그림을 보면 그런 마음이 쏙 들어갔다. 나도 더 빨리 시작했다면 저 정도 했을지도 몰라. 비교할 이유 따윈 없는데도 그랬다.

지난달에 치른 모의수능 결과가 나왔다. 각오는 하고 있었는데 막상 받아 보니까 할 말이 없었다. 일 학년 때보다 한참 떨어졌다.

"어쩔래, 너."

담임은 내 성적표를 팔랑팔랑 흔들며 정말 궁금하다는 듯이 물었다.

"이렇게 눈에 보이게 떨어지면 어떻게 해. 요즘 공부 안 해?"

"……화실 다니느라고요."

"예체능이라고 생각하니까 널널해졌어? 공부 더 안 해도 될 거 같아?"

"그게 아니라요……."

"미술 할 거라고 확실하게 마음 굳힌 것도 아니라며. 너 이러다간 죽도 밥도 못 된다. 알 거 아니야, 네가 생각 없는 애도 아니고."

"……."

"두 마리 토끼 다 잡을 거면 제대로 각오하고 해야지. 지금 너 분위기는 설렁설렁 놀자 같은데?"

아닌데, 나 나름대로 진짜 열심히 하고 있는데. 아니라고 말도 못했다.

작업실에 와서도 기분이 나아지질 않아서 느릿느릿 정물을 그리고 있는데 규성이가 내 옆에 와서 섰다. 비웃는 것처럼 웃는 걸 보자 속이 긁혔다.

"미술 전공할 거예요?"

대답하지 않았는데도 규성이는 주절주절 말을 이었다.

"그림 시작한 지 얼마 안 됐죠? 몇 학년인데요? 이 학년? 너무 늦은 거 아닌가?"

그걸 왜 네가 걱정하니, 말투가 왜 그 모양이니? 틀린 말이 아니어서 대꾸도 못 했다. 그리기 싫다. 어떻게든 연필을 움직이고는 있는데 지겹다. 지겨울 때는 그만두는 게 아니랬지. 계속 그려야 한다고 했지. 말은 참 쉽다.

견지 형이 내가 그려놓은 정물 소묘를 보고 하는 말도 곱게 안 들렸다.

"초우 너, 자꾸 네가 좋아하는 식으로만 하잖아. 잘 할 수 있는 식으로."

평소라면 알았다고 귀담아들었을 텐데 오늘은 섭섭했다. 내 표정이 구겨진 것을 미처 못 본 것일까, 견지 형이 말했다.

"너 이래 가지곤 나중에 미술로 대학 가고 싶어도 못 간다."

"대학이 뭐 별 거예요?"

견지 형 입에서 대학 같은 말이 나오는 것이 서운해서 큰소리 쳤다.

"대학이 별 게 아니면, 이백만 고등학생들은 다 뭘 몰라서 그러고 있어? 네가 걔네들과 다를 게 뭔데."

기분이 더 나빠졌다. 견지 형이 농담을 하고 있는 건지 진심으로 말하고 있는 건지 분간할 수 없었다. 나는 스케치북을 덮었다. 좀 거칠게 팔이 나가서 쾅 소리가 났다. 제풀에 놀라 흠칫 했는데 견지 형은 말이 없었다.

아무것도 그리고 싶은 마음이 들지 않아서 종이를 가져다가 선 긋기를 했다. 쓱, 쓰윽, 연필심이 종이를 가르는 소리. 적당히 힘이 주어진 팔. 지나치지 않은 긴장. 반복. 조금 차분해졌다. 쓰윽, 쓱. 흑연빛으로 메워지는 종이가 예쁘다는 생각을 처음으로 했다. 반짝반짝 은빛 나는 검은색. 비린 철 내음 같은 것이 났다. 이렇게 무겁고 차가운 색깔인데 실제론 겨우 얇은 종이 한 겹이라는 것이 이상했다.

까맣게 잊고 있었는데 인체 드로잉 시간이었다. 오늘은 전문 모델 없이 애들이 돌아가면서 모델을 서는 날이었다. 주위를 둘러본 정샘이 나를 꼽았다.

"초우야, 네가 모델을 서자. 여기서 모델 안 해 본 사람 초우 너밖에 없네."

싫다고 하려다가 그냥 하겠다고 일어섰다. 도저히 그림 그릴 마음이 안 나서 차라리 모델 하는 게 나을 것 같았다.

정샘이 방 가운데 의자를 놓아주었다. 이십 분짜리 포즈니까 되도록 편하게 있으라고 해서 등받이에 기대고 한쪽 다리를 꼬고 앉았다. 이십 분, 뭐 별로 길지도 않은데.

앉고 보니 정면에 경하와 태현이가 있다. 어쩐지 불편해서 의자를 돌릴까, 고민했지만 애들은 벌써 그리기 시작했다. 몰라, 눈만 안 마주치면 되지 뭐. 경하와 태현이 사이의 빈 공간을 바라보면서 정샘이 틀어준 음악에 귀를 기울였다. 이환이 얼굴 굳었다며 긴장 풀라고 농담처럼 말했다.

모델로 서는 것은 정말 묘했다. 모두들 나를 보고 있는데, 또 나를 보는 게 아니었다. 뭘 보고 있는 거야? 무엇을 나라고 생각하면서 그리고 있어? 꼭 태풍의 눈이 된 것 같았다. 바쁜 손과 눈, 긴장된 어깨들이 보였다. 소용돌이치고 있는 힘이 내게 닿았다가 밀어지기도 해. 잠깐 넋을 잃고 보았다. 아니, 느꼈다.

가만히 앉아 있는 건데도 곧 허리가 뻐근해지고 어깨가 쑤셨다. 꼼질꼼질 움직였더니 움직이지 마! 소리가 바로 나왔다. 간질간질. 머리가 간지럽다. 귀도 간지럽고 다리도 저린다. 괜히 다리를 꼬았다, 똑바로 앉을 것을. 간지러운 것을 잊으려고 속으로 노래도 부르고 숫자도 세고, 속으로만 소리도 질렀다.

몇 시간 같은 이십 분이 지나고,

"여기까지. 수고했다, 초우야."

저린 다리로 절뚝절뚝 걸어가서 애들 그린 걸 죽 보았다. 종이 위의 여자애는 나였지만 또 아니었다. 나의 형태를 하고 있지만 사실은 아운이고, 강강이고, 이환이고……. 나를 그린 사람의 모습. 정말 잘 그렸다, 신기해했다가 마음이 가라앉았다. 내가 그렸다면 절대로 저렇게는 못 그렸을 것이다. 나 자신조차, 나는 제대로 그리지 못한다.

일진이 정말 안 좋기로 작정이라도 한 날이었는지 크로키 다음은 윤샘이었다. 어제부터 한 정물 수채화를 다 했다고 내놓았더니,

"초우 너는 너무 조급해. 구도와 기초를 잡는데 오십, 진행에 삼십, 마무리에 이십을 들여야 하는데 너는 지금 십만에 기본을 막 해버리고 나머지 시간에 그걸 그럴 듯하게 꾸미고 있다고. 기본 자체가 잘못 되어 있는데 뭘 더 해봤자 뭐가 나오니? 좀 지그시 보고, 지그시 그려보란 말이야."

윤샘은 처음부터 다시 침착하게 그려보라고 했다. 이십분마다

사진 찍어두라며 총무실에서 카메라까지 가져다 내 옆에 두었다. 언제 다시 하지. 빈 종이를 우두커니 보고 있는데, 견지 형의 목소리가 들렸다.

"이환 너, 그거 오늘 중에 완성 못하면 집에 가지도 마."

"정말요?"

이환 얼굴이 환해졌다. 그럼 묘은이 오라 그래야겠다 하는 걸 보니 아예 처음부터 밤샐 생각인가보다. 견지 형은 고개를 절레절레 흔들었다.

"됐어, 집에 가."

"아, 이거 다 그리고 갈 거예요."

이환의 말에 견지 형은 네 명 이상이 되지 않으면 못 남는다고 딱 부러지게 말했다. 작업실은 열 시 반에 문을 닫는 게 원칙이지만 네 명 넘게 남으면 두 시까지 연장이 가능했다. 이환은 애들을 설득하느라 있는 애교 없는 애교를 다 떨기 시작했다.

"승목아, 승목아아……. 어?"

목상은 굉장히 귀찮아하는 얼굴로 알았다고 말했다.

"좋았어, 한 명 더! 초우야!"

"저요?"

넋 놓고 있다가 화들짝 놀랐다. 이거 다시 하기는 해야 하는데, 그럼 오늘밤에 맘 잡고 해볼까. 그러고 보니 성적표도 있다. 그렇구나, 남아버려야겠다.

결국은 지금 없는 묘은 언니도 오기로 하고 네 명이 채워졌다. 이환이 부탁도 안 한 경하까지 남는다고 하자 견지 형은 한숨을 푹 쉬었다.

아빠는 내가 집에 아예 안 들어가겠다고 한 것 마냥 뭐어, 하고 크게 소리를 질렀다.

"총무님이 이따 집에 데려다준댔어요. 어, 여기 아는 언니도 남아요. 나까지 다섯 명. 엄마한테는 아빠가 좀······."

"전화 줘봐."

견지 형은 내 핸드폰을 받아들더니 옆에 서 있던 계림 언니에게 넘겼다. 계림 언니는 잠깐 놀라는 듯했다가 곧 믿음직스러운 말투로 말하기 시작했다.

"예, 아버님. 오늘 작업할 게 좀 남아서 더 하다가 가고 싶다고 하네요. 총무님이 두 시에 다들 집까지 태워다 줄 거예요. 네, 그럼요. 걱정 안 하셔도 됩니다. 총무님이 같이 있을 거예요."

통화를 마친 계림 언니는 핸드폰을 내게 도로 주고서 견지 형을 흘겨보았다. 견지 형은 시계를 보더니 자기는 열한 시에 나가야 한다고, 두 시에 시간 맞춰 오겠다고 말했다.

"어, 방금은 같이 있을 거라고 했으면서! 불량 선생."

이환이 실실 웃으며 말하자 견지 형은 버럭 소리를 질렀다.

"너 때문이잖아! 앞으론 남을 거면 미리 말해."

강강이는 못내 남고 싶어 하는 눈치였지만 견지 형한테 내쫓

기듯 집에 돌아가고 다른 아이들도 하나 둘 나갔다.

계림 언니를 비롯한 선생님들도 다 가고 열한 시쯤, 견지 형이 나가기 직전에 묘은 언니가 들어왔다.

"두 시에 올 거야."

견지 형은 다짐하듯 말했다.

"너만 믿고 간다."

"알았어요."

묘은 언니는 별 신경도 쓰지 않으며 대답했다. 이환은 억울해했다.

"형은 왜 나는 못 믿어요."

"시끄러워."

한마디로 말을 자른 견지 형이 나가자 묘은 언니는 일단 문제집과 펜들을 늘어놓아 공부할 준비를 하고는 가방에서 검정 비닐 봉지를 꺼냈다.

"교복 입고 어떻게? 재주도 좋다."

목상이 봉투를 열어보며 감탄했다. 옆에서 봉투 안을 들여다본 경하는 곤란한 미소를 지으며 물러섰다.

"뭐 사왔는데?"

견지 형의 노트북 컴퓨터에서 음악을 찾던 이환이 물었다. 봉투에서 나온 것은 사이다와 콜라와 소주 두 병, 과자와 오징어였다.

"안주가 부실해."

"그럼 네가 더 사오든가."

이환은 종이컵 두 개에 사이다를 따라서 반쯤 비우더니 소주로 도로 반을 채웠다. 소주 사이다 병에 빨대를 끼워 입에 물고서, 이환은 행복한 얼굴을 했다.

"아, 맛있다."

"저는 사이다면 돼요."

경하는 사이다 컵을 들었다. 나도 사이다를 집었다. 술 냄새를 풍기며 집에 들어갔다간 작업실이고 뭐고 다 날아가버릴지도 모른다. 목상은 소주를 종이컵 두 잔에 채우고 하나를 묘은 언니 쪽으로 밀었다.

"음."

묘은 언니는 심상한 얼굴로 잔을 받아들었다. 그게 다였다. 건배 같은 것은 없었다. 묘은 언니는 소주를 한 모금 마시더니 문제집을 폈다. 목상은 잔을 들고 자기 이젤 앞으로 돌아갔다.

"취중작업이 최고지."

이환은 소주 사이다 병을 들고 이젤 앞에서 노래를 흥얼거렸다.

밤의 작업실은 또 아주 달랐다. 내가 지금껏 알아왔던 시간들과는 아주 다른, 여기서만 만날 수 있는 시간. 빛도 어둠도 소리도 모두 달랐다. 그렇다고 그림이 더 잘 그려진 것은 아니다. 붓을 던져버리고 싶은 마음을 꾹꾹 누르며, 윤샘 말대로 이십 분마다 사진 찍어가며 그렸다. 참고, 또 참고.

경하는 작고 두툼한 스케치북에 무얼 그리는지 쓰는지, 몰두하고 있었다. 경하가 언제나 가지고 다니는 저 스케치북에는 무슨 그림과 글이 있을까. 건우 오빠의 스케치북 같을까. 그렇구나, 오빠도 이렇게, 이런 밤에 그림을 그렸겠구나. 경하의 모습에 건우 오빠의 모습이 겹쳐졌다. 그러자 목 안이 꽉 막히듯이 아파와서, 나는 빨리 그 생각을 밀어내려고 했다.

갑자기 이환이 자리에서 벌떡 일어나더니 팔을 마구 흔들며 소리를 질렀다.

"아, 미치겠다, 진짜. 생각 안 하고 싶은데 자꾸 생각나. 어쩌지? 어? 초우야, 어쩌지?"

내 마음 같아서 놀랐다. 그래도 아무렇지 않은 척 심드렁하게 대꾸했다.

"딴 생각을 해요."

"별별 거 다 생각해봤는데 언제나 도로 거기야."

이거 다 못하면 견지 형이 가만 안 있을 텐데······. 중얼중얼하면서 이환은 앉았다.

"그림도 말이야, 가끔 보면 내가 정말 싫은 그림을 그리고 있을 때가 있어. 진짜 역겹고 너무 싫은데, 그걸 그리고 있는 거야."

"안 그리면 되잖아요."

"그러게 말이야. 안 그리면 되는데 왜 그리고 있지? 아니, 지금 이건 괜찮아. 얘는 좋아. 내가 집중을 못해서 그렇지, 얘는 좋아. 딱 맘에 들어. 아, 참 좋다."

"나도 잘 안 돼요. 슬럼프인가 봐요."

"얼마나 했다고 슬럼프냐?"

묘은 언니가 꼭 집듯이 내게 말했다.

잠시 조용. 노트북에 연결된 스피커에서 나오는 음악에 사각사각하는 연필 소리와 아주 희미한 붓 소리만 섞였다.

"묘은아, 무서운 얘기해 줘."

잠시 잠잠했던 이환이 손을 멈추지 않은 채 말했다. 묘은 언니는 문제집에서 고개를 들었고, 경하는 슬쩍 몸을 돌렸고, 목상은 별 반응을 보이지 않았고, 나는 비명을 질렀다.

"싫어요!"

"무서운 거 싫어해? 왜, 좋아할 것 같은데."

내가 무서운 거 싫다고 그러면 사람들은 꼭 재미있어한다. 무서운 거 절대 싫다. 무서운, 이라는 말만 들어도 소름이 돋는다. 이 밤중에 무서운 얘기를 하려면 나랑 싸우고 해, 아님 집에 보내 줘! 견지 형 불러!

묘은 언니는 눈도 깜짝 않고 입을 열었다.

"엊그제 밤에 집에 가는데 말이야……."

"으아아아!"

이환은 웃기다고 난리 났다. 목상도 재밌다는 듯 날 보고, 경하는 황당함과 웃음이 뒤섞인 표정이었다. 몰라, 지금 남 신경 쓸 정신은 없다.

"아냐, 초우야, 별로 안 무서운 얘기야. 한번 들어봐. 귀신 얘기 이런 거 아니야."

"언니, 제발."

묘은 언니는 재미있어하는 게 분명했다. 귀를 막으려는 내 손을 꼭 붙들기까지 했다.

"지하철역에서 아파트까지 지름길로 골목이 하나 있는데……."

에이, 누나 그만해요. 경하가 말하는데, 묘은 언니는 그만둘 생각이 전혀 없어 보였다.

"그 길을 가는데, 주택가야. 조용하고 사람 없고. 거기 이층집이 하나 있어, 커다란 목련나무가 있는 집이지. 근데 멀리서부터 딩동딩동 그 집 초인종 벨 소리가 계속 나는 거야. 그리고 거기 대문 앞에 보면 사람 있을 때만 켜지는 등 있잖아. 그 등이 계속 켜져 있고. 근데 사람은 없고……."

"어, 김초우."

경하가 놀란 목소리로 날 불렀다. 이환도 내게로 몸을 돌렸다.

"야, 진짜 울어? 어?"

"거참, 얘가 안 어울리게 이러네."

묘은 언니가 내 손을 놓고 혀를 찼다.

"그러니까 얘기하지 말랬잖아요······."

말랬잖아요! 하고 쨍쨍 소리 질러야 나다운데, 눈물이 나서 목소리가 잠겼다. 울먹거리는 소리에 묘은 언니는 피식 웃어버렸고 이환은 달려와서 내 얼굴을 들여다보았다.

"자, 한 모금 마셔. 마음이 진정될 거야."

이환이 자기가 마시던 소주 사이다 병을 내밀었다. 됐다니까 맛있는데, 하고 서운한 얼굴을 했다. 그 표정이 웃겨서 울다 말고 풋 웃었다. 웃기게도 울고 나니까 기분이 나아졌다. 오늘 하루 종일 울고 싶었던 것처럼.

묘은 언니는 문제집을 덮더니 가방에서 책을 꺼냈다.

"오, 그거 읽고 있냐."

목상이 아는 척했다. 묘은 언니와 목상이 책 이야기를 시작했다. 묘은 언니가 말하는 게 들렸다.

"이 책에 그런 말이 나와. 고통을 모르는 인간은 창조할 수 없다."

"고통을 모르는 인간이 어딨어? 사는 게 고통인데."

목상이 말을 받았다.

"예술가들을 보면 다들 어렵게 살았잖아. 특히 어린 시절에 엄청 어렵거나 뭔가 사건사고로 점철된 인생. 진짜 예술을 하려면 그래야 한다는 거지."

묘은 언니가 말하자 경하가 스케치북에서 고개를 들었다.
"글쎄요, 전 그런 말 싫더라고요."
"네가 너무 곱게 자라서 그래."
이환이 끼어들었다.
"형, 곱게 자란 사람에게는 그런 말도 상처예요."
착하게 웃으면서 말해서 하나도 상처 입은 것처럼 들리지 않았다.
"오, 그래, 그 상처를 가지고 창조를 할 수 있겠네."
이환은 키득거렸지만 눈은 웃고 있지 않았다.
"고통이 찾아와주지 않은 것에 열등감을 느끼는 인생도 피곤하긴 하겠다."
묘은 언니가 말하고,
"사는 게 원래 고통이라니까? 그걸 얼마나 예민하게 받아들이냐의 문제인 거지. 예술가들이 워낙에 예민한 인종들이라서 그 고통을 크게 느끼는 것뿐이야."
목상이 말했다. 하지만 예민하기 때문에 느끼는 것이라 해도 그 사람에게는 진짜와 다름없을 것이다. 그렇게 예민해지는 건, 난 싫다. 큰 고통이라도 아무렇지 않은 것처럼 무디게 넘어가고 싶다.
"불행을 창작의 재료로 삼는다고도 하던데."
"그 말도 진짜 싫다."

묘은 언니 말에 이환은 붓을 탕 내려놓았다.

"웃기고 있어, 진짜. 불행이 어떤 건지 알지도 못하는 인간들이 꼭 그런 소리를 하지. 야, 그 그림을 그린 사람이 정말 불행했는지 안 했는지 자기가 어떻게 아냐? 그 그림이 불행했기 때문에 좋은 건지 아닌지 어떻게 아냐고."

"왜 나한테 그래?"

묘은 언니가 어이없어하자 이환은 입술을 불퉁하게 내밀었다. 이환의 말에 동감한다. 자기들이 그렇게 살아보라고 해……. 그러고 뭘 할 수 있는지 없는지 해보라 그래.

"내가 또 진짜 싫은 게, 고흐같이 사는 거. 죽은 다음에 좋게 평가되면 뭐하냐? 난 죽은 다음에 싹 잊혀도 좋으니까 살아 있을 때 인정받고 행복하게 살고 싶어."

이환이 말했다. 나도 그런 게 더 좋아, 생각하는데 목상이 말했다.

"어쨌든 인정은 받겠단 얘기네? 자신만만한데?"

"당연하지!"

이환이 과장되게 우쭐한 태도로 말해서 다들 웃었다.

시간이 천천히 흐르고 있나보다. 아직 한 시였다. 견지 형이 빨리 왔으면 싶기도 하고 이대로 계속 여기 있었으면 싶기도 했다. 엄청 피곤한데 정신은 도리어 맑아졌다. 지금껏 찍은 사진을 죽 보았다. 천천히 진행되는 게 보인다. 윤샘 지적이 무슨 뜻인지도 알겠다.

"훨씬 좋은데."

경하가 내 뒤에 서 있었다.

"어?"

확, 마음이 뜨거워지고 붉어졌다. 경하가 뭐라고 더 말했지만 잘 안 들렸다. 입속으로만 웅얼웅얼 대답했다. 음, 뭐, 그래. 경하는 빙긋 웃고는 자기 자리로 돌아갔다. 손가락 끝까지 열이 오른 것 같아 괜히 손만 꾹꾹 눌렀다.

견지 형이 왔을 때는 눈이 아팠다. 손도 아팠다. 손목도 저렸다. 속도 좀 쓰린 거 같았다. 이환은 아침이 밝아오는 것을 보고 싶었는데, 하고 아쉬워했다. 여름방학 때는 정말 밤을 샐 수도 있다고 묘은 언니가 슬쩍 귀띔해주었다.

견지 형이 몰고 온 작은 승합차를 타고 새벽 두 시의 거리를 달렸다. 문이 닫힌 가게와 변함없는 주황 가로등. 그리고 이 늦은 시간에도 거리를 걷는 사람들. 되게 이상한 기분이었다. 아주 먼 곳으로 가는, 가야 할 것 같은…… 가고 싶은 기분.

"형, 우리 동해까지 가서 해 뜨는 거 볼까요?"

이환은 진담 같은 농담을 했다. 간다고 했으면 나는 정말 따라갔을 것이다. 그러나 견시 형은 동해로 가는 대신 아파트 앞까지 태워다주었다. 아빠가 못마땅해하는 얼굴을 하고 아파트 현관에 나와 있었다. 엄마는 잔다고, 엄마는 내가 독서실에 있다 오는 줄 안다고 했다. 다음부턴 이렇게 늦지 마, 하는 말을 한 귀로 듣고 흘리면서, 옷을 갈아입지도 않고 이불 위에 풀썩 엎어졌다.
　아까 내가 무엇 때문에 울적했더라……. 아! 모의고사 성적표! 몰라, 졸려. 내일 생각할래. 난 오늘의 할 일을 다 해냈으니까.

여름 맞이 특별 프로젝트

"초우야, 너는 여름이 언제라고 생각하니?"

견지 형이 물었다.

"여름이요? 여름방학이요."

대충 대답했더니 영 불만스러운 표정이었다.

"그럼 여름이 너무 짧잖아. 나는 유월 말부터 팔월. 구월 초도 딥긴 한데 구월은 여름이라 하기엔 좀. 그래서,"

견지 형은 고개를 들더니 모두를 향해서 말했다.

"그래서 말이지요, 여름 맞이 특별 프로젝트를 하겠어요."

"우와, 귀여운 적."

뒤에서 규성이가 장난스럽게 말했다. 견지 형은 그쪽은 쳐다보지도 않고 말을 이었다.

"올 여름 프로젝트는 세 개입니다. 두 개는 해본 사람 많은 거. 일단, 합숙! 팔월에 합숙 갈 거야. 그건 통신문 나가니까 부모님 보여 드리세요. 그리고 하나는 알죠? 백 장 프로젝트."

누군가는 신음하고 누군가는 박수를 쳤다. 머릿속이 바빠졌다. 합숙 때는 엄마한테 뭐라고 하지? 이번에도 아빠가 도와줄까?

"모르는 사람도 있으니까……. 이것도 지시문 줄 거지만 먼저 설명을 하면, 물건을 하나 정해. 그걸 백 장 그리는 거야. 신발이면 서로 다른 신발을 백 개 그리고 얼굴이면 다른 사람들 얼굴을 백 명 그리는 거다. 자동차, 다 다른 자동차 백 대. 칫솔, 칫솔 백 개. 표현 방법은 자유지만 사진은 안 돼. 손으로 그리라는 얘기야. 알겠지?"

견지 형의 질문은 나를 향한 것이어서 네, 하고 대답했다.

"백 장 프로젝트는 지금부터 시작할 것. 개학 전에 평가회 할 거야. 한꺼번에 몰아서 하지 말고 꾸준히 해주세요. 그리고 다 알듯이, 백 장은 최소 기준이고 더 그리고 싶으면 이백 장 삼백 장 맘대로 하세요. 현재 최고기록은 재작년 여름에 강강이가 그린 이백일흔세 장입니다."

내 귀를 의심했다. 몇 장이라고?

"그리고, 그리고!"

견지 형은 아이처럼 두 손을 마주쳤다.

"대망의 여름 프로젝트! 아하하. 다들 기대하세요. 팔월 첫 주입니다. 이건 아직 비밀. 하하하."

견지 형이 말을 끝내자마자 강강이에게 달려갔다. 그런 날 보고 아운이가 웃었다.

"뭘 그렸는데? 이백 몇 장?"

"이백일흔셋. 삼백 채우려 그랬는데 못 채웠어. 하늘 그렸어."

강강이는 아주 쉬운 일에 대해 말하는 것처럼 쉽게 대답했다.

"하늘?"

"어. 하늘은 자꾸 변하잖아. 구름도 있다 없다 그리고, 색깔도 변하고. 나무 사이에도 있고 건물 사이에도 있고, 그렇게."

"그걸 어떻게 삼백 장을 그리냐."

"왜, 쉬워. 하루에 열 장씩 그리면 되잖아."

쉽다니, 말이 쉽지. 나는 뭘 그리지? 하루 종일 고민했다. 처음엔 나무를 생각했는데 어차피 초록, 재미없고 어렵다. 신발이 재밌을 것 같았는데 견지 형이 예로 들은 것을 그대로 하고 싶지는 않았다. 손을 그릴까? 모양을 바꿔가면서 해보면 어떨까.

"좀 단순한 걸 골라. 나 지난번에 오토바이 그리다가 죽는 줄 알았어. 서른 장밖에 못 그렸다니까. 나중엔 안 되니까 뒷모습이랑 바퀴만…… 하하."

이환이 말하고,

"변수가 백 개 이상 나올 수 있는 걸 해야지. 초우 너는 디테일이 있는 걸로 해, 정밀묘사 연습 좀 되게."

윤샘이 말했다.

계림 언니가 예전 백 장 프로젝트 결과물들을 사진으로 찍어 모아놓은 것을 보여주었는데, 신발에 고양이, 각종 붓들을 세밀하게 그린 연필 정밀화에 수묵화까지 있었다. 수묵화는 일반부에 다니는 옆 건물 서예 학원 원장님 작품이라고 했다. 백 장에 못 미치는 게 더 많아서 살짝 안심했다.

"그런데 왜 하필이면 백 장이에요? 너무 많아요."

"뭐든 모으면 의미가 되거든. 그리고 양이 어느 정도 되면 질도 높아지고."

계림 언니가 대답했다.

"어느 도예과에서 그룹을 둘로 나눠서, 한쪽은 작품을 많이 해서 총합이 무거운 순서대로 점수를 준다고 했고 다른 쪽은 가장 잘한 것 하나만 내면 그걸로 평가를 한다고 했어. 그런데 예상과 달리 무게로 점수를 준 쪽에서 좋은 작품들이 더 많이 나왔대. 머리로 고민하느라 시간과 에너지를 쓰는 대신에 손이 가는 대로 많이 만들다 보면 좋은 게 나온다는 얘기지."

정샘은 같은 종류를 백 개나 찾아내려면 집중력이 필요하다고 말했다. 일상생활에서 자기 주제를 찾아내는 집중력을 키우는 것도 백 장 프로젝트의 목표였다. 견지 형이 덧붙였다.

"백 장을 그리기 위해선 한 자리에 앉아서는 못 하지. 돌아다녀야 돼. 몇 시간 헤매고 한 장 그릴지라도, 그렇게 걷고 관찰하고 찾아다니는 게 중요해. 네 발이 닿은 곳이 다 네 것이 되는 거야."

내 발이 닿은 곳이 다 내 것이 된다니. 쑥스러우면서도 꽤 두근대는 말이었다.

다음날 저녁때였다.

자초지종은 모르겠다. 작업실 오는 길에 편의점에서 견지 형과 정샘, 계림 언니를 만나 커피 우유를 얻어 마시고 올라왔더니 이미 난리가 나 있었다. 탁자랑 의자는 죄다 옆으로 밀리고 엎어져 있고, 태현이와 규성이가 치고받으며 바닥을 뒹굴고 있었다. 주영이와 아운이는 말리지도 못하고 손 놓고 서 있다가 날 보고 살았다는 표정을 지었다. 세상에…… 저런 걸 누가 말려. 어쩔 줄 몰라 하는데,

"조규성, 김태현."

큰 목소리도 아니었다. 내 뒤로 들어온 견지 형이 이름을 부르자 둘 다 얼음, 한 듯 멈췄다. 뒤이어 들어온 계림 언니와 정샘이 헉, 하고 숨을 들이켰다.

규성이 코에서 코피가 흐르고 있었다. 얼굴에 피가 번져서 엉망진창이었다. 견지 형이 말했다.

"나가서 싸워."

별로 놀랍지도 않다는 듯한 밀두었다. 견지 형은 총무실로 들

어가며 한마디 덧붙였다.

"작업실 치우고 나가."

당연한 거라고 해야 하나. 태현이와 규성이는 서로의 멱살을 붙잡고 있던 손을 풀고 엉망이 된 작업실을 치우기 시작했다. 밀쳐진 탁자와 의자를 바로 세우고 흩어진 종이를 모으는데, 강강이가 들어왔다.

태현이가 일부러 강강이에게서 등을 돌리는 게 보였다. 그러나 강강이는 태현이나 규성이를 보는 게 아니라 바닥에 떨어진 정물들을 보고 있었다. 어제부터 강강이가 그리던 것들이었다.

"어쩔 거야."

흩어진 정물을 가리키며 강강이가 화난 목소리로 물었다. 파는 구겨졌고 페트병은 밟혀서 제 형체가 아니다. 이환이 이야기해준 감 에피소드가 딱 떠올랐다.

"어쩔 거냐고. 그리고 있었는데."

"똑같이 놔줄게."

규성이가 말하는데,

"어떻게 똑같아, 똑같은 게 어딨어."

"……."

태현이도 규성이도 강강이에게는 꼼짝 못한다. 잔뜩 화난 얼굴을 하던 강강이는 급기야 입술을 삐죽거리기 시작했다. 저러다 울겠다. 규성이가 급하게 파와 페트병을 주워서 강강이가 그리던 그림을 보며 탁자 위에 놓았다.

"아니야, 아니란 말이야!"

강강이가 발을 구르며 울음 섞인 목소리로 외치는데 견지 형이 총무실 문을 열고 나왔다. 누가 우리 강강이 울렸어, 이런 말을 할 줄 알았는데,

"어디서 어리광이야!"

강강이의 눈에서 눈물이 주룩 흘러나왔다. 태현이와 규성이는 바짝 굳어서 아무 말도 못하고 서 있었다.

"정물…… 그리던 건데……, 흐윽…….''

"다시 그려, 그럼."

견지 형은 매몰차게 말하고 문을 닫았다. 질릴 정도로 차가운 태도였다. 강강이는 서러움이 북받쳐오르는지 팔로 눈을 가리고 흑흑 울었다.

"어유, 울지 마, 응?"

내가 강강이를 감싸안자 규성이는 안절부절못하며 강강이의 옷자락을 잡았다.

"강강아, 잘못했어, 미안해. 응? 새 거 구해다 잘 놓을게, 응?"

"울지 마."

태현이가 무뚝뚝하게 한마디 던졌다. 태현이도 입가가 떨리는 게, 강강이가 계속 울면 따라서 울어버릴 기세였다.

계림 언니가 나서서 다른 거 놓고 다시 하자며 정리를 했다. 눈

이 빨개진 강강이는 말없이 새 종이를 꺼내왔다. 규성이는 피에 얼룩진 얼굴을 씻으러 가고 태현이는 자리에 앉아서 화난 사람처럼 탁자만 뚫어져라 쳐다보았다.

"……미안."

태현이가 중얼거렸다. 강강이는 대답하지 않았지만 더 이상 태현이나 규성이에게 화를 내지도 않았다.

견지 형은 그래놓고서는 미안했는지, 나중에 아이스크림을 하나씩 돌렸다. 강강이는 아이스크림을 먹고서는 기분이 다 풀렸고 다들 늘상 있는 헬렌 켈러와 설리번 선생 에피소드로 생각한 듯 넘어갔다. 하지만 마음에 걸렸다. 과연 그래서일까. 강강이를 강하게 키우려고 그랬던 걸까. 내가 느끼기엔 그때 견지 형은 꼭 우리와 아무 상관이 없는 사람 같았다. 싸우든 말든, 그리든 말든 너희 일이니까 너희가 알아서 해, 하는 차가움. 거리감. 그게 견지 형의 방어막일 수도 있다는 것은 아주 나중에나 든 생각이었다.

여름 방학 직전에 실기 대회에 나갔다. 분위기라도 한번 느껴보라는 계림 언니의 말에 신청한 것이었는데 유명한 대학에서 주최하는 거라 사람이 많았다. 작업실에서는 아운이와 주영이, 이환과 경하, 나까지 다섯 명이 참가했다.

네 시간짜리 정물 수채였다. 아운이와 주영이, 이환은 어제 다른 부문에도 참가했는데, 큰 체육관에서 저마다 탁자를 하나씩 차지하고 그렸다고 했다. 오늘은 강의실마다 서른 명 정도씩 모여 강의실 한가운데 탁자에 놓인 정물을 보고 그리는 거였다. 엄청나게 긴장되고 부산한 분위기였다.

무슨 정신으로 그림을 다 그렸는지 모르겠다. 나오는 길에 이환이 말했다.

"그래도 초우야, 너보다 못 그리는 애도 많더라."

"……위로 고마워요. 감지덕지에요."

"자신감을 가져!"

이환이 어깨를 툭툭 두드리는데 도리어 자신감이 술술 샜다. 어려웠다고 하소연했더니 언니 꺼 괜찮았는데요, 주영이도 말해줬다.

"진짜? 진짜 안 비뚤어졌어?"

"……조금 비뚤어지긴 했는데……."

"거봐아—으아아—."

나는 진짜 심각하다고, 왜 다들 웃고 난리야.

같이 저녁을 먹자고 했는데 이환은 먼저 가겠다고 했다.

"난 내 백 장 프로젝트를 위해 이만 가보겠어."

"백 장 뭐 할지 벌써 결정했어요?"

"대충 마음으로는. 근데 내가 할 수 있을지는 모르겠어."

뭘 그리기로 했는지 끝내 가르쳐주지 않은 이환은 먼저 가버리고, 아운이와 주영이와 경하와 나만 남았다. 한 사람 빠진 건데도 갑자기 휑했다.

아운이도 주영이도 말을 많이 하는 편이 아니라서 나 혼자 열심히 떠들었다. 경하는 그래도 잘 받아치기도 하고 얘기를 먼저 하기도 하는 편이지만 아운이나 주영이는 별로 말할 생각이 없나 보다. 중간에 밀어닥칠지도 모르는 침묵이 진짜 무서울 거 같아서 나 혼자 말하고, 웃고, 정신없었다. 그러고 나니 나중엔 지쳐버렸다. 나라고 늘 힘이 남아돌아서 웃긴 소리 하는 건 아니다.

지하철을 타고 집에 돌아오는데 아운이가 내리고 주영이가 내리고 결국엔 나와 경하만 남았다. 집이 어디라고? 가는 길 위험하진 않아? 경하가 물어봐주었다.

"아까 초우 너 그린 거, 진짜 괜찮았어."

이런 말까지 해주었지만 그건 좀 아니잖아.

"음, 그래. 음."

상대가 이환이었으면, 아니 아운이나 강강이만 되었어도 말이 돼? 장난 쳐? 그게 뭐가 괜찮았냐? 이랬을 텐데 그런 말이 안 나왔다. 아까 말을 너무 많이 했나, 입이 잘 안 움직였다.

"속상하다니까."

경하는 장난스럽게 말을 이었다. 너랑 나랑 그렇게 장난 치고 할 정도로 가까운 사이는 아닌 것 같은데.

"너 그림 시작한 지 몇 달밖에 안 됐잖아. 나는 십 년 됐는데. 너무 오래 해서 더 못하나봐."

"네가 못하긴 뭘 못하는데!"

얌전히 받아넘기려고 했는데 억울한 마음에 목소리가 커졌다.

"보면 잘 그리는 애들이 꼭 그러더라, 자기 못 그린다고 막 그러고. 아운이도 그러지, 가끔은 강강이조차 그래! 그게 말이 돼? 어?"

"하하하."

경하는 시원스럽게 웃었다. 하지만 이어진 경하의 말은 정말 의외였다.

"견지 형은 나더러 미술 그만하라는데?"

놀라서 말이 안 나왔다. 왜, 왜?

"나한테는 다른 게 더 잘 맞을 거라고……. 그림 말고 다른 거. 나도 가끔 그런가 싶어."

"무슨 다른 거?"

"그건 잘 모르겠어. 아직은."

경하는 어깨를 움츠렸다.

"너무 오랫동안 미술을 했으니까, 이제 와서 다른 뭘 할 수 있을지."

경하는 자기 이야기를 했다. 중학교 때 작업실을 다녔고, 예고에 가서는 한동안 다니지 않다가 작년 말부터 아운이와 다시 다니게 되었다는 것.

"우리 부모님이랑 아운이네 부모님이 친한 친구여서…… 대학 동창이서. 아운이네 부모님도 내기 여기 작업실 다녔던 거 잘 아셨거든. 아운이가 미술을 하게 되었을 때, 여기서 부족한 걸 채울 수 있을 거라고 생각하셔서 작업실 소개해달라고 하셨어. 그 김에 나도 온 거야. 작업실에서 계속 배우고 싶었으니까. 견지 형은 처음엔 안 된다고 했지만, 일 년만 하기로 하고 왔어."

"그렇구나."

"그때…… 봄에 우리 마주쳤잖아, 너희 사촌 결혼식 때."

경하가 왜 이런 이야기를 나에게 하는지 비로소 깨달았다. 경하는 그때 일을 설명하고 싶은 것이구나.

"부모님들이 잘 아는 화가 분 전시회 시작하는 날이었어. 아운이랑 나를 그분한테 소개하고 싶으셨던 것 같은데, 아운이는 그런 걸 되게 싫어해서. 부모님들 통해서 사람 만나고, 인사하고 그러는 거. 나 때문에 더 그랬을 수도 있고."

"너 때문에?"

이해할 수 없는 말이었다.

"내가 귀찮나봐, 아운이는. 내가 작업실에 다니는 것도 좀 못마땅해하는 거 같아. 불편해하고."

그런 거, 잘 모르겠다. 엄마 아빠부터 친구였던 아이들이 어떤 추억을 공유하며 얼마나 친해지는지, 친하다 못해 귀찮다 느낄 정도로 가까운지. 경하가 아운이 이야기를 하는 것이 까슬까슬하게 느껴졌다.

"아운이도 그러지, 견지 형은 자꾸 미술을 아예 그만두라지,

작업실에서 버티기 힘들어."

그렇게 말하면서도 경하는 웃었다. 웃으면서 말해서 심각하게 들리지가 않았다. 말하는 것만 듣고서는 그 사람이 얼마나 심각한지, 얼마나 깊이 고민하고 있는지 알 수가 없다. 그러니 따라 웃으면서도 웃어넘기지 않으려 애를 써야 한다.

"난 네가 없는 작업실은 상상이 안 되는데."

불쑥 말했다가 말실수를 한 것 같아서 입을 꽉 다물었다. 그래도 경하는 가볍게 고마워, 하고 받아주었다.

경하가 나보다 한 정거장 먼저 내렸다. 지하철에서 사람 보낼 때 참 어색하다. 역에 도착하면 인사하고, 문 열리면 또 하고, 지하철이 빨리 움직여주지 않으면 멀뚱멀뚱 있다가 움직이면 또 인사하고……. 그런데 한 번 인사하고 싹 가버렸으면 어쩐지 기분이 나빠졌을 거야. 유경하는 지하철이 움직여 시야에서 벗어날 때까지 그 자리에 남아 손을 흔들어주었다.

집으로 걸어오는데, 가방은 무겁고 어깨는 아프고 낸 그림은 엉망이었고, 기분은…… 좋지도 나쁘지도 않았다. 오늘 그린 그림. 경하와 나눈 이야기. 이상하지, 허탈하면서도 그 빈 곳에 뭔가를 채울 수 있으리라는 기대가 있어. 주황 가로등 불빛 아래 내 그림자는 앞서 걷다가 내 발자국 소리에 놀란 듯 서서히 흐려졌다. 발밑에 겨우 어른거릴 정도로 작아졌다가 도로 조금씩 자라고, 커진 만큼 커진 후에는 다시 줄어들고. 많이 보았던 것인데 오늘은 특별했다. 꼭 나 같구나, 이랬다저랬다 하고 하늘까지 치솟았다가 곧 땅속으로 파고들어가버리는 나.

그래, 그림자가 있다. 그림자를 그리자. 나의 백 장, 그림자다.

백 개의 그림자를 위한 시간

"그림자?"

"이상할까요?"

지레 겁먹었다. 견지 형은 잠깐, 시선을 먼 데 두었다.

"아니……. 괜찮은데. 어떤 그림자를 그릴 건데?"

"뭐……. 사람도 있고, 나무 그림자도 있고."

내 대답이 신통치 않았는지 견지 형은 오른손을 쥐었다 폈다 하며 말하기 시작했다.

"어떤 물체는 그림자만 보고도 뭔지 알지만 어떤 것은 알 수 없잖아. 둘 다 그려보고, 너도 까먹을 것 같은 건 뭐였는지 적어둬. 그리고 물체가 가까이 있으면 그림자가 진하고 멀리 떨어지면 흐리잖아. 그런 차이도 재미있을 것 같고……. 그리고 그림자 드로잉 알아? 이렇게, 그림자로 비친 옆모습 그리는 거 알지? 그런 식으로 아예 종이를 깔고 그 위에 그림자를 지게 해서 그 테두리를 따라 그린다든지."

바쁘게 스케치북 위에 단어들을 받아적으면서 견지 형의 머릿속에는 뭐가 들었을까, 궁금해졌다. 견지 형은 받아쓸 시간을 주듯 잠깐 멈추었다. 되짚어가며 메모하느라 견지 형이 덧붙인 말을 흘려들었다.

"……빛을 알아야 그림자를 그릴 수 있을 거라고 생각해."

"네? 빛이요?"

물었을 때 견지 형은 대답하지 않고 다른 이야기를 이었다.

"그리고 색깔. 그림자 색깔이 뭘까?"

"파랑?"

내 대답에 견지 형은 의외라는 얼굴을 했다. 그림자는 어두운 파랑 같다. 해를 등지고 걸으면 땅을 덮고 흔들리는 내 그림자는 투명한 파랑. 견지 형은 재미있어 했다.

"좋아, 그 파랑이 바탕 색깔과 어떻게 어우러지고, 변하는지도 봐. 그리고……."

"잠깐, 거기까지만요."

말을 잘랐다.

"형이 다 말하면 따라하는 거 같아져서 재미없잖아요. 하다가 막히면 그때 물어볼게요."

"컸다, 초우."

견지 형은 뿌듯한 미소를 지었다.

"그림자라, 뭔가 괜찮은 문장을 읽었던 적이 있는데."

내가 그림자로 백 장 프로젝트를 할 것이라 말하자 묘은 언니는 미간을 좁히고 생각하기 시작했다. 목상도 늘 가지고 다니는 수첩을 뒤적였다.

"나도 본 거 같아. 적어놨는데, 그 문장."

슬그머니 자리를 뜨려고 했는데 한 발 앞서 목상이 적어놓았다던 그 문장을 찾아냈다. 읽어주는 건 아니겠지, 설마. 다행히도 목상은 그 문장이 적힌 쪽을 펴서 내밀었다. 묘은 언니가 먼저 읽더니 그래, 바로 그거야, 말했다.

'태어나서 처음으로 그는 밤의 정체를 깨달았던 것이다. 밤이란 대지 자체가 하늘을 향해 드리우는 그림자였다.'

높은 탑을 올라가는 사람의 이야기에 나오는 말이라고 했다. 등 뒤는 이미 어두운데 앞으로는 태양이 계속 보이고, 산이 땅 끝까지 길게 그림자를 드리우는 것을 보고 깨달은 것이라고 한다. 묘은 언니는 평소 같지 않게 조금 들떠서 말을 이었다.

"지구를 생각해봐. 지구는 우주에 자신의 그림자를 드리우고 있는 거야. 그 그림자는 끝없이 뻗어가겠지. 받아주는 배경이 있어야 그림자도 멈출 수 있는 거잖아."

"언니. 너무 멀리 나가고 있어요."

내가 중얼거리자 목상이 큭큭 웃었다. 목상 웃는 거 처음 보는 거 같아!

처음엔 쉬울 거라고 생각했다. 어디에나 그림자가 있으니까. 하지만 막상 그리려 하면 그림자는 어디에도 없는 것 같았다. 그림자는 너무 빨리 변하고 쉽게 흔들렸다. 바람 한 줄기에 나뭇잎들이 바르르 떨리면 그림자는 산산조각 났다. 몰입해서 그리다보면 스케치북 위의 그림자와 바닥의 그림자는 이미 달라져 있곤 했다.

투명한 것의 그림자를 그리는 일, 경계가 분명하지 않은 그림자를 그리는 일도 어려웠다. 그림자를 그리기 위해서 바닥 재질을 표현해야 할 때가 많았는데 그것도 시간이 많이 걸리는 지루한 작업이었다.

밤의 그림자는 훨씬 재미있었다. 밤의 그림자는 낮보다 복잡하고 섬세했다. 등불들이 많아서 광원이 많으니까 방향도 짙기도 제각기인 그림자들이 겹쳤다. 계림 언니가 수성 잉크를 칠한 종이에 표백제로 그림 그리는 법을 알려주었다. 검푸른 그림자 색 위에 옅은 주황색 선. 그림자 속에 빛을 그리는 법이었다.

연필로 검게 칠한 기름종이를 작게 잘라 그림자 모양으로 붙여보기도 하고 휴지에 잉크를 묻혀 찍어보기도 했다. 그러면서 그림자는 형태를 반영할 뿐만 아니라 완성하는 것이라는 것을 알았다. 그림자가 없다면 색도 형태도 분명할 수가 없다. 그림자 없는 세상은 지나치게 밝아 도리어 흐릿할 것이다.

칠월 말에는 다들 백 장 프로젝트의 감을 잡은 듯했다. 아운이는 색깔을 그린다고 했고 경하는 손을 선택했다. 나도 손 생각했었는데! 반가워하려다 못 했다. 주영이는 의자였다. 강강이는 빵이라고 해서 너다워, 귀여워, 그러고 웃다가 그려놓은 것을 본 다음에는 반성했다.

태현이는 나뭇잎을 그린다며 주머니 가득 나뭇잎이며 풀잎을 뜯어 담아왔는데, 작업실 창가에 걸터앉아 창밖으로 몸을 내밀고 창 너머의 플라타너스 잎을 그리다가 위험한 짓을 한다고 윤샘에게 잔뜩 야단맞았다. 규성이는 1부터 100까지 숫자를 그리는데 간판이나 버스 번호처럼 길에서 볼 수 있는 것들을 그린다고 했고 목상은 사람의 뒷모습을 그린다고 했다.

묘은 언니는 백 장 프로젝트를 사진으로 찍는다고 했다. 취미로 작업실에 나오는 묘은 언니만은 백 장을 모두 사진으로 해도 되었는데, 그게 훨씬 쉽겠다! 말했다가 구박만 받았다.

"그래서 뭘 찍을 건데요?"

"녹."

"녹?"

못 알아듣고 되묻는 내게 묘은 언니는 카메라를 내밀었다. 녹슨 자물쇠. 트럭 바퀴. 철문. 맨홀……. 녹슨 것들. 우와, 멋지다 호들갑을 떨었더니 카메라 떨어뜨리지나 말라고 했다.

"백 장 현상하려면 그게 얼마야. 그리는 건 돈도 거의 안 들고 얼마나 좋냐?"

"모르시는 말씀. 재료비 꽤 들어요."

"한번 구입하면 오래 쓰잖아, 종이는 별로 비싸지도 않고."

"좋은 거 사려면 비싼데."

"자기가 감당할 수 있는 것보다 더 좋은 재료를 쓸 필요가 있어?"

쿡 찔러놓고서, 묘은 언니는 작업실 안에서도 녹을 찾는다고 온통 뒤지고 다녔다.

이환은 무엇을 그리는지 끝까지 말을 안 하려고 했다.

"왜 그래요, 내가 따라할까봐? 안 따라해요. 나 그림자 그리기로 했다니까? 벌써 시작했는데."

"나중에 봐, 나중에."

"앗, 혹시 나 따라하고 있는 거 아니에요? 그림자 그리고 있는 거야? 그래서 말 안 해주는 거고?"

"아이 참, 아니라니까."

이환은 웃더니 다른 사람들한테는 비밀이야, 말하면서 슬쩍 스케치북을 앞으로 내밀었다.

"이게…… 뭐예요?"

커다란 스케치북을 채운 것은 사람들이었다. 누워 있고 웅크리고 있는 지저분한 얼굴과 더러운 옷. 술병과 빈 박스와 구겨진 이불들. 길에서 사는 사람들이었다. 생각도 못한 일이어서, 겨우,

"안 무서워요? 그러지 말라고 안 그러나?"

바보 같은 질문이었다. 내가 당황해하는 것을 눈치 챘는지 이환은 종이 가장자리를 구깃구깃 접으며 마지못해 말했다.

"거기 학수 아저씨라고 계시는데……. 그 분이랑 얘기를 하다 보니까, 원래 그림 그리셨다고 그러더라고. 그냥 와서 그려도 된다고 해서."

"그래도……."

마음이 불편했다. 사람이잖아요, 살아온 인생이 있는, 살아있는 사람이잖아요. 그렇게, 정물이라도 되는 것처럼 사과나 주전자라도 되는 것처럼 그려도 되는 거예요?

"보기 좋으라고 그리는 거 아냐. 나도 뭐가 뭔지 모르겠어. 하지만 시작했으니까…… 끝까지 해보고 싶어."

이환은 더 이야기하고 싶어 하지 않았고 대화는 흐지부지 끝났다. 그림은 결국 자기가 그리는 것이다. 선택도 책임도 이환의 몫인 거니까, 나도 누구도 뭐라고 할 수는 없다. 이환 자신도 자기가 이걸 왜 그리고 있는지는 모를지도 모른다.

나는 나의 그림자 그림 위에 손을 올렸다. 물감이 말라 살짝 우

그러진 종이가 간지러웠다. 그렇다면 나는 왜 그림자를 택한 것일까? 그리다보면, 왜 그리고 있는지 알게 될까.

꽤 많이 그렸다고 생각했는데 세어보니까 스물세 장이었다. 언제 백 장을 다 그리나 싶어서 기운 빠져 하는데 견지 형이 와서 쓱쓱 훑어보았다.
"많이 돌아다니긴 했구나."
일단은 칭찬이었다.
"백 장이 쉬운 게 아니야. 중간에 지겨워 미칠 것 같은 때가 올 거야. 그걸 넘느냐 못 넘느냐지. 끝까지 가보고 나면 그 다음부터는 더 쉽게 넘을 수 있게 돼. 특히 초우 너는 지금 참을성을 배워야 할 때지. 백 장 그리면서 많이 참아봐."
"이미 참고 있는데요."
대답했더니 아직 멀었다며 혀를 찼다. 견지 형은 다시 내 그림을 죽 보면서 말을 이었다.
"초우야, 하나의 그림 안에 리듬이 있듯이 네가 그리는 그림들 사이에도 리듬이 있어. 어떨 때는 멈춰서 오랜 시간을 끌어야 하기도 하고 어떨 때는 달려 날아가야 해. 어떤 그림에 하루를 투자했다면 어떤 그림은 십오 분 만에 그리는 거지. 빨리 그린 그림이라고 해서 성의 없거나 나쁜 건 아니야. 오래 그린 그림이 꼭 좋은 그림이 아닌 것처럼."

그릴 거 웬만큼 다 그려서 이젠 뭘 그려도 반복일 것 같다고 말하니 견지 형은 시점을 바꿔보라고 말했다.

"높은 데를 가거나 무릎을 굽혀 보는 거야. 같은 것이라도 보는 위치에 따라 달라지니까."

"시선의 높이를 바꿔보라고요?"

견지 형은 딴 생각을 하는 것 같았다.

"뭔가를 볼 때 그게 널 보면 어떻게 보일까를 생각해 본 적 있어? 벽 틈에, 민들레가 피잖아. 너는 그걸 내려다보고. 근데 그 민들레가 널 보면 어떻게 보일까. 네 뒤로는 어떤 배경이 보일까."

순식간에 상상이 되었다. 나는 무척 거대해 보이겠지. 내 머리 뒤로 파란 하늘이 보이겠지.

"우리는 보는 장소를 정하고, 보고, 그리지. 내가 지금 보는 것은 나밖에 보지 못하고 다른 사람들은 도리어 나를 보겠지. 그러니까…… 우리는 어떤 장소를 보면서 저기 있음 정말 좋겠다 생각할 수 있지만 막상 그 자리에 가보면 보이는 것들이 온통 추악하고 괴로울지도 몰라. 반대로 저기 있으면 너무 힘들겠다 생각한 장소가 최고의 풍경을 제공하는 장소일 수도 있고. 그건 자기밖에 모르지."

견지 형의 말을 다 이해하지는 못했지만 내가 지금 보는 것은 나밖에 보지 못한다는 말은 분명히 이해했다. 남들이 나를 보면서 무슨 생각을 하든, 그들은 결국 내가 보고 있는 것을 볼 수는 없는 것이다.

그날 집에 오는 길에 벽 아래 핀 강아지풀을 보았다. 해질 녘 벽에 새겨진 강아지풀의 가느다란 그림자. 아름다웠다. 아무 생각 없이 가방을 내려놓고 그 앞에 쭈그리고 앉았다. 스케치북을 펴고 연필을 집어 강아지풀과 그 뒤의 그림자를 그렸다. 하얀 종이 위에, 처음부터 그곳에 있었던 것처럼 강아지풀이, 그 날카롭고 얇고 분명한 그림자가 그려졌다. 마음에 새기는 것처럼 그것을 그렸다.

다 그리고 났을 때는 그 시간이 통째로 사라지기라도 한 것 같았다. 어느 새 해가 건물 아래로 숨어 어둠이 내려온 탓에 강아지풀 그림자는 희미해져 잘 보이지 않았다. 나는 뭔가를 잃어버린 듯한 상실감을 안고 일어섰다. 그리고 내가 그린 그림을 내려다보았을 때, 그 잃어버린 무언가가 그 안에 들어 있다는 것을 알았다. 내 스케치북에 담겨진 강아지풀과 그림자. 그건 그 순간 그곳에 있었던 나만이 볼 수 있었던 모습이었다.

목상의 칠월이 가고 태현이의 팔월이 왔다. 태현이가 빨강과 하양으로 시원시원하게 그린 달력을 거는데 규성이가 삐딱하게 서서 달력을 올려다보았다. 시비 걸려고 저러나, 또 싸우는 거 아냐 조마조마해하는데, 규성이가 말했다.

"잘 만들었네."

그러더니 태현이의 반응도 보지 않고 홱 돌아 걸어가버렸다. 의자에 올라선 태현이는 황당한 표정으로 규성이 뒷모습을 보다가 웃음을 흘렸다. 내가 그 웃는 얼굴을 신기하게 바라보고 있는 걸 알고 태현이는 얼굴이 조금 붉어졌다.

작업실에서 함께 그림을 그리다 보면 좋든 싫든 결국 서로를 인정하게 된다. 서로의 그림을 파악할 수 있게 된다. 무엇을 잘하고 못 하는지, 강점과 약점들을 알게 되고 버릇도 보인다. 어쩌면 자기 자신에 대해서보다 잘 알게 되는 것 같다.

"초우 언니, 이젠 비뚤어지지 않네요."

주영이가 말을 걸었을 때 정말 기분 좋았다.

"네가 그렇게 말하니까 더 좋다."

진심으로 한 말이었는데 주영이는 미심쩍은 표정이 되었다.

"왜 내가 말해서 더 좋은 건데요?"

"너 잘하잖아."

휴우, 주영이는 한숨을 쉬더니 물었다.

"잘하는 걸까요?"

뭐라고 할 말이 없어서 음료수를 사주겠다고 같이 나왔다. 편의점까지 갈 때는 하늘이 어둡고 무겁기만 했는데 갑자기 비가 쏟아지기 시작했다. 그칠 때까지는 어쩔 도리가 없겠다 싶어서 편의점 창가에 자리를 잡았다.

"공모전 봐 둔 거 몇 개 있는데, 할까 말까 고민 중이에요."

주영이는 바나나 우유에 빨대를 꽂으며 말했다. 고민을 들어
줄 마음을 먹고 있던 내가 부끄러워졌다. 그림에 있어서는 내가
주영이보다 훨씬 후배인 건데.
"견지 형하고 상담해봐, 그럼."
가볍게 말했는데 주영이는 아니요, 됐어요, 그랬다.
"견지 형은 저 안 좋아해요."
웃어넘기려다가 표정이 심각해서 나도 심각하게 물었다.
"왜 그렇게 생각하는데?"
"견지 형은 창의적이고 자유롭고 그런 거 좋아하는데 전 안 그
렇잖아요."
똑 부러지게 말하고 난 주영이는,
"그래도 언니는, 견지 형 스타일이니까."
"뭐? 그런 거 따질래, 진짜. 그렇게 치면 너는 완전 윤샘 스타
일이잖아. 윤샘이 날 얼마나 골칫거리로 생각하는데."
과장되게 한탄을 하자 주영이가 웃었다.
"그래도 물어는 봐, 네가 돈 내고 여기 다니는 거지 견지 떵이
널 거둬다가 그림 시키는 입장은 아니잖아. 응?"
일부러 세게 말해놓고 나니 갑갑해졌다.
"난 계속 그림 그릴지 말지도 아직 모르겠어."
"언니 미대 안 갈 거예요?"
주영이가 놀랐다는 듯 물었다. 나는 공식적으로는 분명히 일

반부이고, 입시 생각은 없다고 처음에 말했었다. 하지만 윤샘도 그렇고, 다들 내가 당연히 입시를 한다고 생각한다. 견지 형은 어떻게 생각하고 있을까. 분명히 말하지 못하는 것은 아직 내 마음이 분명하지 않기 때문일까?

미술을 정말 하겠다고 결정한다면 지금처럼 엄마에게 말 안하고 있을 수는 없을 것이다. 생각만 해도 막막했다. 그림 그린다고 말하지 못했던 건우 오빠의 마음도 어쩌면 이런 것이었을까. 나는 이렇게 조금씩 오빠를, 그때를 알아간다.

"아직 잘 모르겠어. 아, 진짜, 모르겠다고 말하는 것도 이젠 지겹다."

누가 넌 괜찮은 애야, 잘 하고 있어 말해준다면 괜찮을까. 내가 누군가의 옆에 서서 그렇게 말할 수 있어도 좋겠지. 진짜로 괜찮은 사람 옆에서, 거짓말로 말해야 하는 게 아니라 솔직하게 감탄할 수 있는 사람 옆에서…… 유경하 같은.

"언니, 왜 그래요?"

주영이가 넘어진 내 캔 커피를 바로 세웠다. 뭐야…… 나 진짜 미쳤다.

"하늘이 밝아지는데요. 비가 그칠 건가 봐요."

주영이가 창밖을 내다보며 말했다. 몸을 꼭 짜서 비를 내리고 가뿐해진, 하얗고 밝은 구름이 빠르게 움직여가는 게 보였다. 그런데 나는 비가 계속 내렸음 싶기도 했다.

견지 형이 그렇게 호들갑을 떨고 기대하라고 말했던 세 번째 프로젝트의 정체가 밝혀졌다. 늦게 끝날 거니까 미리 부모님께 말씀 드리라는 말과 함께 나눠준 통신문에는 연주자 그리기, 라고 쓰여 있었다. 재즈 클럽에서 연주하는 연주자들을 그리러 간다는 얘기였다. 일반부 강사로 알바를 하는 수정 언니의 남자친구의 형이 하는 재즈 밴드라고 했다. 대학 보낸 보람이 있다고, 견지 형은 기뻐했다.

"내 오랜 숙원이었어. 재즈 좋아해?"

견지 형이 싱글벙글 웃으며 묻자 묘은 언니가 바로 고개를 저었다.

"별로."

"마음을 열어, 만날 깨고 부수는 그런 음악만 듣지 말고."

견지 형이 혀를 찼다.

"누드 크로키도 하는데 왜 이건 못하게 하는데!"

고등학생 이상만 데려간다는 말에 강강이가 삐쳤다.

"너무 아기들이 가면 물 흐려서 안 돼."

"몰라! 미워!"

"태현이랑 둘이 어디 놀러 가든지."

"싫어!"

태현이 얼굴이 굳는 게 보였다. 아하하. 귀여워. 싱글싱글 웃고 있다가 묘은 언니로부터 징그럽게 웃는다는 말을 들었다. 내 웃음이 어디가 어때서!

연주는 밤에 시작한다고 해서 작업실에 함께 모여 느지막이 출발했다. 대학가 뒷골목 지하의 가게였다. 견지 형은 계단을 앞서 내려갔다. 가게 안은 아주 어두웠고 담배 냄새와 뭔가 달큼한 냄새가 났다.

견지 형은 누군가와 반갑게 인사를 했다. 그 사람이 무대 왼쪽 탁자들에 놓인 예약석 표시를 치워줘서 자리에 앉았다. 한참 있은 뒤에야 눈이 어둠에 익었다. 나무를 짜 맞춰 만든 탁자와 나무 벽. 붉고 파란 가죽을 대고 징을 박아 만든 의자. 낮은 무대 위에는 조명을 받아 반짝반짝 빛나는 악기들. 피아노, 드럼, 콘트라베이스. 가슴이 찰랑거리기 시작했다. 음료수를 시키고, 견지 형과 정샘이 간단히 방향을 잡아주는 말을 들었다.

"한 사람씩만 그리지 말고 연결해서 하나의 풍경으로도 그려봐."

"디테일을 잡아. 강조하고 싶은 곳으로 힘을 모으고."

편안한 차림의 연주자들이 무대 위로 나와 자리를 잡았다. 트럼펫과 클라리넷까지 있다. 드럼이 딱딱 박자를 맞춘다. 하나, 둘, 셋, 넷, 그리고 시작.

팍, 불꽃이 튀는 것처럼 음들이 튀어나왔다. 손을 놓고 입까지 벌리고 그 음을 만들어내는 사람들을 보았다. 휘익, 누군가 휘파람을 불고 박수와 환호성이 이어졌다.

빠밤, 빠 —

이런 음악이 세상에 있는 줄 처음 알았다. 막, 춤을 추고 싶었다. 손이 춤추듯 움직였다. 잘되든 잘되지 않든 종이를 계속 넘기면서 흐름을 쫓았다. 음. 리듬. 흐름. 그 안의 사람들. 나는 사람과 악기를 그리고 움직임을 그렸다. 사실은 음악을 그리고 싶었다. 그래, 나는 음악을 그렸다.

중간에 이십 분 쉬는 시간이 있었다. 견지 형은 아이들의 스케치북을 획획 넘겨가며 그림을 들여다보기도 하고 틀어놓은 음악에 손가락으로 박자를 맞추면서 흥얼거렸다. 기분이 무척 좋은 모양이었다.

"형은 안 그려요?"

생각지도 않았던 질문이 무심코 튀어나왔다. 그렇게 좋아하면서, 왜 안 그려요?

옆에 서 있던 묘은 언니가 고개를 들어 견지 형을 보았다. 견지 형은 음악에 맞춰 몸을 움직이다가 한 번, 고개를 저었다.

아니라고 대답한 건가? 그리지 않는다고? 견지 형의 몸짓이 뜻하는 바를 받아들이는 데에 조금 시간이 걸렸다. 지금은 안 그린다는 게 아니라 아예 그림을 그리지 않는다는 뜻일 수도 있다고는 차마 생각하지 못했다.

곧 다시 연주가 시작되었다. 이번에는 연주자들과 나 사이의 거리를 의식하며 그릴 수 있을 정도로 정신이 돌아왔다. 그리고 내 옆에서 그림을 그리고 있는 작업실 아이들—나의 동료들을 의식할 수 있을 정도로.

앞쪽 탁자에는 이환과 경하와 규성이가 앉았다. 내 옆에는 아운이가 있고 그 건너편이 주영이, 그 뒤가 목상. 제일 뒤에 앉은 묘은 언니를 흘깃 뒤돌아보았더니 그림은 그리지 않고 집중한 얼굴로 연주자들을 바라보고 있었다. 음악을 듣고 있었.

에어컨 때문에 맨 팔에 소름이 돋을 정도로 서늘하고, 아운이의 팔이 움직일 때마다 따스한 온기가 가까워졌다 멀어진다. 내 옆에 나처럼 집중하고 있는, 나처럼 그리고 있는 누군가가 있다는 것이 벅찼다.

끝나고 나와서 걷는데 아무 말도 할 수 없었다. 가슴이 너무, 이상해. 넘쳐. 견지 형이든 누구든 붙들고서 너무 재밌었다, 좋았다, 또 하자, 그래야 할 텐데 말이 안 나왔다. 스케치북을 넣은 가방만 꼭 끌어안았다. 내가 그림을 그리지 않았더라면 이런 것은 몰랐을 테지. 이런 마음은, 이렇게 꽉 찬 것은. 보이지 않는 것으로 이렇게 가득 넘칠 수 있다는 것은 몰랐을 거야.

지하철파 버스파 갈리고 여럿이 버스를 탔는데 하나둘 내리고 경하와 나만 남았다. 사람이 없어서 버스는 비어 있다. 굳이 옆자리에 앉을 건 없어서 통로를 사이에 두고 이인석을 하나씩 차지하고 앉았다.

"재밌었지."

경하가 물었다. 응. 정말로. 너무 좋아서,

"이대로 딱, 박제해놨음 좋겠다."

"재즈 밴드를?"

화들짝 놀란다.

"내가 무슨 엽기살인범인 줄 아니, 지금 이 시간이랄까, 내 기분이랄까……."

말하다 보니 창피해져서 목소리가 점점 줄었는데도 경하는 아아, 하면서 고개를 끄덕여주었다.

붕 떠 있던 기분이 조금씩 가라앉았다. 퐁퐁 튀어대는 마음을 하나씩 잡아서 차곡차곡 내려 쌓았다.

"또 갔으면 좋겠다."

경하가 말했다. 나도 그랬다. 다같이, 또 갔으면 좋겠다고 생각했다.

말이 끊기자 경하 얼굴을 돌아볼 일이 없어졌다. 그냥, 옆에 있다는 것을 안다. 누군가 옆에 있다는 것은 그 존재감으로 아는 게 당연하지만 지금 경하가 옆에 있다는 것을 아는 건 좀 달랐다.

여전히 음악이 흐르고 있는 것 같아. 무엇보다도 네가 내 곁에 있으니까 그래. 너 때문에 지금 이 순간이 반짝거린다는 것을 알

아. 너 때문에 이를 악물어야 할 정도로 마음이 설레고 있어. 이대로 몇 시간이고 버스를 타고 싶었다.

다음날 그림 그린 것을 다 가져와서 비교해 보았다.
"초우, 좋다. 잘했네."
오랜만에 칭찬을 받았다. 내가 봐도 이번 건 좀 마음에 든다. 다른 애들이 그린 것들도 다 근사했다. 강강이는 입을 쭉 내밀고, 좋았겠다, 한 마디 했다. 다 돌아보고 내 자리로 왔더니 규성이가 내 스케치북을 뒤적이고 있었다. 너, 허락도 안 받고…….
"좋네요."
비꼬는 것도 아니고 못마땅해하는 것도 아니고 정말로 솔직하게 규성이가 말했다. 태현이의 달력에 대해서도 그랬듯이 나쁘면 나쁘고 좋으면 좋다고 말하는 애였구나. 그러니까 나 정말 못하고 있었던 거구나.
"고맙다."
나도 솔직하게 말했는데,
"근데 사람 형태가 너무 찌그러지긴 했다. 악기도 비율이 하나도 안 맞고."
"야!"

그 여름에는 자주 밤을 샜다. 이제껏 일찍 자고 일찍 일어나는 새 나라의 아이였는데 밤이 좋아졌다. 모든 사물들이 발밑에서 그림자를 끌어올려 뒤집어쓰고 움직이지 않는 시간. 밤에는 바람조차 어두웠다.

쉽게 잠들고 싶지 않았다. 나 그렇게 쉽고 만만한 애 아니야, 잠을 향해 큰 소리치고 싶었다.

그림을 그린 것도 아니고 공부를 한 것도 아닌 밤에도 어째서 그렇게 뿌듯하고 배부르게 새벽을 맞았는지 모르겠다. 단지 잠들지 않고 잠과 함께 그 밤을 견딘 자신이 대견스러워서 어깨를 반듯이 세우고 집을 나서곤 했다.

그리고 참 많이도 걸어다녔다. 그림자를 찾으러 갈 때는 누구랑 같이 갈 수도 없으니까 혼자서 걸었다. 그림 한 장 못 그리고 땡볕 아래를 한참 걸어다니다가 아이스크림을 사먹기도 했다. 길가 화분에 난 봉숭아꽃을 한 송이 뜯어다가 짓이겨 왼손 새끼손톱에 올려놓으면 물이 들었고, 그러다 옷에 묻으면 붉은 얼룩이 졌다.

그림자를 찾을 수가 없거나 잘 안 그려져서 초조해질 때면 헤매고 다니는 것 자체가 의미 있다던 견지 형 말을 떠올렸다.

남의 집 앞 계단에 앉아 한참을 쉬고 있노라면 봄의 그림소풍 생각이 났다. 저 골목을 돌면 강강이가, 아운이가, 이환이, 경하가…… 그림을 그리고 있을 것 같은데. 조금 쓸쓸했다. 그리고 조금 더, 행복했다.

그 여름의 바다

여름 합숙에는 견지 형의 형인 현수 형님이 아기까지 데리고 운전기사로 따라오셨다. 뭐라고 부를지 몰라 머뭇거렸는데, 다들 현수 형님이라고 불렀다. 강강이까지 형님—이러는 게 너무 귀엽고 웃겼다.

현수 형님이 운전하는 승합차랑 윤샘의 승용차에 비좁게 붙어 앉아 도착한 곳은 아담하고 단정한 바닷가 마을이었다. 거기서 민박집 하시는, 우리 때문에 며칠 손님도 못 받을 계림 언니네 부모님들에게 꾸벅꾸벅 인사부터 했다.

방에 가방을 던지듯 내려놓고 일단 바닷가로 뛰었다. 놀다가 저녁엔 고기를 구워먹었다. 마당의 텃밭에서 상추와 고추를 따다가 마당 수도에서 씻어 같이 배부르게 먹고 나니 세상 부러울 게 하나도 없었다. 내일은 하루 종일 그릴 거니까 빨리 자라고 견지 형이 방으로 몰아넣어서 여자 방으로 배정된 방에 들어왔다.

강강이는 씻지도 않고 구석에서 이불을 말고 누웠다.

"아우, 더러워. 빨랑 일어나서 씻고 자."

강강이는 들은 척도 안 하고 꿈틀꿈틀 이불 속으로 파고들어 갔다. 나는 강강이 쪽으로 비누를 밀었다.

"씻으라니까."

이미 잠의 경계를 넘어간 강강이는 잠이 듬뿍 묻은 목소리로,

"싫어, 안 열려."

"뭐? 안 열리긴 뭐가 안 열려."

아운이랑 주영이랑, 묘은 언니까지 깔깔 웃는데 강강이는 왜에, 귀여운 목소리로 말하곤 정말 잠들어 버렸다.

둘째 날에는 일찍 일어났다. 계림 언니가 깨우기도 전에 벌떡 일어나서 밖으로 나왔다. 공기가 맑고 부드러웠다. 바다 냄새가 났다. 들이쉬기만 해도 배가 부를 것 같은 공기였다.

오전에는 자연 재료로만 작품을 만들었다.

"뭐 고정시킬 거 안 줘요? 풀이라도 주지."

"저기 풀 있잖아, 풀. 많네."

"아, 진짜."

유경하가 어울리지 않게 농담을 하기에, 째려봐줬다.

나뭇가지에 돌, 풀, 흙, 모래. 이환은 모래사장에서 짠내 나는 빨랫줄을 주워왔다. 그건 자연 재료가 아니니까 반칙이라고 강강이가 따졌더니 견지 형이 어쨌든 주운 건 다 된다고 하는 바람에 다들 별별 것들을 다 주웠다. 그러다가 이환과 태현이가 바닷물에 깨끗하게 씻긴 짐승의 두개골을 발견해서 한바탕 난리가 났다. 태현이가 들고 온 하얀 뼈를 보자마자 나는 눈을 가렸는데 다들 개라느니 여우라느니, 지치지도 않고 떠들었다. 강강이가 제일 신이 나서 예쁘다 어쩌다 그러는데, 나는 메슥거리는 배를 누르면서 태현이가 머쓱하니 두개골을 강강이에게 내미는 것을 보았다. 그리곤 도망치려 했는데,

"언니! 예쁘지! 태현이가 나 줬다!"

도망갈 기운도 없어져서 멍하니 강강이를 올려다보았다. 나한테 그런 거 보여주지 말란 말이야……. 꿈에 나온단 말이야……. 그리고 넌 그게 예쁘다는 생각이 든단 말이니.

강강이는 그 두개골과 나뭇가지를 가지고 조형물을 만들었다. 목상은 풀과 나무를 솜씨 좋게 엮어서 깃발을 만들었고, 나는 돌과 조개껍질로 탑을 쌓았다.

태현이와 둘이서 잡동사니 모으는 데만 시간을 다 쓴 이환은 땅바닥에 나뭇가지 하나 꽂아놓고 해시계, 그랬다가 엄청난 구박을 받았다. 태현이는 잡동사니들을 색깔대로 분류해서 무지개처

럼 늘어놓았는데 그건 만장일치로 좋다는 평가. 이환은 어린애처럼 왜 태현이만 좋대! 투덜대다가 한소리 더 들었다. 묘은 언니는 그런 우리들을 사진으로 찍었다.

점심을 먹고 나서는 바닷바람을 맞으며 자란 나무와 바다를 그렸다. 견지 형은 나무 색깔들이 하나하나 다 다른 것을 보라고 말했다. 나무마다 기둥 색깔도 다 달랐고 나뭇잎도 다 다른 초록이었다. 한 그루 나무 안에서도 잎 색깔은 제각기라 숨을 한 번 쉬고 나면, 눈 잠깐 감았다 뜨면 뒤섞여 매번 새로웠다.

그리고 나는 여기까지 와서! 라는 말을 들으며 그림자를 그렸다. 백 장을 채우려는 건 나 혼자만은 아니어서 주영이는 바닷가에 버려진 의자를 보고는 반색하며 그리기 시작했고 아운이도 바다 색, 바다 위 하늘 색, 색깔을 세어가며 그렸다. 강강이가 자기도 그리고 싶다고 칭얼대서 마을 어귀 가게에서 봉지 빵을 두 개 사다주었는데 강강이가 잠깐 딴짓하는 사이에 견지 형이 빵을 먹이 버렸다. 잔뜩 삐친 강강이를 달래느라 견지 형은 빵을 다섯 개나 더 사와야 했다.

하루 종일 그림을 그리고 밤에는 앞마당에서 모닥불도 피웠다. 모닥불은 그리란 소리 안 해요? 물어봤더니, 내일 아침에 타고 남은 재로 그림을 그리는 거지, 견지 형이 대답했다. 계림 언니와 현수 형님은 고구마와 감자를 알루미늄 호일에 감아 모닥불

가장자리에 밀어넣었다.

"불이 저렇게 예쁜 줄 몰랐어요."

투명한 주황과 빛나는 노랑. 한순간도 멈추지 않고 춤을 추는 모닥불. 몰랐던 게 너무 많다. 왜 몰랐지? 다, 그리고 싶었다. 아운이는 두 팔로 무릎을 감싸고 모닥불을 보고 있었다. 오른손 손가락이 까딱까딱 움직였다. 그리고 있구나, 알았다. 경하는 늘 가지고 다니는 작은 스케치북에 뭔가를 쓰고 있었다.

불꽃놀이 하고 싶다고 견지 형을 조르던 강강이는 모닥불 속 붉은 불씨를 품은 나무토막을 막대기로 찌르고 긁으며 불꽃이 피어오르게 했다. 옆에서 보던 태현이가 두꺼운 나무 막대기로 그 나무토막을 세게 쳐서 반으로 갈랐다. 붉은 꼬리를 단 반딧불이 같은 불꽃들이 화르르 치솟았다. 와아, 강강이가 탄성을 질렀다.

"이게 불꽃놀이보다 더 예쁘다."

강강이가 말하자 태현이는 자기가 해놓고도 모르는 척 고개를 돌렸다. 이환이 말했다.

"오늘은 자지 말자. 마지막 밤이니까."

"뭐야, 하루는 첫날 밤이고 하루는 마지막 밤이고."

"형, 하루만 더 있다 가면 안 돼요?"

"그럼 내가 너희를 단체로 납치한 줄 아실 거 아냐."

"안 그래요. 안 그럴 테니까."

일단은 졸라 보지만 안 될 걸 알고는 있다.

그 여름의 바다

"고 삼 데리고 온 게 마음에 걸려서 빨리 올라가야겠다."
"만날 우리 탓이야."
이환은 우는 시늉을 했다.
"조금 걸을까. 별도 보고."
견지 형이 몸을 일으켰다.
"랜턴 안 가져가요?"
"저 위에 저렇게 빛이 많은데 랜턴은 무슨."
견지 형은 별빛이 참 밝다 하면서 휘적휘적 걸어갔다.

파도 소리가 나고 타박타박 모래사장을 밟는 소리가 난다. 도시를 떠나면 조용할 줄 알았는데 이곳에도 귀가 울릴 정도로 소리가 많았다. 그런데도 시끄럽게 느껴지지 않는 것은 단순한 소리들이기 때문일 것이다. 정체가 분명한 소리들, 깨끗한 소리들, 밤의 소리. 밤의 색깔은 뭘까, 왜 깊을까, 왜 짙으면서도 맑을까.

"별 진짜 많다!"
고요함을 밀어내며 강강이가 외쳤다.
"저 별에서 살고 싶다."
"별에선 못 살아. 저렇게 빛나는 것들, 우리가 별이라고 부르는 건 가까운 거 몇 개 빼면 다 태양처럼 불타오르는 항성들이거든."
건조하게 묘은 언니가 설명하고 강강이는 그런 게 어딨어, 입술을 내밀었다.

"강강아, 네가 아무리 싫다고 해도 사실은 사실이야. 네가 꼭 저기서 살고 싶다면 저 별 주위를 도는 행성 중에서 지구 같은 환경이 되는 데를 찾아야 해."

"아니, 꿈을 꿀 수도 있지. 그걸 그렇게 꼭 설명을 해야 하나?"

이환이 강강이를 대신해서 한마디 했다.

"여기서 별 좀 보자."

견지 형은 바다 앞에 섰다. 조금 추웠다. 모두 말을 하지 않아서 파도 소리만 들렸다. 바닷바람은 짜고 서늘했다. 물기어린 바람의 질감이 느껴졌다.

강강이라면 바람도 그릴 수 있을 것 같았다. 아운이라면 밤의 색깔조차도 그릴 수 있을 것 같았다. 나는 겨우 더듬더듬 짚어가며 느껴야 하고 보아야 하는 것들을, 누군가는 그릴 수 있다는 사실이 조금은 날카롭게 다가오기도 했다.

바닷바람을 휘감은 달빛. 바다 건너 가까운 섬은 달빛을 받아들뜬 듯 보이고.

"다르게 보이지."

견지 형이 한 말이 뒤늦게 귀에 들어왔다.

"참 다르다…… 똑같은 달인데. 똑같은 밤인데."

정말로 달랐다. 다른 것이 당연하다. 공기가 다르고 땅이 다르니까 이 밤도 달도 다를 수밖에 없다. 함께 있는 사람들이 다르니까, 모든 게 다르다.

"많이 봐둬라. 속에 담아둬. 그리고…….."

견지 형은 말을 끊었다. 이어질 듯했던 말은 끝내 이어지지 않았다. 더는 말로 하지 않아도 되는 이야기. 평생 기억할 풍경. 눈만으로가 아니라 코로, 귀로, 피부에 닿는 이 차갑고 습기 찬 느낌으로 다 기억할 것 같았다.

한참 말없이 그러고 서 있다가 견지 형이 먼저 발길을 돌렸다. 어느 틈엔가 한 명 두 명 자리를 뜨고, 정신 차려보니 나와 아운이와 경하만 남았다. 아운이가 내 옆에 서 있고 경하는 조금 앞쪽이었다.

묘한 기분이 들었다. 간질간질하고, 어쩐지 슬픈.

"초우 넌 앞으로 뭘 하고 싶어?"

아운이가 물었다. 나는 대답하지 못했다. 내가 뭘 원하는지, 나 자신도 모른다는 것이 너무 어리석게 느껴졌다. 나는 모른다. 나는 저 아이들이 아는 걸 몰라. 나는 둔탁해지고 싶지 않았고 어리석어지고 싶지 않았다. 실제로 내가 그렇더라도, 그렇게 보이고는 싶지 않았다. 아운이가 말했다.

"그림을 꼭 그려야 하는 건 아니었어."

경하의 어깨가 흔들렸다. 아운이는 바다를 바라보고 있었다.

"무용도 진짜 하고 싶었던 건 아니었는지도 몰라. 하다보니까 계속 했던 거지. 못하게 되었을 때도 그냥 그렇게 되었구나 싶었어. 재활하느라 힘들겠다 생각했는데 그럴 것도 없겠구나…….

할 일이 없겠구나. 그럼 뭘 하나, 하고."

아운이는 조곤조곤 말을 이었다.

"첫 번째 가능성이 사라졌으니 두 번째로 온 거야. 그런데 지금 이런 때면 평생 그림 그리고 살 수도 있겠구나 싶어져."

그렇게 말하는 아운이의 목소리가 정말 곱다고 생각했다. 또 바보처럼 부러워하는 마음이 생길 만큼 고왔다.

"그래."

경하가 조용한 목소리로 대답했다. 경하가 아운이를 바라보는 것을 알았다. 경하가 보고 있는 아운이의 옆모습 또한 보였다. 뭔가가 이어져 있다. 나는 모르는 무엇인가가.

"들어갈래."

나는 중얼거렸다. 실은 계속 있고 싶었다. 그런데 말이 나왔다.

"응, 가자."

내가 같이 가자고 말한 것도 아닌데 아운이가 먼저 몸을 돌렸다. 자연스레 경하도 움직였다. 아니, 둘이 있다 오지 그래. 둘이서 얘기하고 싶은 거 아니야?

내가 눈치가 빠른 건지 아니면 마음이 비뚤어진 건지 모르겠다. 일부러 앞서서 걸었다. 등이 화끈거렸다. 뜨거웠다. 그래도 절대 뒤돌아보지 않을 거라고 다짐하고 또 다짐하면서, 억지로 생각을 돌리고 마음을 돌리려 애쓰면서 걸었다.

민박집 마당에는 거의 다 꺼진 모닥불을 앞에 놓고, 견지 형과 윤샘과 묘은 언니와 목상이 있었다. 별다른 말도 안하고 둘러앉아 있는 것뿐인데 낯설었다. 어른들 같았다.

나머지는 방에 들어갔는지 불 켜진 방에서 웃음소리가 튀어나왔다.

"큰 방에서 더 논다는데."

묘은 언니가 말했다.

아운이가 밖에 있겠다고 말하고, 경하가 그 말에 멈칫하는 것을 알고서, 나는 날 빼놓고 어떻게 게임을 할 수 있는 거냐며 큰 방으로 뛰어 들어갔다. 강강이 옆에 끼어 앉아서 막 놀았다. 조규성, 너 틀렸어! 엎드려, 인디언 밥!

늦잠 자는 아이들을 겨우 깨워 아침을 먹고 바로 출발했다. 차에 타기 전, 어젯밤 모닥불 피웠던 자리 근처의 검은 얼룩을 봤다. 타고 남은 재로 땅 위에 그린 그림이라는 걸 알았지만 가까이 가서 보고 싶지는 않았다.

차에 탄 아이들은 다들 자는데 나는 자꾸 멀쩡하게 잠이 깨서 창밖만 보았다. 내 어깨에 기댄 강강이 머리가 유독 뜨끈뜨끈한데, 그래서 더운데도 그게 어쩐지 다정하게 느껴져서 밀어내고 싶지 않았다. 아마도 위로 받는 기분이어서.

아직도 한참 덥지만 이제 여름은 끝이라고 생각했다. 나무들도 초록이 되고 초록이 되고 초록이 되다가…… 시들겠지.

시간이 지나고 있다. 시간이 흘러갔구나. 분명하게 느껴졌다.

나는 언제까지나 어린애일 수는 없을 거야. 그 생각이 왜 들었는지는 모르겠다.

창으로 스쳐 지나가는 풍경이 바뀌면서 많은 생각들이 들었다 사라졌다.

이대로 멈춰져 있을 수도 없겠지.

모든 게 변할 거야…….

변하지 않는 게 있다면 저 하늘과 그 바다와 썩고 다시 자랄 나무겠지. 그조차도 실은 매 순간 변하고 있는 것이지만.

깜박 잠들었나보다. 휴게소에서 일어났더니 진땀이 조금 났고 목이 칼칼한 게 감기 기운이 있었다. 열이 오르고 어지러웠다. 꿋꿋이 참으면, 삼키면 이 열기도 삼켜져 사라질까. 아픈 내색 안 하고 계림 언니가 사주는 아이스크림을 먹으면서 꼭꼭 다 삼켜 버렸다.

"경하가 아운이 좋아하잖아."

이환이 말했다. 내가 눈치가 아주 없는 건 아니었구나. 그래도 아니길…… 바랐던 건데.

비집고 들어갈 수 없다고 느꼈다. 그건 두 사람이 쌓아온 시간의 무게. 아운이와 경하는 알지만 나는 알 수 없는 것. 알게 되면 마음이 보인다. 마음이 움직이는 것이 보였다.

"그리고 김초우가 유경하 좋아하고?"

그런 말 안 하는 게 낫지 않아요? 말했더니 이환은 더 장난치지는 않았다. 내 마음도 보였나. 나도 몰랐던 내 마음이.

합숙 다녀오고 며칠 뒤에 백 장 프로젝트 발표회를 했다. 묘은 언니의 녹, 경하의 손과 강강이의 빵과 태현이의 나뭇잎들, 주영이의 의자, 규성이의 숫자, 목상의 뒷모습, 아운이의 색깔들. 나는 결국 백 장을 채우진 못했다. 오십 장째부터는 집중력도 떨어지고 재미도 없어져서 억지로 칠십칠 장을 만들었다. 77, 하면 그나마 그럴듯해 보이니까. 사실 백 장을 넘은 사람은 몇 명 없었다.

제일 많이 그린 사람은 의외로 태현이었다. 백사십 장이었고, 제일 조금 그린 사람은 이환으로 오십 장을 겨우 넘겼다. 거의 다 무채색의 크로키였다. 그렇지만 이환의 그림들은 다른 누구의 그림보다 강렬했다. 견지 형은 말이 없다가, 그래, 라고 말했다.

내 그림이 제일 초라했다. 어둡고 칙칙하고 뭐가 뭔지도 모르겠는 그림들. 형상도 없고 의미도 재미도 없는 그림들. 지난 몇 달간 뭘 한 걸까, 제자리걸음만 하고 있었나.

집에 돌아와 건우 오빠의 스케치북을 뒤적였다. 자잘하게 쓰인 글을 하나하나 다시 읽었다. 어딘가에서 오빠도 멈춰 섰을지 몰라. 기운이 빠져서 붓을 놓아버렸을지도 몰라. 하지만 스케치북은 봄의 날짜에 이미 다 채워져 있었다. 이다음 스케치북도 있었을 텐데. 거기엔 건우 오빠의 여름이, 백 장 프로젝트와 합숙까지도 다 담겨 있을 텐데……. 그건 다 태워져 버린 거지.

스케치북을 덮고, 무릎을 끌어안고, 고개를 묻었다. 이렇게 힘이 없고 발이 걸려 비틀거리다 못해 넘어지게 되는 것이 당연한 걸까. 힘내자고 다짐하는 것만으로는 일어설 수가 없었다.

습격!

"으악. 더러워."

이환은 빙 돌아서 의자더미 위로 올라섰다.

"그거 밟지 마. 속에 뭐가 들었는지 몰라."

묘은 언니가 내게 주의를 주었다. 작업실 건물 옥상 위에는 부서진 가구들과 주황색 자루가 널려 있어서 걸을 때마다 발에 채였다.

"덥다."

이환은 의자 위에 서서, 먼 곳을 바라보았다. 나는 버려진 탁자 위로 올라섰다. 옥상이라고 해봤자 그다지 높을 것도 없어서 낡은 건물 숲과 그 사이로 먼지를 뒤집어쓰고 축 늘어진 나무들이 보였다. 저 건물 위에서 보면 우리야말로 볼품없이 작아 보이겠지. 여름에 지치고 더위에 지친 나무들. 사람들. 길과 흙먼지들.

"뭐가 이렇냐."

이환이 혼잣말처럼 말했다. 여름이 끝나가고 있었다. 숨 막힐 것 같았던 더위도 조금씩 기운을 잃어가 예전 같지 않았다. 찬바람 한 줄기에 쓱 밀려 사라질 것처럼. 그리고 지독하게 지루했다.

왜 좋았는데도 아니게 될까. 좋았던 것은 왜 슬픈 것으로 남게 될까. 특별히 나쁜 일이 있었던 것도 아닌데 왜 슬프고 괴롭게 기억될까.

"싫은 것도 아닌데 아주 괴로운 적 있어?"

이환이 물었다. 마음을 읽힌 것처럼 놀랐다.

"난 가끔 그래. 싫은 게 아닌데도 너무 힘들어서, 어떻게든 하고 싶어. 뛰어내린다던가……."

"작업실 이층 창문으로? 야, 다리 하나 부러지고 말 정도면 놀림감이나 되는 거지."

묘은 언니가 말했다. 이환은 킥킥 웃었다. 마른기침 같은 웃음이었다. 아직 웃음기가 남은 얼굴로 이환이 말했다.

"이런 건 아무 것도 아니야. 이러지 않고도 살 수 있어."

"이러지 않으면? 그럼 남는 시간에 뭘 할 건데?"

묘은 언니가 물었다.

"그러게……. 시간이 남겠나."

이환이 중얼거렸다.

왜 우리는 그럴까. 왜 살까. 왜 절실할까, 왜 충분히 절실하지 않을까. 우리는 왜 이런 것들이—흔들린 선과 어긋난 색깔과 번진 붓 자국이 중요하다고 생각하는 걸까? 묘은 언니가 말했다.

"괜히 생각만 많지."

"예술가들이 원래 그래."

이환이 농담처럼 말을 받았다.

"예술가이긴 한 거냐?"

"그럼 뭐겠냐."

"맞다, 그런 얘기 들었는데. 철학자는 어떤 사람인가 하면, 아무도 갇혀 있다고 생각하지 않는데 혼자 탈출할 구멍을 뚫고 있는 사람이래."

묘은 언니가 말했다.

"우와, 그럴듯하다."

이환이 막 웃었다.

"그럼 예술가는요?"

내가 물었다. 예술가라는 말이 입술을 간질였다.

"글쎄, 뭘까? 예술가는…… 아무도 중요하다고 생각하지 않는 것에 목숨을 거는 사람?"

"에이, 그건 너무 비장하지. 목숨까지 걸어야겠냐. 그리 대단한 것도 아닌데."

다시금 이환이 말했다. 진심은 아닐 것이라고 생각했다. 끈적한 바람이 불어왔다. 여름의 마지막 발악 같기도 했다.

"뭘 하면 좋을까."

혼잣말처럼 작은 목소리로 이환이 말했다.

"뭘 해야 이런 게……."

이환은 말을 잇지 않고, 묘은 언니도 옥상 난간에 기댄 채 멀리 시선을 둘 뿐 말이 없었다.

어디가 길인지 모르겠는 기분. 어디든 길이 될 수 있고 길이 아닌 곳으로 가도 된다는 말을 들어본 것도 같은데, 그게 어떻게 가능한지 도무지 알 수가 없어. 숨을 아무리 들이마시고 내쉬어도 시원하질 않아. 폐가 쪼그라들었나봐.

어떻게 하면 이 답답함이 사라질까? 뛰어내리고, 소리 지르고, 그려놓은 그림들을 찢어버리고…….

문득 이환이 말했다. 댕그랑, 종소리가 울리듯 높은 목소리였다.

"이번에, 해볼까?"

"난 찬성은 못하겠다."

묘은 언니가 한숨을 쉬었다. 어디서 기운이 갑자기 솟아났는지, 이환은 몸을 홱 돌리더니 두 팔을 빙빙 저었다. 이환이 올라서 있는 의자가 부서질 듯 삐걱거렸다.

"그래, 하면 되겠다!"

"뭘요?"

"초우야, 넌 같이 할 거지?"

"그러니까 뭘요?"

"오늘의 할 일, 바로 습격."

이환이 눈을 빛냈다.

친구 집 가서 하루 잘 거라고, 아빠에게 허락을 받아야 했다. 아무리 졸라도 안 된다 하는 아빠에게 목소리까지 높였다. 방학이잖아요! 내가 만날 친구 집 가서 자는 것도 아니고, 이제 한 번 그러는 건데! 아빠는 묘은 언니 핸드폰 번호와 집 전화번호, 주소까지 받아 적고서야 마지못해 허락했다. 절대 위험한 짓은 하면 안 돼, 몇 번이나 덧붙이는 아빠에게 위험할 게 뭐 있냐고, 찔려서 일부러 더 퉁명스럽게 말했다. 작업실에 있을 때 엄마에게서도 전화가 왔는데, 조별 방학숙제 때문에 어쩔 수 없다고 거짓말을 했다. 마음이 편치는 않았다.

작업실에 있다가 여덟 시쯤 묘은 언니네로 갔다. 집에는 아무도 없었다. 언니네 부모님 모두 늦게까지 일하신다고 했다.

"와, 이거 다 언니가 읽은 거예요?"

묘은 언니 방에는 진짜 책이 많았다. 방 한 켠이 다 책장인데다가 좁은 방 한 가운데에도 낮은 책장이 있어 거기에 걸터앉을 수도 있었다.

"처치곤란이야."

묘은 언니는 귀찮다는 듯 말하면서도 이런저런 책을 뽑아서 추천해주고 책 좀 읽어라, 잔소리도 했다.

묘은 언니의 특제 떡볶이를 먹으면서 놀고 있는데, 아홉 시쯤에 이환과 목상이 왔다. 이환은 가출하는 애처럼 커다란 가방을 하나 들고 왔다. 그 안에는 스프레이 페인트와 페인트가 묻은 종이 판들이 가득 들어 있었다. 이환이 설명했다.

"스텐실이야. 이 판을 벽에 대고 스프레이 뿌리면 돼."

"이거 다 옛날 꺼잖아. 새로 안 만들었어?"

묘은 언니가 물었다.

"하나 만들어왔지롱."

이환은 두꺼운 종이로 만든 판을 꺼냈다. 삐쭉빼쭉한 날개를 가진 우울한 표정의 천사였다. 이것들이 바로 오늘 밤 우리의 습격 재료였다. 이런 판들을 벽에다 대고 스프레이를 뿌려 모양을 남기는 것. 길 가다가 남이 해놓은 것을 본 적은 있었지만 내가 하게 될 줄은 몰랐다. 덜컥 겁부터 났다.

"걸리면 어떻게 해요?"

"만일 걸리게 되면…… 튀어라!"

"진짜 무책임하다."

"자, 생각해봐, 초우야."

묘은 언니가 과장되게 말하기 시작했다.

"이 도시는 너무 재미없고 뻔하잖아. 길 가는 사람들에게 즐거움을 선사하려는 거야, 우리는."

"의외다, 초우. 신나서 막 할 줄 알았는데. 이런 경험도 없이 스무 살이 되어버리는 건 너무 시시하잖아. 뭔가를 만들어내며 살려는 인간으로서 말이야."

이환의 말치고는 그럴 듯하다고 생각했는데, 예전에 작업실 다녔던 형이 했던 말이라고 이환이 덧붙였다.

"지금 가요?"

"더 사람 없을 때. 새벽에 가야 하기가 편해."

"그럼 늦지 말고 두 시에 요 앞에서 만나자."

목상 집이 바로 길 건너 아파트라고 했다. 이환은 거기서 잔다고 목상과 함께 나가고, 나는 묘은 언니가 깔아준 이불에 누웠다. 책장 때문에 이불 깔 자리가 좁아서 머리는 책장에 닿고 발은 벽에 닿았다.

"이런 거 옛날에도 했어요?"

"⋯⋯작년에는 안 했어. 앞으로도 계속 안 할 줄 알았는데."

"왜요?"

하품을 하며 물어놓고 갑자기 잠이 쏟아져서, 묘은 언니의 답은 듣지 못했다.

잠든 지 몇 분 지나지도 않은 것 같은데 묘은 언니가 나를 깨왔다. 밤에는 춥다며 언니가 옷을 더 챙겨주었다. 얼굴을 가리는 모자는 필수였다. 잠이 덜 깨서 비틀거리며 약속장소로 나가니 모자와 후드를 뒤집어쓴 사람들이 보였다. 목상과 규성이, 경하였다. 잠이 확 깼다.

"이환은 어딨어?"

"아까 먼저 가 있겠다고 하고 갔어. 어디서 놀고 있겠지, 뭐."

묘은 언니 물음에 목상이 대답했다.

목적지는 걸어서 갈 수 있는 대학가 거리였다. 아직도 거리에는 사람들이 많았다. 하나같이 술 취해 비틀거리고 있었다. 전에는 이런 밤을 본 적이 없었다. 바닥에 퍼진 토사물과 끈적끈적한 검은 얼룩, 시고 역한 냄새, 몰랐던 어둠이었다. 더럽고 폭력적인 것들 사이에 우리는 그림을 그린다. 아주 작은 흔적을 남긴다.

목상과 묘은 언니, 경하가 몇 번이나 전화를 한 끝에 이환이 모습을 드러냈다.

"뭐야, 너."

"미안, 미안."

어디 클럽에라도 가서 춤추다 온 걸까, 이환은 땀에 젖은 앞머리를 넘겼다. 아까와는 옷도 달랐다. 훨씬 화려해서, 이 밤과 이 거리에 속한 사람 같았다.

"애들이 불러서."

"부르는 애들도 많고 좋겠다."

"다 뻔해. 거기서 거기야."

이환은 무심하게 대답하고는 목상에게서 가방을 받아들었다.

"자, 그럼 가볼까나."

먼저 경험자들이 하는 것을 보았다. 묘은 언니는 창문이나 전봇대나 전선이나 쓰레기통을 이용하라고 말했다. 전선 위에 쥐를 그리면 전선을 타고 기어가는 쥐가 된다. 쓰레기통 위의 고양이, 담벼락에 가득 붙은 나이트클럽 광고들을 물끄러미 올려다보고 있는 듯한 이환의 천사.

"재밌겠지?"

이환이 나를 툭 치며 말했다.

그런데 어쩐지 다들 조용했다. 이환조차 막상 시작하자 입을 다물었다. 습격이란 건 막 즐겁게 해야 하는 일이 아닐까. 규성이만 조금 신나 보일 뿐, 경하조차도 모자의 그늘 아래서 좀처럼 얼굴을 드러내지 않았다.

방법을 익힌 후에는 둘씩 흩어졌다. 나는 묘은 언니와 함께였다. 우리가 택한 틀은 가위바위보 모양의 비틀린 손들과 too tired 라는 글자, 그리고 제법 큰 고양이였다.

묘은 언니가 틀을 잡고 내가 스프레이를 뿌렸는데, 처음엔 손이 덜덜 떨렸다. 뒤에서 사람 말소리만 들려도 깜짝깜짝 놀랐는데 하다보니 차차 나아졌다.

거리의 벽에 스텐실을 하는 것은 종이와 스케치북에 그리는 것과는 전혀 달랐다. 이렇게 넓고, 거칠고, 끝이 없는 캔버스라니. 거리 곳곳 비어 있는 공간들을 내가 다 채울 수 있을 것만 같았다. 조금씩 재미가 붙는데, 묘은 언니가 물었다.

"괜찮아?"

"네. 할 만해요."

"아니, 그게 아니라……."

묘은 언니가 입을 여는데,

"니들 뭐 하는 거야?"

건물 주인에게 걸린 줄 알고 펄쩍 뛰면서 뒤를 돌아보았더니 술 취한 사람들이었다. 여자 둘, 남자 둘이었는데 나이가 별로 많아 보이지도 않았다.

"와, 이거 재밌다. 야, 너 얼굴에 뿌려봐라."

남자들은 바닥에 두었던 스프레이를 집어들고서 뿌리는 시늉을 하며 자기들끼리 깔깔대었다.

"도, 돌려주세요."

목소리가 기어들어갔다. 남자들이 우리에게 뭐라고 말하는데, 취해서 혀가 꼬였는지 못 알아들었다. 남자들은 바닥에 놓인 판을 발로 툭툭 차고, 여자늘은 뒤에서 까륵까륵 웃었다. 잠깐만 참으면 그 사람들이 가던 길을 갈 거라고 생각했는데,

"야, 이 거지 같은 새끼들아, 그거 안 내려놔?"

이한이었다. 그길 도왔나고 고마워해야 할지, 조용히 넘어갈

수도 있는 일을 싸움으로 바꾸어놓았다고 탓해야 할지 모르겠다. 술 취한 남자들도 이환을 향해 욕을 쏟아내기 시작했다. 서로 주먹질을 할 것처럼 다가서서 소리를 지르는데 목상과 경하, 규성이가 이쪽으로 달려왔다. 우리 쪽이 사람이 많아지자 남자들은 조금 움츠러들었다. 여자들은 재미없다는 얼굴을 했다.

"가자, 가."

순식간의 일이었다. 그 사람들은 걸어가며 고래고래 욕을 늘어놓았다. 그러다 깔깔 웃었다. 미친 것 같았다.

"괜찮아?"

경하가 물어서, 고개를 끄덕였다. 사실은 괜찮지 않았다. 그 사람들보다 이환 때문에 더 놀랐다. 이환도 미친 것 같았다. 그런 목소리로, 그런 얼굴로 그렇게 소리를 지르다니.

"왜."

이환이 싸움을 걸듯 물었다. 묘은 언니가 웃기 시작했다.

"아하하, 초우 쫄았잖아. 초우야, 얘 진짜 웃기지, 그치? 완전 지킬박사와 하이드야."

"가끔 자기 조절에 실패하지."

목상이 논평을 곁들였다. 이환 얼굴은 여전히 무시무시했다. 아직도 그 사람들에 대한 화를 못 참고 있는 것 같았다.

"진짜 싫어, 다 싫어. 살기 싫어."

"그 인간들이 싫으면 싫은 거지 왜 살기가 싫냐?"

묘은 언니가 말했다. 달래는 투였다. 그러자 분위기가 살짝 바뀌었다. 이환은 대답하지 않았지만 이제는 무섭게 화가 난 게 아니라 심통 난 아이 같았다.

"심연이 널 들여다보게 하지 마."

목상이 한마디 했고 묘은 언니가 재촉했다.

"몇 개만 더 하고 끝내자."

놀랐던 게 진정이 안 돼서 손이 떨렸다. 나는 다른 사람들 하는 걸 그냥 지켜보기만 했다. 곧 정리를 하고 왔던 길을 따라 걸었다. 곳곳에 우리의 흔적이 보였다.

이환은 나중에는 스스로 멋쩍어진 모양이었다. 내 옆에 와서 팔을 쿡쿡 찔렀다.

"왜요."

곱게 대답하고 싶지 않았다. 무엇에 대해, 라고 하면 정확히 말 못하겠지만 화가 났다.

"미안."

"뭐가요."

"화내서 미안."

이환이 나한테 소리를 지른 것도 아니지만, 이환이 내 머리채를 잡고 흔들기라도 한 것처럼 머리끝까지 열이 올랐다. 그렇게 자기감정을 여과 없이 드러내지 마. 기억하기 싫은 것들이 떠오르잖아, 누군가 그렇게 소리 지르며 울었던 것이.

이환은 어지간히 미안했던 모양이었다. 그렇게 좋아라 하는 편의점에도 들어가지 않고 내 곁에 남아 있었다. 나는 삐친 꼬맹이처럼 셔터 내린 빵집 앞에 쭈그리고 앉아 나뭇가지로 바닥을 긁적였고 이환은 내 옆에 앉았다.

"요즘 자꾸 화가 나."

"병 아니에요?"

이젠 내가 못된 모드가 되어 되는 대로 말하는데, 이환은 받아치지 않고 고분고분하게 말했다.

"묘은이도 병원 가보래. 간이 나빠지면 화를 잘 내게 된다고……."

풋, 웃겼다. 술 담배 달고 사는 사십 대 아저씨도 아니고 간이 나빠질 게 뭐가 있어. 내가 웃음을 참는 것을 알았는지 이환도 표정이 밝아졌다.

"용서해줄 거지?"

"용서는 무슨……."

용서해줄 거지 라니, 대놓고 말하는 게 이환답다.

"왜 그런 건데요. 그렇게 화낼 건 없었잖아요."

모른 척하면 되는 건데. 이환은 대답 없이 얼굴을 찌푸리기만 했다.

"여기 커피. 이제 가자."

편의점에서 나온 묘은 언니가 이환과 나에게 따뜻한 캔 커피를 건넸다. 이환은 흥얼거리며 먼저 걸어갔다. 언니와 나는 아직 편의점 안에 있는 사람들이 나오길 기다리고 있었다. 몇 분 되지 않은 짧은 시간이었는데, 이환이 걸어간 쪽에서 야! 고함소리가 들렸다.

"환아!"

묘은 언니가 달려갔다. 사람들이 길 한복판에서 엉켜붙어 싸우는데, 아까 그 남자들, 그리고 이환이었다.

퍽, 꺄악!

싸움에 끼지 않은 여자들이 비명을 질렀다. 나는 들고 있던 캔 커피를 떨어뜨렸다.

"오빠!"

번쩍이는 조끼를 입은 경찰들이 달려온 것은 순식간이었다. 경찰들은 서로에게 주먹질을 하던 사람들을 떼어내고 팔을 뒤로 잡아끌었다. 입술이 붓고 찢어져 피를 흘리는 이환을 보자 온몸이 부들부들 떨렸다. 묘은 언니가 이환을 놓으라며 경찰에게 소리쳤던 것 같다. 목상과 경하, 규성이도 어느 틈에 가까이 와 있었다. 경찰들의 험악한 얼굴이 우리를 향했다.

"니들 고등학생이시? 지금 이 시간에 여기서 뭐 하는 거야? 너희 다 따라와!"

지구대 안에는 술 취한 사람들이 늘어져 앉아서 힘없는 손으로 서로에게 삿대질을 하고 있었다. 조명이 너무 밝고 에어컨이 너무 세게 틀어져 있어서 나 자신이 냉동된 고기라도 된 것 같았다.

"이름, 학교, 부모님 전화번호 써!"

하얀 종이가 내 앞에 놓였다. 나는 멍하니 그것을 내려다보았다.

"다 끝내놓고 이게 뭐냐. 어이없게."

목상이 중얼거렸다.

"하라는 공부는 안 하고 이런 짓이나 하고 다녀? 이거 다 압수야!"

이마에 길게 주름이 파인 경찰이 스텐실 도구가 든 가방을 뒤지면서 큰소리를 쳤다. 겁을 주려고 하는, 과장된 태도였다.

"누가 주동자야, 어?"

주동자라니, 그따위 말을 쓰는 거야? 입술을 꽉 깨무는데, 내 옆에 앉아 있던 경하가 갑자기 자리에서 일어났다.

"제가 하자고 했어요. 다 제 책임이에요."

뭐? 경하는 준비한 말을 하듯 또박또박 말했다.

"나머진 집에 보내주세요, 다 제 잘못이에요."

묘은 언니가 흡 숨을 들이켜고, 이환이 벌떡 일어났다.

"웃기지 마, 유경하."

이환이 경하의 어깨를 확 낚아챘다. 경하의 몸이 힘없이 흔들렸다. 이환은 경하를 한 대 칠 것 같은 기세였다. 야, 좀. 묘은 언니가 겨우 이환을 앉혔다. 경하는 가만히 서 있다가 목상이 잡아끌자 마지못해 자리에 앉았다.

"웃기고들 있네. 야, 지금 장난하는 줄 알아?"

가방을 뒤지던 경찰이 소리쳤다. 목소리가 머릿속에서 왱왱 울렸다. 뭐가 이렇게 뾰족하고, 밝고, 시끄러운 거지…….

"부모님 오시라고 해, 당장!"

아무도 움직이지 않았다.

"아니면 학교에 전화할까, 어? 새벽에 선생님 한번 만나볼래?"

묘은 언니가 먼저 체념한 듯 핸드폰을 꺼냈다. 나는 쥐고 있던 펜을 내려놓았다.

"아빠 부를게요."

아빠 엄마 둘 다 왔다. 아빠는 경찰 앞에서 계속 허리를 굽혔다. 한결 누그러진 경찰들의 잔소리 사이로 아빠가 말하는 것을 들었다. 애들이 미술 하는 애들인데, 이런 게 멋있어 보였나봐요, 애들이 아직 어려서…….

우리가, 우리의 마음이, 우리가 한 일들이 그렇게 깎아내려지는 것을 견딜 수밖에 없었나. 우리는 애들이고, 겉멋이 들어 벽에 낙서나 하고 다녔고, 어른이 되면, 철들면 허허 웃으며 그땐 어렸으니까요, 하고 말하게 될 거고……. 아니라고 어떻게 말할 수 있나. 내 목소리가 들릴 것이라 조금도 기대할 수 없는데.

경하 아버지와 묘은 언니네 부모님 두 분이 오시는 것까지 보고 엄마 아빠에게 끌려서 집에 왔다. 엄마는 하얗게 질려서 아무 말도 하지 않다가 집에 오자마자 내 어깨를 붙잡았다.

"네가 어떻게 엄마한테 이럴 수 있어!"

엄마는 내가, 엄마에게 뭔가를 했다고 생각하는 것일까. 나는 그냥…… 내가 해야 하는 것을 한 것인데.

"엄마 미치는 거 볼래? 어떻게, 네가……. 엄마가 아까 연락 받고 얼마나……."

엄마는 붉게 충혈된 눈을 하고 물었다.

"언제부터 거기 다녔어?"

"이월부터요."

엄마는 입술을 파르르 떨었다. 볼 수가 없어서 고개를 숙였다.

"당장 그만둬. 절대 안 돼."

엄마한테 너무 미안한데도, 그러겠다는 말이 안 나왔다.

"잘못했어요, 그래도 화실은 계속 다닐래."

"안 된다니까! 너 엄마 죽는 꼴 보려거든 네 마음대로 해."

"엄마는 몰라, 거기 다니고 싶다고!"

내 목소리가 나도 모르게 높아졌다. 나도 하고 싶은 게 있어, 거기서 내가 뭘 하는지 엄만 모르잖아, 내가 있어야 할 곳은 거기라고!

"건우가 이러다가 죽은 거 알아, 몰라!"

"어?"

순간 귀가 멍멍해졌다. 아빠가 엄마의 어깨를 잡았다. 아빠가 뭐라고 말을 하는데, 소리가 들리지 않았다.

"어?"

나는 다시 한 번 말했다. 목소리가, 내 목소리가 아닌 것 같았다. 눈앞이 아득해졌다. 엄마가 아빠의 손을 뿌리치는 것이 느리게 틀어놓은 화면처럼 보였다. 갑작스레, 흩어진 조각들이 맞춰지듯 기억들이 이어졌다.

건우 오빠가 사고를 당한 그 여름날. 나는 건우 오빠가 집에 없는 줄도 몰랐다. 엄마 아빠가 새벽에 나갔었지. 아침에야 엄마가 전화를 했어. 일이 있다고, 밥 챙겨먹고 어디 나가지 말고 집에 있으라고. 엄마, 무슨 일인데? 건우 오빠는 일찍 나갔나 봐, 방에 없어……. 엄마는 그게 아니라고 말하지는 않았지. 나중에야 오빠가 교통사고를 당했다고 들었다. 운전자가 취해 있었다고. 어쩌다 사고가 난 건지 물을 수가 없어서, 그렇게만 알고 있었다. 막연하게, 아침 일찍 나가다가 그런 게 아니었을까 생각했었다.

"건우가 그렇게 밤에 그 화실 애들하고 뭐 한다고 그러다가…… 그리다가 그렇게 된 거…….."

엄마의 입술이 떨리고 손이 떨리고, 다리가 떨렸다. 아빠가 엄마를 붙잡았다.

"초우 넌 방에 들어가. 여보, 좀 앉아."

"이거 놔! 당신은 애가 이러고 다니는 거 알면서, 어떻게……."

아침이 될 때까지, 방 밖에서 들리는 울음과 고함. 당신이 어떻게 이럴 수가 있어, 나한테 말도 안 할 수가 있어. 들어본 적이 있는 말들.

큰엄마는 울면서 말했다. 어떻게 이럴 수가 있어, 건우가 화실 다닌다고 내게 말이라도 해줬어야지……. 우리 건우 어떻게 해, 어떻게 할 거야! 베개로 막아도 말들이 들어왔다. 귀속으로 파고들고 머릿속까지 갉아먹는 벌레처럼.

뒤늦은 결심

"많이 혼났지?"

이환이 걱정스레 물었다. 대답을 했다가는 울게 될 것 같아서 고개를 저었다. 손이 떨리는 것을 감추려고 주먹을 꼭 쥐었다. 손톱이 손바닥으로 파고들어갔다.

"오빠는요?"

"나야 뭐, 괜찮아. 이 정도쯤이야. 가끔 이렇게 내 존재를 드러낼 필요가 있어, 난. 내가 어딘가 살아 있다는 것 정도는 다들 알아야 할 거 아냐."

이환은 검은 크레파스로 종이 위에 죽죽 선을 그으며 말했다. 종이가 금방 검게 물들었다. 규성이가 가까이 다가와 탁자 위에 앉았다. 마찬가지로 얼굴이 핼쑥했다. 규성이가 말했다.

"근데 경하 형은 왜 그랬대요, 갑자기."

"그치, 유경하, 혼자 멋있는 척."

이환은 알 수 없는 표정으로 목소리만 웃었다. 그때 문이 열렸다. 견지 형이었다. 견지 형의 얼굴을 본 순간, 잘했고 못 했고를 떠나 조금의 변명도 할 수 없다는 걸 알았다. 견지 형은 조금의 웃음이나 장난기, 망설임도 없이 화를 내고 있었다.

"너희들, 다 나가. 당장 나가!"

그런 견지 형은 처음 보았다. 이환도 규성이도 아무 말 하지 못했다. 견지 형 뒤에 서 있던 계림 언니가 우리에게 눈짓했다. 우리는 고개를 숙인 채 작업실 문을 나왔다.

"아, 씨."

이환은 머리를 쥐어뜯으며 계단에 쪼그리고 앉았다. 나는 벽에 기댔다. 작업실 간판이 보였다. 희미하게 지워진 오늘의 할 일. 오늘의 할 일은…… 혼나기. 반성하기? 그리고. 나는 눈을 감아버렸다.

"결국 쫓겨난 거야?"

계단 밑에서 묘은 언니가 우리를 올려다보고 있었다.

"거기서 뭐해. 나가자."

묘은 언니를 따라 작업실 근처 텅 빈 놀이터까지 걸어갔다. 넷이 나란히 벤치에 앉았다. 페인트칠이 벗겨진 미끄럼틀과 시소에 부딪쳐 나오는 햇살이 눈을 찔러댔다. 규성이가 불안한 듯 물었다.

"견지 형, 진짜 나가라는 거예요?"

"견지 형이 왜 저러냐면…… 아, 젠장."

이환이 두 손으로 머리카락을 움켜쥐었다. 나는 두 팔로 몸을 감쌌다. 어깨로 내리쬐는 햇살이 뜨거운 게 아니라 얼음처럼 차가웠다.

"일단 이거나 먹지."

묘은 언니가 비닐봉지를 내밀었다. 아이스크림이었다. 먹고 싶지 않았지만 받아들였다. 잠시 바닥을 기는 것 같은 침묵이 흘렀다. 이환은 아이스크림을 거꾸로 들고, 녹은 물이 바닥에 뚝뚝 떨어지는 것을 보면서 말하기 시작했다.

"재작년에, 내가 고 일이었을 때, 작업실에 있던 형이 있었는데, 그 형이랑 같이 밤에 습격을 나갔었어."

무슨 말을 하려는 거야, 누구 얘기를 하는 거야…….

"그러다 그 형이, 사고로 죽었어."

누가 내 머리를 커다란 북채로 두드리는 것처럼 머릿속이 쿵쿵 울리기 시작했다. 거대한 거인이 내 옆에 서서, 내 머리를 자꾸 치고 있어. 그 소리에 섞여 이환의 목소리가 들렸다. 이환은 건우 오빠에 대해 말하고 있다. 알고 있었구나. 기억하고 있었구나. 그 밤에 함께 있었던 기구나.

"그래서 정말 난리가 났었어. 그 형 부모님들이 작업실 찾아왔었는데…… 다 견지 형 책임이라고 했어. 우리가 밤에 나갈 거라는 거, 견지 형은 알고 있었거든. 형은 하지 말라고는 안 했어. 조심하라고만 했지."

묘은 언니가 내 어깨에 손을 얹었다. 내 몸이 떨리고 있는 줄 그제야 알았다. 이환은 말을 이었다.

"견지 형이 학생부 없애려고 한 것도 그 일 있고나서부터야. 자긴 자신 없댔어. 가르칠 자신도 책임질 자신도 없으니 나가라고. 견지 형이 아무것도 그리지 않게 된 것도……."

나는 반쯤 녹은 아이스크림을 입에 물었다. 아이스크림의 달착지근한 맛이 입안을 가득 채웠다. 이환은 무릎에 얼굴을 묻었다. 작은 말소리가 흐트러진 머리카락 밑에서 새어나왔다.

"지금 형은, 엄청 배신감 느낄걸……."

꽤 오래, 더 이상 말도 하지 않으면서 우리는 그 자리에 앉아 태양을 견뎠다. 머리카락이 한 올 한 올 열기에 타들어가 머릿속으로 파고들어가는 것 같았다. 여긴 학생들 다니는 화실이 아니에요, 견지 형이 처음으로 내게 했던 말. 건우가 이러다가 죽은 거 알아 몰라, 엄마의 목소리. 왜 몰랐지, 왜 생각 못했지. 기억들이 뒤틀리고 흔들려 곤죽이 된 듯한 느낌을, 버텼다.

"들어가보면 안 될까요?"

규성이가 물었다. 묘은 언니가 먼저 일어섰다.

"가보지 뭐."

작업실로 돌아갔을 때는 견지 형은 보이지 않고 계림 언니와 윤샘, 정샘이 있었다. 잔뜩 야단을 맞았다. 다시는 그러지 않기로 약속도 했다. 고개를 숙이고 알겠다고만 말했다.

무슨 정신으로 저녁 내내 그림을 그렸는지 모르겠다. 태양이 지지부진하게 발을 끌며 사라지고, 창밖이 마침내 컴컴해졌을 때 견지 형이 총무실로 나를 불렀다. 소파까지 몇 걸음이 영원처럼 길었다. 견지 형도 그 여름을 겪었던 거구나. 소식을 듣고, 울고, 믿을 수 없어하고…….

"부모님, 많이 놀라셨지."

"네……."

견지 형은 담담했다.

"초우 네가 그러면 안 되지. 얼마나 걱정하셨겠어."

"……잘못했어요."

말하면서도 실감이 나질 않았다. 건우 오빠의 죽음을 믿을 수 없었던 것처럼, 뒤늦게 알게 된 것들 모두 나와는 상관없는 남의 이야기 같았다.

견지 형이 물었다.

"애들은 아니?"

"……아니요."

"말 안 할 거야?"

둥, 거인이 내 머리를 다시 두드리고 휘젓기 시작했다. 말해야 하나. 이제 와서 내가 그때 그 사람, 건우 오빠의 동생이라고 말을 할 수 있을까. 그리고 또 하나의 깨달음. 견지 형은 내가 건우 오빠가 어떻게 죽었는지도 다 알고 작업실에 온 거라고 생각할지도 모르겠구나……. 견지 형은 내 이름을 불렀다.

"초우야."

"네."

"너는 왜 그리는 거니? 왜 여기에 있니?"

봄날과 똑같은 질문이었다. 다만, 훨씬 깊었다.

"다시 생각해봐."

견지 형이 말했다.

"건우 때문이니. 그건 좀…… 슬프잖아."

견지 형은 먼 창밖을 보며 중얼거렸다.

아니라고 말하지 못했다. 나는 정말 왜 여기에 온 것일까. 왜 작업실까지 와서 그림을 그려야 한다고 생각했을까.

출국하기 전날까지 작업실에 나온 규성이는 씩씩하게 인사하고 떠났다. 규성이가 가고 나자 여름이 끝났다는 게 실감났다.

아빠가 어떻게 말을 한 건지, 엄마는 더 이상 내게 작업실에 가지 말란 말은 하지 않았다. 아니, 엄마는 내게 아예 말도 걸지 않았다. 나는 그래도 작업실에 나왔다. 엄마에게 죽도록 미안했다.

하지만 나는 답을 해야 했다. 왜 나는 여기에 있나. 그리려 하나.

작업실에서 그림을 그리고 있으면 끝없이 떠오르는 질문에 머릿속이 뒤죽박죽되었다. 작업실에 가도록 허락한 아빠의 마음은 어떤 것이었을까. 견지 형의 마음은 또한. 작업실의 누가 또 건우 오빠에 대해서 알까. 건우 오빠는 내 이야기를 작업실에서는 한 적이 한 번도 없을까……

건우 오빠가 학원 대신 화실을 간다는 것을 알게 된 것은 오빠가 우리 집에 와서 살게 된 지 일 년이 채 되지 않았을 때였다. 오빠가 고 일, 내가 중 이였던 가을이었다.

―이거 비밀이야. 비밀 지켜줄 거지?

간곡하게, 그러나 조금은 장난스럽게 건우 오빠는 말했다. 오빠의 비밀을 지켜준다는 것에 나는 설레었던 것 같다. 건우 오빠는 벌써 어른인 것 같았고, 오빠가 하는 일은 다 대단하고 의미 있어 보였다. 나도 그렇게 되고 싶었다. 작업실에서 건우 오빠처럼 배우고 싶었다. 그러니까 나는 지금, 오빠의 그림자를 뒤집어쓰고 작업실에 머물고 있는 걸까.

그림을 그리는 것, 혹은 그리지 않는 것. 열여덟 살, 하고자 하면 모든 것을 할 수도 있다고 사람들은 말한다. 그런데 왜 자꾸 물에 빠져 허우적거리고 있는 기분이 들까. 나는 여태 뭘 하고 있었나, 견지 형의 질문에 뭐라고 대답해야 할까.

"유경하 넌, 왜 여기 다니?"

"어?"

견지 형은 너더러 다른 것을 하라고 말하는데도. 역시 아운이 때문이니. 다른 사람들한테도 물어봤는데, 하면서 나는 줄줄 읊었다.

"이환 오빠는 여기서는 숨 쉴 수 있다고 그러고, 그럼 다른 데선 산소호흡기 쓰나? 아운이는 뭘 해야 할지 알 수 있는 것 같대고, 뭐 이리 확신이 없어. 태현이는 여기가 좋대. 좋아, 아주 단순하고 명확해. 강강이는 그리고 싶어 해도 된다는 허락을 받은 기분이래. 얘가 이런 식으로 말한 건 아운이랑 이환 오빠 말하는 걸 옆에서 들었기 때문이야."

하하하, 밝게 웃던 경하는 그런 식으로 말하자면, 하더니.

"여기 있으면 내가 잘못되지 않았다는 것을 믿게 되어서."

"응?"

"그림을 그린다는 게 나에게 정말로 중요한 일 같아서. 맞는 길을 가는 거라고, 그런 생각이 들어서. 그래서 그래."

경하는 똑바른 시선으로 나를 보았다. 견지 형이 너를 그렇게 판단하는데도 너는 그렇게 말할 수 있는 거야? 이상해. 그리고 부러워.

"이거, 봐도 돼?"

경하의 작은 스케치북을 잡았다. 경하는 조금 쑥스러운 표정이 되었다.

스케치들, 낙서들. 작은 글씨로 빽빽하게 쓰인 글들. 글은 읽지 마! 하고 외치는 경하. 안 읽는 척하면서 슬쩍슬쩍 보았다.

"별 거 없지?"

아무 말 없는 내게 경하는 농담처럼 말했다.

"응. 진짜 별 게 없다."

"윽."

경하가 가슴을 붙잡고 탁자 위로 쓰러지는 흉내를 냈다. 너 그런 거 하나도 안 어울려. 조금…… 귀엽기는 하지만. 그리고 그냥, 조금…… 이유도 알 수 없이 마음이 아플 뿐.

"주영아, 나는…… 내가 작업실 다니는 게 실감이 안 날 때가 있어. 내가 어쩌다 여기에 있는 건지."

편의점에서 삼각 커피우유에 빨대를 꽂아 물고 탁자 위에 기대어 말했다. 주영이가 내 말을 이해할 것이라고는 기대하지 않았는데, 주영이는 의외의 말을 했다.

"언니, 나는요, 처음부터 내가 여기에 섞일 수 없을 거라고 생각했어요. 여기 애들은 특별하잖아요. 난 안 그런데."

너도 특별해, 말하려다가 주영이가 무슨 뜻으로 그렇게 말하는지를 알아서 그만두었다. 쉽게 말하지 않고 내 이야기를 했다.

"나한테 사촌오빠가 하나 있는데……."

있는데, 라고 말하자마자 목이 메었나. 있는데, 있었는데. 얼른

커피우유를 한 모금 들이켰다.

"그 오빠가 그림을 그렸거든. 근데, 내가 그리고 싶다고 하면 오빠를 따라하는 것 같을까?"

"언니, 따라하고 말고 그런 게 어딨어요. 언니도 하고 싶었던 거잖아요. 그게 진짜잖아요."

약간 놀랐다. 주영이는 편의점 간이탁자에 기대어 진지한 표정으로 바나나 우유에 꽂힌 빨대를 빙글빙글 돌렸다.

"난 이렇게 생각하려고요. 내가 못하는 거에만 신경 쓰고 있다가는 시간 낭비니까, 그 시간에 할 수 있는 걸 하자, 이렇게요. 사람은 생긴 대로 살아야죠."

그게 뭐야, 넌 나이도 어린 애가 세상 그렇게 갑갑하게 사냐…… 중얼거렸다. 그렇지만 그게 주영이의 전부가 아니라는 것을, 나는 안다. 괜히 기지개를 켰다.

"학교 안 가고 작업실만 다니고 싶다."

"학생의 본분은 등하교예요."

"자꾸 그런 소리 할래?"

우는 소리를 하자 주영이는 풋 웃어버렸다.

견지 형이 개학 기념이라며 그림을 같이 그리자고 했다. 단어가 적힌 종이를 뽑아서 그에 맞추어 그리는 일이었다. 견지 형은 종이쪽지들이 담긴 양철 깡통 세 개를 품에 안고 한 개씩 뽑으라고 말했다. 하나는 물체, 하나는 장소, 하나는 색깔이었다.

내가 뽑은 단어는 자동차와 사막, 색깔은 파랑.

"뭐 뽑았어?"

이환이 내 쪽으로 몸을 굽히며 물었다. 보여줬더니 자기 것을 내밀었다. 창문, 나무, 초록.

"너무 평범해. 창문 밖으로 초록 나무가 보이는 풍경을 그리라는 거야, 뭐야."

"딱 맞네요."

"그러니까 그렇게 그리면 안 되지. 너무 재미없어. 형, 나 다시 뽑으면 안 돼요? 묘은이만 재밌는 거 주고!"

묘은 언니의 단어들은 말, 공중전화 부스, 검정. 언니는 그걸 가지고 그림 대신 이야기를 하나 쓰고 싶어 하는 눈치였다.

"내가 줬냐? 자기가 뽑았지."

견지 형은 이환을 쳐다보지도 않고 대답했다. 이환은 예전처럼 견지 형을 대하고, 견지 형도 마찬가지로 대꾸한다. 하지만 내 눈에는 어딘가 조금 어긋나 보였다. 노력하고 있는 모습. 두 사람이 무엇을 견디고 있는지가 보였다.

내 종이쪽지를 나란히 늘어놓고 바라보았다. 파란 자동차가 사막을 달려가는 걸 그린다면, 정말 지나치게 평범하겠다. 아니면 자동차가 파란 사막을 달려가는 거야. 이게 좀 낫다. 아니면, 자동차 안에 사막이 있거나. 사막을 지나온 뒤의 자동차? 사막으로 갈 준비를 하는 자동차? 사막에서 태어난 자동차…… 모래로 만들어졌겠지. 얘는 바다를, 호수를 본 적이 한 번도 없어. 그래서…… 호수가 보고 싶어서 달려가기로 한 거야. 파란 호수. 하늘을 닮았다는 호수. 신기루의 반짝임을 언제나 담고 있다는 그 호수를 향해서.

느슨하게 상상을 하는데 쿡, 견지 형이 뺨을 찔렀다. 말할 마음이 들지 않아서 가만히 있었더니 견지 형은 팔을 탁자 위에 얹고 머리를 괴었다.

"기분 안 좋아?"

눈을 보지 않고 묻는다.

모르겠어요. 기분 안 좋은 것도, 속상한 것도 아닌데. 모르겠어요. 체한 것 같기도 하고 되게 먹먹한 것도 같고. 모르겠다는 말 되풀이하는 거 싫은데, 다른 말로는 표현이 안 돼요.

견지 형은 그대로 눈을 감았다.

"잘 거면 총무실 가서 자요."

묘은 언니가 한마디 하고 이환이 얼굴에 낙서를 해버리겠노라고 협박하고 강강이가 달려와 견지 형의 등을 팔꿈치로 꽉 눌러도, 견지 형은 모르는 척 눈을 감고 있었다.

재미없어, 강강이가 삐친 척하며 물러나고 나조차 견지 형이 옆에 있다는 것을 잊고 나의 사막 자동차로 돌아간 지 한참 후에, 견지 형이 말하고 있다는 것을 알았다.

"네?"

잠꼬대인가 싶었는데 견지 형이 눈을 떴다.

"힘들면…… 쉬어가도 되는데."

견지 형의 목소리는 아주 작아서 나한테밖에는 안 들릴 것 같았다.

"그런데 힘들어도 더 가야 할 때가 있더라. 그게 언젠지, 그거 구분하기 참…… 어렵지."

견지 형은 천천히 허리를 펴고 일어나 맨손으로 마른세수를 했다. 그럼 형은 지금 쉬고 있나요? 아니면 쉬고 싶은데도 억지로 더 가고 있는 건가요.

나는 이야기를 지어내어 작은 그림책을 만들기로 했다. 작은 자동차를 그려 모양대로 오리고 자동차가 지날 사막의 배경을 그렸다. 오려놓은 자동차에 실을 꿰어 그 길을 가게 만들었다. 손이 많이 가는 일이어서 다른 아이들이 자기 그림을 다 마무리하고 나서도, 나는 다음날까지 그림책 작업을 했다.

그림책 마무리는 제본이었다. 견지 형이 알려준 대로 구멍을 뚫고 끈으로 묶으니 제법 책다웠다. 마지막으로 남는 끈을 자르고, 잡았던 가위를 내려놓았다. 눈을 들어보니 벌써 밖은 어두웠다.

이환과 묘은 언니는 노트북에서 노래를 찾고 있다. 곧 가볍고 바삭바삭한 노래가 흘러나온다. 아운이는 책을 읽으며 수첩에 메

모를 하고 있다. 강강이는 유화를 그리고 목상은 책에다 기름종이를 대고 베껴 그리고 있다. 주영이는 석고상 앞에 앉아 있고 태현이는 강강이 쪽을 흘끔흘끔 보면서 작은 스케치북에 슥슥 선을 그린다. 경하는 이어폰을 꽂고 이젤 앞에 서서 분주히 움직인다. 창밖은 까맣고 이 안은 하얗다.

지금 이 순간이 눈물나게 행복했다.

이 순간을 그리워하게 될 거야.

이 순간을, 이 공기를, 이 장면을 평생 품고 살게 될 거야.

그렇게나 분명한 예언 같은 깨달음은 처음이었다.

아름다운 것들이 있다는 것을 배운다. 내가 모르는 것이 잔뜩 있다는 것을. 그건 때로는 내 마음을 아프게 꼭 쥐는 깨달음이기도 하다. 나는 가질 수 없고 갈 수 없고 될 수 없다고 생각할 때. 그리고 정말로 그럴 때. 괴로워 심장이 쪼개지는 것 같지만, 하지만 아름다운 것이 있다는 사실을 알게 되는 그 순간만으로도 살 수 있을 것 같았다.

이 여름에 아름다운 것들을 그토록 많이 발견했던 것은 아름답게 보이는 것을 찾으려 했기 때문에, 혹은 아름답게 보려고 했기 때문이었을까. 비에 젖어 얼룩덜룩한 플라타너스 나무 기둥 같은 것. 비가 그치고 바람이 많이 분 뒤에 갠 하늘이 지독하게 맑고 멀었던 것.

무엇을 해야 할까, 막연히 생각했다. 어떻게 살아야 할까…….

아니, 이건 너무 멀다. 지금 이 순간에 나는 무엇을 해야 할까. 손끝이 저리도록 힘이 나는 것도 같고 어깨가 축 늘어지는 것도 같은 기분. 손을 꽉 쥐어도 남아도는 힘.

"계속 하고 싶어요."

책상 앞에 앉은 견지 형은 고개를 들었다. 견지 형은 들고 있던 종이를 내려놓고 한 손으로 턱을 괴었다.

"제가 하고 싶어요. 여기서 배우고 싶어요."

첫날이 생각났다. 처음에도 이렇게 말했다. 나는 부끄럽게도 계림 언니 앞에서 울기까지 했었지. 작업실에 오기 위해 그 가파른 계단을 걸어올라왔을 때. 눈을 제대로 뜰 수도 없도록 환한 빛 속에서 견지 형을 만났을 때.

"알았다……. 잘해보자."

마치 오늘이 내가 작업실에 온 첫날인 것처럼, 그러나 첫날과는 아주 다르게 견지 형이 말했다. 멍해졌다. 견지 형이 내게 잘해보자고 말했다. 진짜로 나를 받아주었다. 내친 김에 부끄러움을 참고 하나 더 물었다.

"대학 갈 수 있을까요?"

견지 형은 네가 언제부터 대학 생각했냐며 놀리지 않았다. 내 얼굴을 지그시 들여다보기만 했다. 늦었나 조급해졌다. 견지 형은 책상을 톡톡 몇 번 쳤다. 안달하지 마, 그렇게 들렸다.

"천천히, 천천히. 늦으면 늦은 대로 하는 거야."

정샘과 윤샘으로부터 정식으로 입시 면담을 받았다. 입시 요강을 쫙 펴놓고 대학들의 경향을 설명하고 도움이 될 대회들을 설명하고 나의 약점과 장점을 설명하는 것을 들었다. 앞으로 해야 할 일들과 채워넣어야 할 것을 들으면서 이렇게 달라지는 거였나, 조금 두려워졌다. 몸 어딘가에서 달라지는 건 싫다고 저항하는 게 느껴졌다. 정샘은 안심시키려는 듯이 말했다.

"지금까지도 열심히 잘했으니까, 조금만 방향을 잡아주면 되는 거야."

"잘 생각했어."

윤샘이 그렇게 말해서 네? 네? 두 번이나 되물었다. 나 그렇게 언제나 비뚤어지고 제대로 못하는 거 너무 뻔한데, 그런데도 입시하기로 한 게 잘 생각한 거예요? 윤샘 입에서 그런 말이 나올 줄이야. 내가 너무나 충격 받은 얼굴을 하고 있었던지, 윤샘은 피식거리다가 급기야는 깔깔 웃어버리고 말았다.

"진짜 학생부로 온 것을 환영한다."

상담을 마치고 나왔더니 이환이 붓을 흔들며 말했다.

"견지 형이 언제 또 다른 데로 옮기라고 할지는 모르겠지만 말야."

"견지 형이 잘해보자 그랬는데."

이환은 붓을 내려놓고 입을 딱 벌렸다.

"뭐냐, 그 아저씨는. 나는 남겠다는 거 억지로 내보내려 그러더니."

이환이 기막히다, 배신이다, 열을 내면서 말하는데 견지 형이 총무실에서 나왔다.

"혀엉, 초우만 이뻐하고."

이환은 아예 견지 형의 팔을 붙들고 늘어졌다.

"초우의 가능성이 그렇게 좋더냐!"

견지 형은 귀찮아하며 이환의 머리를 죽 밀어냈다.

"너 여태 받아준 거 고맙게 생각하고, 은혜에 꼭 보답해라, 응?"

"내년 스승의 날에 케이크 사들고 올게요."

이환이 빙글빙글 웃으며 말하자 견지 형은 됐다며 손을 저었다.

쉬지 않고 그림을 그렸다. 시간이 훌훌 지나가는 것이 아까웠다. 태양은 노랗게 익어 빛이 닿는 모든 것에 깊이를 덧칠하고, 나무들은 한 겹 가라앉은 초록이 되었다.

윤샘과 보내는 시간이 많아졌다. '어떻게 해야 한다'라는 윤샘의 말에는 거부감이 들었지만 그림에는 정답이 없어도 훈련에는 답이 있다는 말은 납득했다. 윤샘에게 그 답은 시간이었다. 일정한 시간 동안 집중하기.

시간은 속일 수도 없고 시간 안에서는 남의 시선을 의식할 수도 없다. 내가 해야 할 일은 바로 흘러가는 시간을 정직하게 마주하는 일이었다.

그림을 그리고 있으면, 특히 정물 소묘를 하고 있으면 시간이 훌쩍 지나갔다. 한 것이라고는 고작 스테인리스 냄비에 음영을 더한 것뿐이고 그렇게 오래 매만진 티가 나지도 않았는데 한 시간 두 시간이 마른 땅에 비가 스며들듯 사라졌다. 겁이 날 정도로 빨랐지만 막상 그림을 그리는 그 순간은 참 길었다. 가끔은 숨 막혔고 가끔은 폭 안겨 있는 것처럼 든든했다.

내가 왜 이것을 그리고 있는가 하는 의문조차 지워지고, 시간이 단선으로 흘러가지 않음을 비로소 이해할 수도 있을 것 같은 순간.

"언니, 달라진 거 같애."

강강이가 말하고, 이환이 끼어들었다.

"솔직히 말해봐. 초우, 너 병 걸렸지."

"무슨 병?"

이환이 하도 정색을 하고 말해서, 놀라서 되물었다.

"그림 안 그리면 죽는 병."

뭐야, 장난치고 그래. 웃어넘기려 했더니 이환은 제대로 말해 보라며 성화였다.

진지해지기로 했으니 책임을 지고 싶은 거다. 어떻게, 얼마나 진지해질 수 있을까, 스스로도 궁금했다. 어딘가에 닿을 수 있을까. 손가락에 물집이 잡히고 어깨가 굳고 손톱이 갈라지는 것으로, 그것을 얻을 수 있을까.

건우 오빠, 오빠가 느꼈던 것이 이런 거야? 물을 수가 있었다.

내가 다른 길로 가고 있다는 것이, 체를 흔들었을 때 서서히 드러나는 알갱이들처럼 내 안에서 가장 알알이 굵은 것들이 올라오고 있다는 게…… 그렇게 내가 정해지고 내가 할 일이 정해지고 내가 가야 할 길이 정해진다는 것이 너무나 이상해서 견딜 수 없어. 펄쩍펄쩍 뛰면서 고함을 지르고 싶어. 모래밭 위를 마구 뒹굴고 싶어. 그러니까 나는, 기쁜 것인지도 몰라.

함께 있을 수 없는 이유

"너는 너무 눈치가 빨라."

이환은 손에 들었던 목탄을 내려놓고 의자를 한 바퀴 빙 돌렸다. 아, 형, 너무해요, 그렇게 애교로 넘어갈 수도 있을 것 같았지만, "다른 사람들이 네게 원하는 걸 알고 꼭 그만큼만 해. 그래도 다 만족하지. 그 정도로 통하니까 넌 언제나 꼭 그만큼만 하지. 지금 내가 너한테 더 많이 원한다고 생각하지 마. 그럼 또 내가 원하는 그만큼만 갈 거 아니야. 그런 거 말고. 기대치를 넘고 말고 그런 거 말고!"

견지 형이 이환에게 핀잔을 주는 것은 늘 있는 일이지만 이번엔 좀 달랐다. 목소리가 다르게 높았다. 강강이가 눈을 동그랗게 뜨고 견지 형을 바라보았다.

"나는 네가 한번 우직하게, 미친 척하고 끝까지 파고들어갔으면 좋겠다. 재거나 눈치 보지 말고, 어?"

듣고만 있던 이환은 한마디 농담도 던지지 않고 견지 형의 말을 고스란히 받았다.

"지금 그런 말을 하면 어떻게 해요."

이환이 그렇게 힘없는 목소리로 말하는 건 처음 들었다.

"난 그런 거 몰라요. 되는 대로 하는 거예요⋯⋯. 어차피 기대치만 넘으면 대학은 갈 거 아녜요."

"⋯⋯할 말 없네, 그러니까."

견지 형은 순식간에 물러섰다. 가라앉았다.

이환은 잠깐 나갔다 올게요, 하고 밖으로 나갔다. 따라가야 한다는 생각이 들었는데 나 대신 저쪽 탁자에 있던 묘은 언니가 조용히 일어나 문을 나섰다.

견지 형은 가라앉다 못해 바닥에 붙어버린 것 같았다. 강강이조차도 견지 형 눈치를 살폈다. 정샘이 오자 견지 형은 부탁한다는 듯 정샘의 팔을 잠깐 잡았다 놓고 총무실로 들어가서 나오지 않았다. 이환과 묘은 언니는 곧 웃으며 돌아왔다. 집에 가는 길에도 같이 나갔는데, 이환은 별다른 말은 하지 않았다.

버스 정류장까지 갔다가 문제집을 담은 종이 가방을 작업실에 두고 왔다는 걸 깨달았다. 내일 학교에 내야 하는 숙제여서 작업실로 돌아가야 했다.

엿들으려고 했던 건 아니다. 복도는 어두웠고 작은방 조금 열린 문으로 빛이 새어나오는데, 무심코 들여다본 작업실에는 선생님들만 있었다. 탁자 위에 걸터앉고 의자에 앉아서 찻잔을 들고 있는 견지 형과 계림 언니와 정샘과 윤샘. 저 넷이 저렇게 있는 것을 본 적은 처음이었다. 마치 우리 같았다.

"괜히 그런 거 같아요. 애 헷갈리게. 그냥 둬도 저 정도면 괜찮은 건데."

견지 형의 목소리가 들렸다.

"후회하면 뭘 하니."

계림 언니가 말했다.

"내 생각만 해서…… 하고 싶은 말을 한다고 환이만 힘들게 했어요. 그럴 필요 없었는데……."

견지 형이 그렇게 연약한 목소리로 말하는 건, 혼란스러워하는 건 처음 들었다. 저 넷 중에 견지 형이 제일 어리구나. 지금까지 깨닫지 못했다. 견지 형은 언제나 중심에 있었고 모든 답을 다 알고 있는 것 같았는데.

"난 네가 뭘 잘못 말했는지 모르겠는데. 당연히 해야 하는 말 아니었어? 지금 너, 건우 때문에 그러는 거지."

윤샘이 말하고, 나는 문 뒤의 그늘로 몸을 숨겼다.

"지나간 일이야. 지금 와서 달라질 건 없어. 환이에 대해서도 마찬가지야. 네가 그 아이들 인생을 다 책임져줄 수는 없어. 끊을 건 확실하게 끊어."

"선배는 그게 그렇게 쉬워요? 딱딱 나눠져?"

"그걸 왜 못하니, 네가……."

"난 못해요, 그러니까 진작 다 그만두겠다고 했잖아!"

고함은 아니었다. 꾹꾹 참은 끝에 튀어나오는 것 같은 짙고 딱딱한 목소리. 견지 형은 우리가 있는 앞에서는 절대, 저렇게 말하지 않았을 것이다.

계림 언니가 처음 들어보는 윤샘의 이름을 부르며 뭐라고 말했고 잠시 침묵이 흘렀다.

"내가 뭘 더 해야 하는데요. 나도 몰라요. 모르겠다고, 더 이상은……."

견지 형의 목소리가 잦아들었다. 나는 뒤돌아서서 계단을 내려갔다. 이건 뭐지? 내가 지금 뭘 들은 거지? 견지 형이 어떻게……. 건물 밖으로 나오자마자, 뛰었다. 견지 형의 말들에 따라잡히지 않으려고, 숨이 머리끝까지 차도록 뛰었다.

어젯밤에는 괜찮더니 오늘의 이환은 기운 없어 보였다. 온 것도 늦었으면서 이환은 조금 그림을 그리다 말고 잘 안 된다고 일찍 가방을 챙겼다. 그냥 보낼 수가 없어서 따라나왔다. 발에 차이는 시든 은행잎이 너무 노래서 비현실적이었다. 편의점에 가서 이환이 좋아하는 것들만 골라늘었다.

"묘은 언니는요?"

"이제 바빠. 수능 때까지 안 나올 거야."

묘은 언니는 요즘엔 작업실 와서도 그림은 거의 그리지 않고 문제집을 풀었다. 이환은 음식들에 손도 안 대고 있더니 불쑥 말했다.

"견지 형은 재수생은 안 받아. 재수할 거면 다른 화실 가야 해."

"재수 안 하면 되잖아요."

"뭐…… 그렇지."

이환이 풀 죽어 있는 게 보기 싫었다.

"빨랑 대학 가버려요, 구박 그만 받고."

"근데 나는 계속 이렇게 살았으면 좋겠다."

"평생 고 삼? 으악."

장난친 건데 이환은 받아주지 않았다.

"어. 그게 좋겠어. 나는 이렇게…… 바보 같아. 어린애야. 제대로 하는 일이 하나도 없어."

자학하는 모습은 더 싫다. 기운나게 해줘야 한다는 의무감에, 일부러 과장되게 울었다.

"혹시, 묘은 언니한테 고백했다가 차였어요?"

한심하다는 눈빛이다. 조금만 더 하면 웃을 것 같은데…….

"아님…… 정말 견지 형을 좋아했던 거구나."

헛, 이환은 웃었다.

"연애문제가 모든 고민의 근원이라면 얼마나 좋겠냐."

농담이었다고요, 말한 것을 이환은 듣지 못한 것 같았다.

"형 말이 맞아. 나는 평가 받는 게 진짜 싫거든. 누가 나더러 뭐라고 하는 게 정말 싫어서, 누굴 만나든 그 사람이 나한테 원하는 걸 빨리 알아내고, 딱 그만큼만 해. 그러면 별로 문제가 안 생겨. 다른 사람 생각 안 하고 내 작업 한다는 거…… 그거 어떻게 하는지 모르겠어."

"견지 형도……."

견지 형도 그렇게 말한 거 후회한대요, 하려고 했던 말이 목에 걸렸다. 그 말 뒤에 이어진 견지 형의 속마음. 견지 형이 학생부 정리하고 싶어 한다는 것, 그만두고 싶어 한다는 것을 다 알고 있었으면서도 견지 형의 목소리로 직접 들은 그 말들은 너무 무겁고 어두웠다. 다시 생각하기 싫었다. 이해하고 싶지 않았다.

이환은 말을 이었다.

"가끔은…… 산다는 게 너무 비현실적으로 느껴질 때가 있어. 내 주변 사람들이 모두 소설이나 드라마의 등장인물 같고, 그렇게 평면적으로 느껴지고, 거리나 풍경들도 진짜가 아닌 것 같아. 내 주변의 모든 것이, 내가 의식하는 모든 것이 그렇게 비현실적인 거라면 나 자신은 어떨까. 나도 존재하지 않는 건 아닐까?"

이환은 열심히 해야지 뭐, 하면서 웃었다. 열심히만 하면 답을 얻을 수 있을까. 답이 있다고 생각하면 답답해지는데 답이 없다고 생각하면 무서워진다. 무엇이 더 나은지도 나는 알 수가 없었다.

이환을 보내고 작업실로 돌아왔다. 아무도 없었다. 아니 한 명, 경하만 탁자에 엎드려 있고 다른 애들은 없었다. 가방들이 있는 걸 보면 어디 밥을 먹으러 갔나, 쉬러 갔나. 얘는 왜 안 따라가고 혼자 이러고 있지.
"유경하."
불러보았다. 대답이 없기에 얼굴이 보이는 쪽으로 걸어가보았더니 눈을 감고 있었다. 결이 고르지 않은 속눈썹이 경하의 얼굴에 얕은 그림자를 드리웠다. 자고 있는 사람의 얼굴은 풀어져 부드러워. 아주 공허해 보이기도 하고 꽉 차게 완성된 그림과도 같은, 가슴을 먹먹하게 만드는 얼굴.
그려볼까. 잠깐 생각했다. 하나 둘 셋 넷 다섯을 셀 정도로만. 가까이 걸어가다가, 의자 두 개 정도 들어갈 공간을 두고 멈췄다. 너무 가깝다. 갑자기 경하가 눈을 뜬다면 어떻게 생각할까. 견지 형이든 윤쌤이든 총무실 문을 열고 나온다면, 아니면 밥 먹으러 갔던 애들이 돌아온다면? 그런 생각보다 더 강하게, 손을 뻗고 싶다고 생각했다. 마음속에 뾰족뾰족 날 세운 것들이 경하를 보고 있으려니 고요하게 풀어지는 것도 같았다. 너랑 얘기하고 싶어. 견지 형 얘기도, 이환 오빠 얘기도, 어쩌면 건우 오빠에 대한 것까지도 너랑은 다 이야기할 수 있을 것 같아.

그럴 수는…… 없겠지. 돌아서는데 총무실 문이 열렸다.

"아, 초우야."

정쌤이었다. 정쌤은 내 어깨 너머로 경하를 보더니, 날 보고 빙긋 웃었다. 왜 웃는 건데요! 잠깐 화장실, 하면서 뛰어나갔기 때문에 그래서 경하가 깼는지 안 깼는지는 모르겠다.

고 삼들에게 수능 대박 기원 엿 선물을 만들어줘야지 생각하다가, 예고 시험 보는 작업실 막내들부터 챙겨야 한다는 생각이 들었다.

"강강아, 예고 시험 언제랬지?"

"시월 말인데…… 며칠이더라? 근데 언니야, 난 시험 안 보는데."

"어?"

예고에도 수시 같은 게 있나, 강강이는 벌써 합격한 건가, 강강이라면 그럴 만도 하지, 그럼 엿은 태현이 꺼만 준비하면 되나…… 그런 생각을 했다. 그러다가,

"예고 시험 안 본다고? 정말?"

뒤늦게 놀라서 묻고 또 물었다. 강강이는 쉽게 대답했다.

"입시 안 할 거야."

숨이 턱 막혔다.

"너 말이야, 견지 형한테는 말했어?"

"그럼. 진작에 얘기했지."

"그래서, 견지 형은 뭐랬는데?"

"뭐라 그럴 거 있냐, 뭐."

그리던 유화 앞에 앉은 강강이는 햇볕을 쬐고 있는 고양이처럼 더없이 느긋하고 기분 좋아 보였다.

당연히 예고를 목표로 하고 있다고 생각했다. 고등학생이 미술하면 미대 지망인 게 당연하듯이 중학생이 미술하면 제일 높은 목표가 예고인 게 당연한 건 줄 알았다.

"아니 왜? 어차피 미대 갈 거 아니야? 예고 가서 하면 더 좋잖아. 일반계 가면 공부해야 돼. 그게 좋아?"

강강이는 생각하는 얼굴이 되어 들고 있던 붓을 내려놓았다.

"언니야, 내가 미술 한다 그러면 사람들이 다 그런다? 예고 가겠네, 미대 가겠네. 근데 학교 가려고 그림 그리는 건 아니잖아. 내가 매일 그림을 그리고 싶어서 그린다고 쳐. 근데 일 년에 딱 하루 그림을 그리기 싫은 날이 있어서 안 그린다고 쳐. 근데 그날이 입시 실기 하는 날이면 난 예고 못 가는 거다? 그런 거, 너무 이상하지 않아?"

강강이 말을 들으면 틀린 게 하나도 없는데, 왜 강강이가 하는 행동은 틀린 것 같아 보일까. 강강아, 다들 그렇게 생각해. 다들 알아. 그래도 하는 거야. 죽어라 하기 싫어도 시험은 보는 거야.

하고픈 말 대신,

"어머니는…… 뭐라고 안 그러셔?"

강강이는 좀 미운 얼굴을 했다.

"뭐라 그러지. 엄마가 그래서 내가 안 하는 거라고 했는데, 그건 진짜는 아니고. 엄마 때문인가, 뭐. 내 맘이지."

"태현이한테는 말했어?"

"아직 안 했어. 걔도 계속 날 의식하면서 그럴 순 없잖아."

애기 같기만 하던 강강이 입에서 그런 어른스런 말이 나올 줄은 몰랐다. 태현이가 강강이를 자기의 기준처럼 생각한다는 것, 까칠하게 굴면서도 늘 강강이가 하는 것을 주의 깊게 바라본다는 것은 거리를 두고 봐야만 보이는 건 줄 알았는데.

강강이가 예고 시험을 보지 않는다는 것을 알게 된 태현이는 겨우 붓질 한 번 했다가 붓을 놓는 게 영 마음을 못 잡는 것 같았다.

태현이가 비실비실 작업실을 나가자 견지 형이 혀를 찼다.

"태현이 저거, 어쩌냐, 진짜."

견지 형은 강강이의 결정이 큰 일이 아닌 것처럼 행동했다. 그런 모습이 도리어 껄끄러웠다. 형은 실망하시 않았을까? 당황하지 않았을까? 저렇게 아무렇지도 않은 게 그런 척인지 진짜인지 알 수 없었다.

견지 형의 얼굴을 바로 보기 힘들었다. 형 얼굴을 보면, 그 밤에 들었던 목소리가 자꾸 떠올랐다. 그게 견지 형의 진심이라면 나더러 잘 해보자고 했던 말도 억지로 꾸며낸 것이었을까.

모르는 척하면 되나. 견지 형의 속마음을 모르는 것처럼, 겉으로 보이는 게 다인 것처럼 하면 지금까지처럼 잘 지낼 수 있을까. 그렇지만 그게 정말 잘 지낸 것이었을까.

"그림을 그릴 거야, 말 거야."

예고 시험을 며칠 앞두고 태현이에게 톡 쏘는 소리를 한 것은 견지 형도 계림 언니도 윤샘도 아닌 강강이였다. 강강이는 팔짱까지 끼고, 다리는 비뚜름하게 짚고 선 것이 어디 지갑 좀 열어봐라 할 폼이었는데 동그란 얼굴은 나름 결의로 가득 차 있었다.

"내가 뭘."

태현이는 퉁명스럽게 대답했지만 그 짧은 두 마디 하는데 목소리가 커졌다 작아졌다 흔들렸다. 강강이는 미간을 조금 찌푸렸다. 지금까지 내가 봐온 강강이 얼굴 중에 가장 심각했다.

태현이 얼굴이 붉어지기 시작했다.

"뭐, 뭘!"

강강이가 태현이를 괴롭히는구나, 상황을 몰랐다면 그렇게 생각했을 것이다.

"제대로 하란 말이야!"

소리를 빽 지르더니 강강이는 예쁘게 포장된 상자를 내밀었다.

"이게 뭔데."

"꼭 붙어."

강강이는 방긋 웃었다. 태현이는 상자를 받아들고 한참 말이 없다가,

"야."

"왜."

"고맙다."

"응."

강강이는 대답하고는 팔랑팔랑 자기 자리로 돌아갔다. 태현이가 물끄러미 선물 상자를 바라보고 있는 모습에 가슴이 간질간질해졌다.

태현이는 결국 혼자 시험을 봤고, 붙었다. 간단한 축하 파티도 했다. 태현이가 쑥스러워하는 것은 참 보기 드문 일이라서 다들 놀려대었더니 태현이는 버럭 화를 냈다.

태현이의 합격 소식 덕분에 작업실 분위기가 한결 나아졌다. 이제 고 삼들만 살피면 되겠네, 웃으며 말하곤 했는데, 일이 터졌다.

수능 전주였다. 점심시간에 전화 받을 수 있니, 하고 문자가 왔다. 게림 언니였다.

"초우야, 혹시 어제 환이랑 연락했었니?"

전화를 했더니 계림 언니가 조심스레 물었다. 수능 볼 때까지는 수능에 집중한다며 이환은 지난주부터 화실에 나오지 않고 있었다. 아니라고 하자 계림 언니는 꾸며낸 듯한 밝은 목소리로 이따 보자, 말하고 전화를 끊었다. 불안한 마음에 이환에게 전화를 걸어보았지만 전화기는 꺼져 있었다.

"왜요, 무슨 일인데요?"

작업실에 들어가자마자 계림 언니를 붙들고 물었다. 아니…….
언니는 말을 흐리더니, 내가 어제 하다 두고 간 연필 소묘를 가리켰다.

"초우 너 저거 오늘까지 완성하기로 한 거 아니었어? 윤샘 이따 일곱 시에 온댔는데."

일곱 시까지 어떻게 끝내라고요! 소리 지르며 그림에 달라붙느라 이환 걱정은 깜박 잊어버렸다.

한 시간쯤 후에 한동안 작업실에 오지 않던 묘은 언니가 왔다. 조금 이상하다 싶었지만 이환과 연결지어 생각하지는 못했다. 주영이가 오고, 일곱 시에 온 윤샘이 두 시간을 더 주어서 미친 듯이 소묘를 하고 있는데 문이 덜컥 열리더니 이환이 들어왔다.

"여어, 안녕하세요!"

이환은 더없이 활기차게, 기분 좋은 얼굴로 인사를 했다. 별일 아닌가보다, 나는 안심했는데 주영이 그림을 봐주던 윤샘과 책을 뒤적이던 정샘이 벌떡 일어나고 반쯤 문이 열려 있던 총무실에서 계림 언니가 뛰어나왔다. 그리고 계림 언니를 뒤따라나온 견지 형은,

"어디 있었어."

낮은 목소리로 질문 같지 않은 질문을 했다. 이환은 어깨를 조금 움츠렸다.

"여기로 전화 왔었어요?"

"어제 어디 있었냐니깐."

"그림 그렸어요."

이환은 당연하다는 듯 대답하며 품에 꼭 끌어안고 있던 커다란 스케치북을 탁자 위에 내려놓았다. 이환의 백 장 프로젝트 스케치북. 나도 알아보았는데 견지 형이 몰랐을 리가 없다. 한번 볼래요? 하며 스케치북을 펼치려는 이환의 손을 견지 형이 막았다.

"그래서, 이거 그리느라고 집에 안 들어갔다고? 연락도 없이?"

"안 들어가려고 한 건 아니에요. 있다보니까, 시간이 그렇게 늦은 줄 모르고……. 차가 끊겨서. 그냥 거기 있었는데, 괜찮았어요."

"괜찮긴, 얼굴은 왜 그래?"

계림 언니가 이환을 억지로 붙잡고 앞머리를 들어올렸다. 이환은 몸을 뺐지만, 계림 언니 손길에 왼쪽 눈가부터 귀까지 파랗게 밀진 밍이 드러났다.

"어쩌다 이랬어, 다쳤어? 환아, 어떻게 된 거야, 응?"
"별 거 아니에요, 어디다 좀 부딪쳤어요. 에이, 누나, 걱정시켜서 미안해요."

이환이 계림 언니의 손을 잡고 웃으면서 말했다. 계림 언니는 할 말 많은 얼굴로 속마음의 반의반도 드러내지 못하는 야단을 쳤다. 넌 다음 주에 수능 볼 애가, 날씨도 이런데, 옷도 그렇게 얇게 입고, 집에다 연락도 안 하고…….

윤샘과 정샘이 한마디씩 할 때까지 이환을 바라보고만 있던 견지 형은,

"미쳤구나."

정말로 화가 난 목소리였다. 스케치북을 만지작거리며 고개를 숙이고 있던 이환은 견지 형을 바라보았다. 이환도 화났다. 깨닫는 순간 나도 모르게 입술을 꼭 깨물었다. 공이, 이환에게로 넘어갔다.

"끝까지 가 보라면서요. 시키는 것만 하지 말고, 갈 데까지 가라면서요!"

"이런 짓을 하라는 건 아니었어."

"미친 척하고 그려보라고, 뛰어들라고 한 건 형이에요. 아, 형이 말한 건 이렇게까지는 아니었죠? 대학 갈 정도로만 미쳐보라는 거죠? 그럴 듯한 그림이 나올 정도로만."

이환은 하고 싶은 말을 하는 것일 텐데 왜 저렇게 자기가 상처

받은 표정으로 말하는 걸까.

"그게 형이 말하려는 거예요?"

묘은 언니가 말려야 한다고, 언니밖엔 말릴 수 있는 사람 없다고 생각했는데 묘은 언니는 말릴 생각이 없는 것처럼 팔짱을 끼고 두 사람을 바라보고만 있었다.

"나는 좀 궁금해서요. 형은 뭘 보고 있는지. 우리 하는 일이 아무 가치 없는 것처럼, 그런 눈으로 볼 때."

이환은 스케치북을 내팽개쳤다. 안에 꽂혀 있던 그림들이 튀어나와 흩어졌다. 구겨지고 때 묻은 종이들, 사람들이 탁자의 그림자 밑으로 모습을 숨겼다.

"형은 가봤다 그거예요? 닿아봤어요? 가보니까 아무것도 없어요? 그래서 그렇게 뒤로 빠져 있어요? 뻔하다고 생각해요?"

이환이 하는 말은 반밖에 알아들을 수가 없었다. 하지만 이환이 정말로 중요한 이야기를, 적어도 스스로에게는 너무나 중요한 이야기를 하고 있다는 것은 알았다.

"알아서 하라고만 하고, 도망가려고만 하고, 눈감아 버리면 끝이에요? 난 그래도 형 이해하려고 했어요. 그래서 끝까지 남으려고 했다고요!"

"환아."

"내가 너무 어린 생각 하는 거예요? 나를 그렇게 몰라요?"

"왜 지'?' 나한테 묻나."

견지 형은 이환의 질문에 대답할 생각이 없는 것 같았다. 아니면, 대답할 수 없는 것일까.

"왜 내가 진지하다는 걸 인정하지 않아? 왜 내가……."

이환은 북받쳐 입을 다물었다.

"나더러, 뭐를 어쩌라고……."

이환 목소리에서 힘이 빠졌다. 울 거라고 생각했다. 금방이라도 눈물을 터뜨릴지 모른다고. 하지만 이환은 울지 않았다. 표정을 바꾸지 않고 이환을 바라보는 견지 형의 입가가 희미하게 떨리는 것이 보였다.

"너 이제 여기 나오지 마."

이환의 얼굴이 굳었다. 나조차도 견지 형이 진심으로 말하고 있다는 걸 알 수 있었다. 여름과는 달랐다. 이환이 아는 게 당연했다.

"딴 데 가서 제대로 해. 여기서는 안 돼."

"견지……."

계림 언니가 말을 하다 말았다.

"너나 나나, 힘들다. 그만 나가라."

가만히 서 있던 이환은 사물함에 가서 짐을 꺼냈다. 짐이 많아서 꺼내기만 하는데도 오래 걸렸다. 견지 형은 총무실로 들어가 버리고 초조하게 두 손을 맞잡고 있던 정샘이 따라들어갔다. 윤샘은 뭐하니, 그림 안 그려? 하고 나를 독촉했고 계림 언니는 장

바구니 같은 가방을 챙겨서 묘은 언니에게 내밀었다. 묘은 언니는 입을 다문 채 가방을 받아 이환의 짐을 같이 챙겼다.

무엇을 해야 하나, 뭐라고 말을 해야 하나, 머릿속이 하얗게 비었다. 이환은 짐을 들고 작업실 문을 나설 때까지 내 쪽은 보지 않았다. 누구도 보지 않고, 그렇게 창백한 얼굴로 작업실을 나갔다.

정육면체 실버 그레이 양철상자

 수능 시험 준비 마무리를 하느라 나오지 않는 것으로 아는지, 이환이 없는 것에 대해 다른 아이들은 별로 궁금해하지 않는 듯했다. 나도 주영이도 본 것을 말하지 않았다.
 이환에게 전화를 할까 말까 망설이다가 묘은 언니한테 전화를 걸었다.
 "언니 잘 지내나 해서요."
 ─그럼 잘 지내지. 뭐, 당장 해야 할 게 있으니까 딴 생각이 별로 안 나.
 잠깐 겉도는 대화를 하다가 묘은 언니가 먼저 환이는, 하고 말을 꺼냈다.

―환이는 괜찮을 거니까, 걱정하지 마. 걱정하더라. 너랑 주영이한테…… 안 좋은 모습 보였다고.

"제가 전화해도 될까요?"

―……아니.

몇 번인가 숨을 들이쉬고 내쉬고, 묘은 언니는 아직은, 이라고 덧붙였다.

언제나 웃고, 말을 걸고, 호들갑스럽게 반응해주는 이환이 없으니 작업실이 조용했다.

이환이 그렇게 잘못을 한 건가? 그럴 수도 있지 않나? 아니, 그래야 하는 게 아닌가? 자유롭게 그리라고 하지만 그 자유에 사슬이 달린 거라면. 끝이 없는 듯 나아가다가도 벽에 부딪힐 수밖에 없다면. 날개를 접고 그냥 여기까지 할게요, 말해야 한다면 처음부터 날개 따위 없는 거라고 말해야 하는 게 아닌가.

결국은 대학 갈 정도만이라는 거예요? 이환의 말을 고스란히 내가 묻고 싶었다. 형이 지금까지 가르친 것도 다 그렇게 끝이 막힌 거예요? 따지고 싶은 마음이 치밀어올랐을 때, 몰래 보고 들었던 것이 또 생각나 버렸다. 그만두겠다고 했잖아, 말하던 견지 형의 목소리가. 그리고 형이 그만두려 했던 이유가.

내게는 견지 형을 탓할 자격이 없다. 많은 것들이 내 입을 막았다. 잠깐 잊고 있던, 모르는 척했던 것들. 손목에 끈으로 묶여 있어서 아무리 밀어 넘겨봤자 도로 내게 돌아오는 것들.

수능이 끝나고 며칠 뒤, 묘은 언니가 작업실에 왔다.

"말을 꼭 그렇게 해야 했어요?"

견지 형은 야단맞는 사람처럼 말이 없었다.

"잘 달래서 넘어갈 수도 있지, 그걸 똑같이 받아치는 건 또 뭐예요. 형이 환이보다 어른이잖아요."

묘은 언니는 한숨을 쉬더니 됐어요, 알아서 해요, 말하곤 돌아섰다. 나를 보고 가볍게 고개를 끄덕이기에 쥐고 있던 붓도 던지고 언니를 따라서 작업실을 나왔다.

묘은 언니는 뭣 좀 마시자 하며 앞서 걸었다. 시험 잘 봤냐고 쭈뼛쭈뼛 물어보니 묘은 언니는 내키지 않는 듯 느릿느릿 대답했다.

"보긴 봤는데, 근본적인 고민을 다시 하고 있어. 대학을 갈지 말지. 꼭 대학을 가야 뭐가 시작되나, 그냥 살면 되는 거 아냐?"

"언니는 좋겠다."

"뭐가?"

묘은 언니는 진심으로 의아한 듯 물었다.

"대학을 갈까 말까 하는 거, 그것도 자기가 뭘 하려는지 벌써 알고 있으니까 하는 고민이잖아요."

묘은 언니는 픽 웃으며 글쎄다, 말했다.

"언니는 그럼 이제 작업실 안 나올 거예요?"

"모르겠다. 환이도 없는데 내가 여기 나올 필요가 있을까 싶네."

"……정말 안 나온대요?"

이제 본격적으로 실기 준비를 해야 할 텐데 이제 와서 다른 화실에서 뭘 어떻게 하려고.

"어떻게든 하겠지. 다시 나오든지 다른 데로 가든지. 그거 결정 못 해서 이제껏 한 거 말아먹을 정도로 바보는 아니야."

묘은 언니랑 오래오래 걸었다. 가끔 마주치는 아는 얼굴들에게 인사하면서 시장 골목과 작은 도로 옆길을 빙빙 돌았다. 싸늘하고 투명한 바람이 머리카락을 날렸다. 나무들은 어제 내린 비에 잎을 다 떨구고, 핏줄 같은 잔가지들은 그물 같은 그림자를 드리웠다.

"환이는 괜찮을 거야. 걔는 견지 형 원망도 안 할걸."

두 사람이 부러웠다. 당연한 듯 부르는 이름. 당연한 듯 나란히 걸어가는 일, 그런 것이.

"언니랑 환이 오빠는 어쩌다 친구가 됐어요?"

묘은 언니는 뜬금없다 타박하지 않고 대답했다.

"좀 복잡한데……. 간단히 말하면 환이가 내 친구의 오빠가 됐어. 환이네 아빠랑 내 친구 엄마가 재혼을 해서……. 우리 중 삼 때. 뭐, 그래서 알게 됐는데. 근데 지금 그 친구랑은 거의 볼 일이 없어. 학교도 달라졌고. 학교 다른 건 환이하고도 마찬가지이긴 한데, 어떻게 계속 같이 있게 되더라."

"둘은 그런 거 같아요. 소울 메이트, 그런 거."
"뭐? 하하."
묘은 언니가 웃었다.
"환이는 그러더라, 우리는 쌍둥이 같다고. 웃기지? 그럼 어떻고 안 그럼 어때."
묘은 언니는 맘 편히 해, 하면서 잠깐 손을 잡아주었다. 가늘고 딱딱하고 따뜻한 손. 아주 짧은 순간이었지만 든든했다. 조심스럽게 감싸주는 것. 손잡아주는 것. 변하지 않는 따스함.

고심하고 또 고심해서 문자를 보냈다. 좀 만나주지요?
바로 전화가 와서, 놀랐다.
―아하하.
이환은 우선 웃고 시작했다. 웃는 소리를 들으니까 안심이 되기도 하고 조금 슬프기도 했다.
―어디서 만날까?
날이 바짝 추워진 탓에 시내 대형 서점 안 스낵코너에서 만났다. 뺨이 눈에 띄게 홀쭉해진 이환은 다른 화실에는 안 다닐 거라고, 혼자 알아서 실기 시험을 준비할 거라고 했다.
"이제껏 해놓은 게 있으니까…… 되는 데까지 해보려고."
"작업실로 돌아오면 안 돼요?"
우리 작업실로. 지금껏 했던 것처럼 같이 그리고 만들고 이야기하고 웃고 장난치면 안 돼요? 이환은 고개를 저었다.

"잘 모르겠어, 아직은."

가고 싶다는 말이 나올 줄 알았는데 안 그러는 게 섭섭했다. 이환은 장갑을 접어서 토끼 모양을 만들더니 손에 끼우고 내게 손가락을 까딱까딱 해 보였다.

"토끼!"

그냥 따라서 웃었다. 이환은 장갑 토끼를 만지작거리며 말했다.

"있잖아, 초우야. 나는 더 많이…… 강해져야 해."

뭐가 그렇게 약한데요. 왜 그렇게 강해져야 하는데요.

"사실은 내가 견지 형한테 화풀이 한 거나 마찬가지야. 그날 말이야, 처음부터 집에 안 들어갈 생각이었어. 작정하고 그림 그리러 간 거야. 근데 가서…… 내가 여기서 뭘 하고 있나 싶더라. 뭘 이해하고, 뭘 알고. 거기 그렇게 종이 쪼가리 들고 간 내가 너무 웃기고 바보 같고 진짜, 지질하더라."

이환은 토끼의 귀를 구겼다.

"나는, 내가 뭐 대단한 거 하는 줄 알았거든. 근데 알고 보니까 그냥 엄마 아빠한테 짜증내고, 관심 받으려고 별짓 다하는 애였던 거지. 그래놓고서 견지 형한테 큰소리나 치고. 내가 뭐 엄청 잘난 것처럼."

이환은 갑자기 입가를 늘어올리며 웃었다.

"그니까, 이런 거야. 대학 가면 엄마한테 가서 살려고 했는데, 오지 말라네? 엄마한테도 엄마의 인생이 있더라. 그런 줄 몰랐지."

이환은 자꾸 웃었고 두서없이 말을 이었다.

그러니까…… 내 안에 양철 상자 같은 게 있어. 정육면체. 실버 그레이. 하하. 너무 구체적인가? 어쨌든 그런 게 있어. 나는 거기에다가 내가 받아들일 수 없는 것들, 받아들이고 싶지 않은 것들…… 잊고 싶은 것들을 넣어두거든. 날카로운 것들. 그대로 두면 내 속이 막 피투성이가 될 것 같은 것들을 넣어둔단 말이야. 근데 그게 용량이 얼마나 될까? 응? 나는 그걸 언젠가는 버릴 수 있을 거라고…… 지금 이 순간이 지나면 자연스레 비워질 수도 있을 거라고 생각하면서 버티고 있는 건데, 그런 날이 올까?

"아빠 말이 맞는 거지. 내가 너무 나약해서 그래. 내가 진짜 강하면 주위에서 뭐라 하든, 무슨 일이 벌어지든 내 길로 갈 수 있는 건데."

그 말을 듣자 화가 났다.

"그런 게 어딨어요. 주변에서 무슨 일이 벌어지든 자기 갈 길 가는 거, 그게 뭐가 강한 거예요. 그러라고 요구하는 거, 진짜 이 기적이에요. 잔뜩 상처를 주고 흔들어 놓고서, 네가 강하지 못한 탓이라니, 책임 전가야. 짜증나."

정말로 화가 나서 내뱉듯 말했다. 이환은 가만히 나를 바라보

다가,

"고마워."

속삭였다.

갑자기 부끄러워져서 손으로 얼굴을 비볐다. 이환은 빨대로 밀크셰이크를 저었다. 만나기 전까지는 많은 얘기를 할 수 있을 거라 생각했는데 이렇게 마주하고 있으니 미치겠다고, 생각 안 하고 싶은데 자꾸 생각난다고, 소주에 빨대를 꽂아 마시던 그때 이환의 모습만 자꾸 떠올랐다.

"미안하네요."

"뭐가?"

"해줄 수 있는 게 없네요."

심통 부리듯 말해버렸다. 이환은 또, 웃었다. 웃도록 만들어진 인형처럼.

"견지 형이 학생부 없애겠다고 했을 때 나도 그만둘까 참 많이 생각했는데…… 그렇게 끝나버리면 안될 것 같았어. ……없애게 둘 걸 그랬나? 형이 그림을 그리든 말든 배울 거나 배우고 내 할 일이나 할 걸 그랬나? 어차피 나는 어린애고 형은 선생이니까."

울컥, 다 말해버리고 싶은 충동이 일었다. 입을 열고 내 안에 있는 것들을 다 뱉어내고 싶었다. 내가 바로 그 김건우의 동생이라고. 그 여름 이후에 견지 형이 달라진 것처럼, 나도 예전과는 다른 아이가 되어버렸다고…….

하지만 나의 말들에는 얼룩이 져 있다. 이제 와서 내가 건우 오빠 동생이라고 말한다면 이환은 어떻게 반응할까. 너무 오래 품고 있어서, 말하지 않고 있어서 말들은 녹슬어버렸다.

말할 수 없는 것들이 늘어난다. 이환에게 건우 오빠에 대해 말할 수 없고, 큰엄마에게는 내가 바로 그 작업실에서 그림을 그리고 있다는 것을 절대 말할 수 없을 것이다. 말하지 않아야 편한 것들. 입 밖에 내면 상처를 들쑤시고 피를 흘리게 될 것들. 말하지 않는 나는, 얼마나 이기적인 걸까.

이환은 말했다.

"난 견지 형이 그림 안 그리는 게 싫었어. 웃기지, 자기가 그리지 않겠다 하면 안 그리는 건데. 근데 그게 싫었어. 그려봤자 뻔해, 거기엔 아무것도 없어, 그렇게 형이 말하는 거 같았거든. 모순이잖아, 그러면서 우리더러 거기로 가보라고 하는 거."

"아무것도 없진 않을 거예요."

중얼거렸다. 이환은 다시 웃었다.

"조금만 더 있다가 돌아갈게."

"정말?"

"그럼."

처음으로 이환이 오빠처럼 느껴졌다. 어떤 때는 강강이보다 더 애 같은 이환이지만 지금은 어른 같았다. 그럼, 하고 말해줘서 고마웠다.

언제까지나 이럴 것이라는, 착각

    십이 월은 이상한 달이었다. 십이 월 삼십일 일에 작업실에서 뭔가 하자고, 이환이 신나게 계획을 세웠었는데. 일반부 사람들은 연말이라고 떠들썩하니 분위기를 내는 것 같았는데 우리 쪽은 아무것도 없었다.

    견지 형은 자주 자리를 비웠고, 뭘 그려도 집중이 잘 되지 않았다. 십이 월이라는 게 원래 이렇게 느리고 허무한 달이었나. 차라리 빨리 새해가 되면 좋겠다고, 경하가 만든 십이 월 달력 앞에 서서 남은 날짜를 세었다.

    이환을 다시 만난 것은 해를 넘겨 이환과 목상의 실기 시험 날이었다. 우리 응원하러 갈까, 누군가 장난처럼 한 말이 커져서 강강이에 주영이에 묘은 언니와 계림 언니까지 아침 일찍 대학 시험장 앞에 모여서 이환과 목상을 맞이했다. 나는 막 떨리는데 수험생들은 의외로 느긋해 보였다.

"잘해요, 정 안 되면 맘대로 막 해버려요. 오빠만의 세계를 창조하는 거야!"

"그러다 수석 할까 무섭다, 야."

농담을 받아준 이환과 목상은 시험장 안으로 들어가고, 남은 우리는 주위를 돌아다녔다. 다른 데선 보기 힘든 색색깔의 옷과 액세서리를 파는 작은 가게들도 들어가 보고, 미술용품 가게도 갔다. 물감이며 스케치북을 사는 대학생들은 다른 나라 사람 같았다.

점심은 피자로 먹고, 그 자리에서 한참 수다를 떨다보니 시간이 훌쩍 지났다. 끝날 시간 맞춰서 시험장 앞으로 돌아갔더니 여전히 학부형들과 우리처럼 선배 응원 온 아이들이 옹기종기 모여 있었다. 곧 수험생들이 건물 밖으로 쏟아져 나오기 시작했다.

"환이 오빠! 여기!"

이환은 축 처진 어깨를 하고 질질 발을 끌면서 걸어나왔다. 우리를 보곤 억지로 웃어 보이는 것이 불쌍할 정도였다.

"오빠 아침보다 열 살은 더 늙어 보여!"

강강이가 진심어린 목소리로 말하고, 이환은 대꾸할 힘도 없는지 강강이 목도리만 한 번 잡아당겼다. 내가 물었다.

"어땠어요? 할 만했어요?"

"글쎄…… 기분이 되게 이상하더라. 애들이 그렇게 모여서 똑같은 걸 보면서 눈에 불을 켜고 그림을 그리는데…… 되게 이상했어."

이환은 뺨을 부풀리고 말을 골랐다.

"그러니까, 앞으로 평생 이러고 살아야 하나 싶은."

"아, 진짜. 왜 그래요, 기운 빠지게."

"지금 같아서는 합격해도 안 좋고 못 해도 안 좋을 거 같다."

"배부른 소리."

내가 대꾸하자 이환은 애정이 식었다며 흑흑 우는 척을 했다.

"목상은 아직 안 나왔어?"

이환은 주위를 둘러보았다. 그러다 이환의 시선이 멈추고 입이 벌어졌다. 반가움과 놀라움이 뒤섞인 표정으로, 이환이 외쳤다.

"어! 형!"

"누구요?"

뒤돌아보았을 때 보인 것은 얼굴의 반을 가리도록 털목도리를 빙빙 둘러내어서 눈만 빼꼼 보이는, 그래도 누군지 단박에 알 수 있는, 견지 형. 바로 몇 걸음 뒤였다. 우와! 강강이가 소리를 지르며 견지 형에게 매달리고, 견지 형은 그 무게를 고스란히 받아내며 이환에게 몰었다.

"잘했냐."

"뭐. 그냥 그랬어요."

이환은 흐흐 웃었다.

그렇게 매정하게 말해놓고도 내버려두지 못하는 마음. 간단히 전화를 해도 될 것을 여기까지 찾아오는 마음. 역시 소심하다니까, 묘은 언니가 핀잔인지 칭찬인지 모를 말을 했다.

다들 견지 형과 이환을 둘러싸고 한마디씩 하는데 나는 견지 형에게 인사를 하지도, 반기지도 않았다. 같이 있는 두 사람의 모습을 보고 탁 맥이 풀려버려서였다. 마음이 흐물흐물해지고, 힘 빠진 어깨가 욱신욱신 쑤셨다. 긴장하고 있었나보다. 이대로 이환과 견지 형이 멀어져버릴까봐 겁내고 있었나.

견지 형과 눈이 마주쳤다. 웃어야 할지, 삐죽여야 할지 알 수가 없는데,

"초우 네가 시험 보고 나온 것 같다. 핼쑥해져가지고는."

견지 형이 먼저 내게 말을 걸었다. 그럼 밥 사주세요, 입에서 나오는 대로 말한 건데 견지 형은 흔쾌히 고개를 끄덕였다. 그런 말을 기다리기라도 했던 것처럼.

뒷정리에 시간이 걸리는지 목상이 통 나오질 않았다. 주영이가 목이 마르다고 해서, 다른 사람들은 계속 그 자리에서 기다리게 두고 주영이와 둘이서 옆 건물 매점에 갔다.

"견지 형이 올 줄은 몰랐어요."

주영이가 말하는데, 불현듯 그런 생각이 들었다. 만일 건우 오빠가 죽지 않았더라면, 미대에 지원하고 실기 시험까지 치를 수 있었다면 그 자리에도 견지 형이 있었을 것이다. 또 만일 그때의 내가 건우 오빠를 응원하러 시험장에 나왔다면 견지 형을 만났겠지, 그렇게 견지 형을 알아갈 수도 있었을 테지. 그랬다면 얼마나 좋았을까…….

헛된 생각은 접고서 주영이는 생수, 나는 껌 하나 사들고 나오는데,

"초우야?"

누가 나를 불렀다. 무심코 돌아섰다가 나도 모르게 손에서 껌을 놓쳤다.

"큰엄마."

"초우 맞구나. 깜짝 놀랐어. 여기엔 무슨 일로 왔니?"

큰엄마였다. 대전에 있어야 할 큰엄마가 눈앞에 있었다. 방금 생각했던 것들이 머릿속에서 뱅글뱅글 맴돌았다. 내 상상이 계속되고 있는 거야? 이게 현실 맞아? 진짜 큰엄마 맞아?

"아…… 아는 선배가, 시험 본다고 해서……."

"그래? 나는 우리 학원 애들이 몇 명 여기 시험 봐서, 같이 올라왔어."

큰엄마는 편안하게 말했다. 진심으로 나를 반가워하는 것 같

왔다. 옆에 서 있는 큰엄마네 학원 선생님이라는 젊은 여자에게 조카예요, 말하기까지 했다.

"안 그래도 집에 전화할까 했었는데. 엄마 아빠 다 잘 계시지? 요즘 통 연락을 못 해서."

"네······."

가슴이 마구 뛰었다.

큰엄마는 기억 속 모습보다 마르고 나이 들어 보였다. 머리를 짧게 자른 모습이 낯설었다. 예전에 큰엄마는 하얀 머리카락이 섞인 긴 생머리를 하나로 묶고 다녔다. 그 모습이 멋지다고 생각했다. 내가 기억하는 큰엄마의 마지막 모습은, 그 머리카락이 온통 엉클어진 채 바닥에 주저앉아 울고 있는 것. 우리 아빠를 붙들고 힘 빠진 팔로 툭툭 치는 것······. 그 위로 겹치는, 어린 시절에 본 큰엄마의 모습들. 초우 우리 집 와 있을래? 큰엄마네 미술학원 다녀도 좋겠다······.

"그럼, 그럼 전 먼저 갈게요."

빨리 그 자리를 벗어나야겠다는 생각뿐이었다. 정신없이 꾸벅 인사를 하고 돌아서려는데,

"초우 언니! 승목이 오빠 나왔어! 빨리 와!"

강강이였다. 고개를 돌렸을 때 강강이보다 먼저 견지 형의 얼굴이 들어왔다. 강강이와 견지 형이 나를 부르러 온 모양이었다. 견지 형의 얼굴에서 웃음이 흘러내리듯 사라졌다.

"당신······."

큰엄마도 견지 형을 보았다. 딸깍. 시간이 멈췄다. 많은 것들이 오가는, 그런데도 누구도 무엇을 말해야 할지 모르는 순간. 하얗게 질렸던 큰엄마의 얼굴이 붉게 물들었다. 목소리는 가늘고 거칠어졌다.

"우리 초우랑 아는 사이에요? 초우야, 너, 이 사람 알아?"

큰엄마가 내 팔을 움켜잡았다. 네, 알아요······. 제 선생님이에요. 나는 견지 형을 안다. 건우 오빠의 선생이었던 견지 형에게서 나도 배우고 있다.

큰엄마가 상황을 파악하기까지는 조금 더 시간이 걸렸다. 마침내, 큰엄마는 해야 하는 질문을 찾아냈다.

"초우야, 너······ 거기 화실 다니는 거야?"

"······네."

나는 대답했다. 우리 셋은 그 자리에 굳은 듯 서 있었다. 먼지 섞인 차가운 바람이 불고, 쩍쩍 유리가, 얼음이 갈라지는 기분. 도망가고 싶었다. 하지만 갈 데가 없었다. 견지 형이 입을 열었다.

"잘······ 지내셨는지······."

견지 형은 말을 마치지 못했다.

"아직도 애들 가르치고 있는 거예요?"

큰엄마의 목소리는 칼처럼 날이 서 있었다. 견지 형을 마구 찌르고 베듯이, 큰엄마가 말했다.

언제까지나 이럴 것이라는, 착각   229

"건우 그렇게 가게 하고서? 초우가 건우 동생인 거 알았어요, 몰랐어요? 뻔뻔스럽게, 어떻게…….'

큰엄마는 마치 견지 형이 건우 오빠의 사고를 계획하기라도 했던 것처럼 말했다. 목소리가 점점 위태로워지고, 큰엄마의 가느다란 몸이 휘청거렸다.

"원장님……."

젊은 여자가 큰엄마의 팔을 잡았다. 그 순간 큰엄마는 무너지듯 쓰러졌다.

"큰엄마!"

견지 형과 큰엄마네 학원 선생들이 큰엄마를 가까운 벤치로 옮겼다. 큰엄마는 희게 질린 얼굴로 누워 있다가 눈을 떴다.

"원장님, 괜찮으세요?"

"괜찮아요."

큰엄마의 텅 빈 눈이 나를 향했다. 초우 네가 어떻게……. 말로 표현할 수 없는 감정들이 흘러나왔다. 나는 한걸음씩 뒷걸음질쳤다. 사람들과 어깨가 부딪쳤다.

"김초우."

이환이었다. 묘은 언니도 함께였다. 이환이 나를 초우가 아닌 김초우로 부른 적이 있었던가?

"네가, 네가 건우 형 동생이야? 김건우 동생이냐고."

대답하지 않았는데도 이환은 뒤돌아 뛰기 시작했다. 묘은 언니가 따랐다.

"오빠!"

나도 이환을 따라 뛰었다. 이환은 건물 뒤쪽으로 뛰어 들어갔다. 초라하게 마른 겨울 나무들이 바람에 버석거리는 소리를 냈다. 거기 서서, 이환은 묘은 언니가 잡은 팔을 뿌리치며 언니에게 물었다.

"넌 알고 있었어?"

묘은 언니는 잠깐 주춤했다가 고개를 끄덕였다. 묘은 언니가 알았다고? 정신이 없었다. 이환은 쭈그리고 앉았다가 바로 일어났다. 손으로 머리카락을 잡았다가 놓고 발을 굴렀다. 이환은 나를 향해 섰다. 눈이 빨갰다.

"너, 뭐야. 너 누구야?"

"나는……."

나는 초우에요. 오빠가 알고 있는 바로 그 사람이에요.

"너가 걔였어? 건우 형 같이 사는 사촌동생? 어? 이름이 그게 아니었는데, 형이 자기 동생 얘기 했었는데……. 풀잎이. 그래, 풀잎이라 그랬는데……."

머릿속이 하얘졌다. 풀잎아, 선우 오빠의 목소리가 아득하게 들렸다.

"……집에서, 그렇게도 불러서……."

"아, 네가 진짜   너 이떻게……. 야, 나는 신싸……."

언제까지나 이럴 것이라는, 착각   231

이환의 눈에 눈물이 고이기 시작했다. 내 눈앞도 흐려졌다.

"야, 너는 다 알면서 모르는 척……. 내가 우스웠냐? 너, 어떻게……."

"아니, 그게 아니라요, 말 안 한 건, 말하려고 했는데……."

뭐라 말해야 하나. 어떻게 시작해야 하나. 말하지 못했던 것들이 목까지 꽉 차올랐지만, 나는 꺼내놓을 방법을 몰랐다. 아까 멈췄던 시간이, 그만큼 빠르게 휘몰아쳐 흘렀다. 이환이 뛰어가버린 것, 묘은 언니가 나를 계림 언니에게로 데려다준 것, 영문을 몰라 놀란 강강이와 주영이의 얼굴.

집에 어떻게 왔는지 모르겠다. 방에 들어와 몸을 가장 작게 웅크렸다. 울었던 것 같다, 소리를 내지 않으려고 숨을 참아서 목이 찢어질 듯 아프게 될 때까지 울었다. 속이려고 한 게 아니라…… 우스웠던 게 아니라…… 나는 다만 이렇게 많은 것들이 그 위에 쌓일 줄 몰라서. 얘기하면 다 무너져내릴까봐서.

큰엄마가 집에 찾아온 것은 저녁 늦게였다. 큰엄마는 나를 불러내지는 않았다. 거친 목소리가 방문을 넘고 이불을 뚫고 들렸다.

"어떻게 이럴 수가 있어? 우리 건우가 그렇게 되는 거 보고서 초우를 또 거기에 보내? 뭐하자는 거야, 진짜?"

"형수님, 그런 게 아니라……."

아빠의 말은 꼭 내가 이환에게 했던 말처럼 들렸다. 내가 아빠를 변명하도록 만들었다. 엄마가 죄인처럼 고개 숙이게 만들었다. 옛날처럼.

큰엄마는 울었다, 소리를 질렀다, 마치 그때처럼. 내가 작업실에 다니는 게 왜 그토록 고통스러운 것일까. 견지 형과 우리에게 왜 화를 내는지 큰엄마 스스로도 설명할 수 없었을 것이다. 그런데도 모두가 이해한다. 나조차도.

그러곤 괴로워하는 것이다. 누구도 책임져줄 수 없고 물어줄 수 없다는 것에. 어떻게 해야 하나. 어떤 손짓을 하고 말을 해야 저 고통이, 이 괴로움이 덜해질까. 아니, 절대 그럴 수는 없다.

그 여름에 큰엄마가 미친 사람처럼 울면서 했던 말들을 기억한다.

—내가 우리 건우 데리고만 있었어도…….

큰아빠는 건우 오빠가 미술 하는 것을 반대했다. 건우 오빠가 서울에 와서 학교를 다니게 된 것도 그 때문이었다.

—우리 아빠가 나 그림 그리는 거 알면 죽도록 화낼걸. 미술 하지 말라고 서울 보낸 건데.

—큰엄마도 오빠 그림 그린다 하면 싫어해?

—엄미야 좋아하지. 내가 울 엄마 첫 번째 애제자잖아. 거기도 재밌는데.

나도 대전에서 큰엄마가 하시는 미술학원에 가본 적이 있었다. 건우 오빠 그림이 몇 점이나 액자에 담겨 질녀 있었다. 우리 건우가 이 동네 상은 다 휩쓸어 왔잖니, 아쉬운 듯 말하던 큰엄마.

―오빠는 서울 오기 싫었어?

건우 오빠가 그렇다고 말했다면 섭섭했을 텐데, 오빠는 고개를 저었다.

―처음엔 좀 그랬지. 친구도 다 거기 있잖아. 솔직히 여기서 신세지는 것도 미안하고. 근데, 여기 화실이…… 작업실이 진짜 좋아. 진짜. 그거 하나 때문에라도 난 절대 후회 안 해.

좋다고 말하면서 건우 오빠의 얼굴이 환해지는 것을 봤다. 내가 모르는 것들이 건우 오빠를 그렇게 웃게 했다.

―풀잎이 너도 좋아할 거야. 나중에 나랑 작업실 한 번 가자.

그건 오빠의 약속이었고 나의 바람이었다. 나도 그곳에 가보고 싶었다. 오빠를 빛나게 만드는 것을 알고 싶었다.

건우 오빠가 대학에 가고, 비밀이 비밀이 아닌 것이 되면 나도 그곳에 가겠다고 말하려 했다. 그림 해보고 싶어요. 미술 해보고 싶어. 엄마랑 아빠가 놀라고 반대한다면 건우 오빠 이야기하면서 고집을 부리려고 했다. 봐요, 오빠도 저렇게 행복해하잖아요. 그러려고 했는데…….

건우 오빠가 죽고 나서는 아무것도 말할 수 없게 되어버렸다. 작업실에 다니고 싶다는 말도, 그림을 그리고 싶다는 말도, 오빠를 떠올리게 하는 그 어떤 말도 할 수 없었다. 길이 끊긴 것처럼. 물에 녹아 버린 것처럼. 절대로 다시 이어질 수 없는 것처럼. 그냥 잊어야 한다고 생각했다. 죽음은, 죽음과 연결된 모든 것을 함께 쓸어간다.

몰래 챙겨두었던 건우 오빠의 스케치북을 비로소 열어볼 수 있게 된 것은 그 일이 있고 나서 일 년 뒤 여름, 오빠의 첫 번째 기일이었다. 스케치북에서 견지 형을 봤다, 읽었다. 스케치북을 보고 난 뒤 나는 몇 번이나 작업실 앞까지 가보았다. 근처를 서성거리며 아이들과 어른들이 그 계단을 오르내리는 것을 보았다. 저 사람이 견지 형일까, 생각해보기도 했다.

갈까 말까, 얼마나 많이 생각했는지 모른다. 막상 그 계단을 밟아 올라갔을 때는 내가 뭘 하고 있는지 정확히 알지 못했다. 마침내 오빠의 스케치북에 그려진 견지 형을 처음 보게 되었을 때, 그림을 배우고 싶다고 말한 순간까지도 그랬다. 그 순간에야 그게 내 마음이라는 것을 깨달았다.

하지만 그러고 나자, 나는 건우 오빠에 대해서는 말을 할 수 없게 되었다. 작업실 사람들이 내 모습 뒤로 건우 오빠의 그림자를 보게 될까 두려웠는지도 모른다. 견지 형이 다 알게 되었을 때조차도 모두에게 밝히지는 못했다. 그땐 단지 두려워서가 아니라…… 지금 이대로가 좋았기 때문에.

견지 형에게서 배우는 것이 좋았다. 작업실이 예전 같아졌다고 이환이 말하는 것을 들을 때 뿌듯했다. 마치 내가 건우 오빠의 빈자리를 채우고 있는 것 같았다. 그럴 수 있을 것이라고 생각했다. 그러면서도 건우 오빠와 상관없이, 나 자신으로 있는 거라고 착각했다.

하루, 이틀, 일주일, 이주일. 작업실에 가지 않는 날들이 쌓이고, 계림 언니가 전화를 했다. 왜 안 오느냐고 물었다. 계림 언니도 이젠 다 알고 있겠지. 모르는 척하는 것인지 이해하는 것인지, 그 두 개가 결국은 같은 것인지.

작업실에 돌아갈 수 있을까, 생각하면 큰엄마의 얼굴과 이환의 목소리가 먼저 보이고 들렸다. 감은 눈을 뜰 수 없도록 지독하게 괴로운데, 종이가 젖어들듯 다른 감정이 스며나왔다. 왜 내가 이런 일을 견뎌야 하지, 모두 왜 내게 그러는 거야, 내가 뭘 그렇게 잘못했다고! 머리카락을 쥐어뜯고 온 방 안에 하얀 물감을 휘뿌려 망쳐놓아야만 풀릴 것 같은 분노. 싫어, 생각하고 싶지 않아, 숨이 막혀…….

책상 위에 있던 붓과 물감과 색연필, 종이들을 모두 종이 가방에 넣어 책상 옆에 쑤셔 넣었다. 작업실을 떠올리게 하는 그 어떤 것도 볼 수가 없었다.

엄마 아빠는 큰엄마나 작업실에 대한 이야기는 한 마디도 꺼내지 않았다. 내가 작업실에 가지 않는다는 것에 안심했을까. 말하지 않으면 없던 일이 되나. 건우 오빠의 이름을 입에 올리지 않았던 것처럼, 내 마음을 묻지 않으면.

내가 그린 나의 얼굴

"이거 오늘까지야? 여기까지 해오는 거 맞아?"

앞자리에 앉은 애가 보충수업 교재를 들이밀며 묻고, 짝꿍이 맞아, 대답했다.

"진짜? 아, 그거 가져오지도 않았는데."

"초우 너 예체능이잖아. 몰랐다 그래."

"그게 되겠냐."

파삭, 금이 가는 느낌까지도 웃어넘겼다.

겨울방학 보충수업 때문에 나온 학교는 한 해가 새로이 시작되었다는 설렘과 한 학년이 끝난다는 느슨함이 뒤섞여 묘하게 들떠 있었다. 이제 너희가 고 삼이야! 야단치는 선생님의 말도 먹혀

들어가지 않는, 편안하기까지 한 부산함.

아이들과 떠들고, 웃고, 과자를 나눠먹고. 말하고, 듣고, 혹은 듣지 않고 딴생각을 하고. 평범하고 나쁠 것 없는 일상. 어긋날 것도 없고 미끄러질 것도 없는, 따라가면 되는 길.

"초우는 좋겠다. 예체능은 과목 수도 적지 않아?"

나 이제 미술 안 해, 이렇게 말해야 하나. 질문에 뭐라 답을 할 수 없어 핸드폰을 보는 척하며 얼버무렸다. 마침 미처 보지 못한 문자가 하나 와 있었다. 일부러 고개를 숙이고 문자를 보는데, 그대로 몸이 굳어버렸다.

―오늘 잠깐 볼 수 있어?

핸드폰을 쥐고 그 짧은 문장을 몇 번이나 읽었다. 이거 정말 나한테 보낸 건가, 다른 사람에게 보낸 게 잘못 온 거 아닌가.

경하였다. 작업실에 가지 않은 몇 주 동안 작업실 사람들에게서 간간히 문자가 왔지만 경하는 처음이었다. 나는 다른 문자들에는 한 번도 답을 하지 않고 지워버렸다. 하지만 이건…… 바로 지울 수가 없었다. 지우지 못하는 스스로에게 화가 치밀고, 또 슬프고, 간신히 가라앉힌 마음이 들썩이는데, 다행스럽게도 수업 시작을 알리는 종이 울렸다. 나는 핸드폰을 꺼서 주머니에 넣었다.

"김초우."

보충수업이 끝나고 가방을 챙기는데, 친숙한 목소리가 내 이름을 불렀다. 더 놀랄 일은 없을 거라 생각했는데, 조금 놀랐다.

"너 보려고 내가 학교까지 또 와야겠니."

묘은 언니는 교실로 걸어들어와 내 앞 빈 의자에 앉았다. 졸업을 앞둔 고 삼답게 교복 대신 사복이었다.

내가 가방을 마저 챙기고 코트를 입는 동안, 묘은 언니는 고 삼들 소식을 먼저 전해주었다. 이환은 가장 가고 싶어 했던, 우리가 응원 갔었던 그 대학에 합격했고, 목상은 그 학교는 떨어졌지만 견지 형의 강요로 지원한 다른 곳에 합격했는데 나름 만족한다고 했다. 환이는 합격했어, 그 말은 다시 그날의 기억을 끌어왔다. 진짜 잘됐네요, 대답하면서도 가슴이 꽉 조였다.

"언니는요? 물어봐도 돼요?"

"음, 나는 아예 원서도 안 썼어."

"대학 안 갈 거예요? 진짜?"

"갈 때 가더라도 지금은 아닌 거 같아서. 아니, 가고 말고 선택의 문제가 아니라, 그냥 너무 피곤하더라. 생각하기도 싫었구."

묘은 언니는 흘러내린 앞머리를 쓸어올렸다. 여느 때보다 거칠고 지친 얼굴이 드러났다. 처음으로, 묘은 언니가 내 또래 아이로 보였다.

"그런 건 뭐, 다 변명이고……. 그냥, 무서워서 안 쓴 건가 싶기도 해. 떨어질까봐서."

묘은 언니는 뻔뻔하는 사람 같지 않게 웃었다.

우리는 천천히 걸어서 학교 건물을 나왔다. 묘은 언니는 새삼스럽다는 듯 건물을 돌아보았다.

"여기에 삼 년이나 있었네. 이 년째부터 진짜 지겨워 죽을 뻔했지."

"전 아직도 일 년이나 더 남았어요."

농담하듯 말하고 싶었는데 너무 진지하게 말해버려서 머쓱해졌다. 묘은 언니는 듣지 못했는지 혼잣말처럼 말했다.

"이럴 줄은 몰랐어, 환이가 대학을 가는데 내가 안 갈 줄이야."

"환이 오빠는……."

"내 전화도 안 받아. 합격했단 것도 계림 언니한테 들었어."

둘이서 운동장을 걸었다. 햇빛이 많이 나고 바람이 불지 않아 덜 추웠다. 깡마른 나무 그림자가 살얼음 낀 모래흙 위에 짙은 선을 그었다.

"작업실 갔었거든. 합격했단 전화만 하고 작업실에 오지는 않았다고 하더라."

"……견지 형은요?"

"형도 못 봤어. 요즘 잘 안 나온대."

"나 때문이에요."

눈앞이 흐려졌다. 눌러두었던 생각과 마음들이 솟아올랐다. 나 때문에 모든 게 망가져버렸다. 나 때문에 모두가 상처 입었다. 묘은 언니는 고개를 저었다.

"견지 형은 네가 건우 오빠 동생인 거 알고 있었잖아."

"언니는 어떻게 알았어요? 견지 형 아는 건 또 어떻게…….."

"그때 그 스케치북 얘기하는 거 봤어. 그림소풍 때. 건우 오빠 스케치북은 낯익었으니까. 워낙에 특별하잖아. 나도 그렇게 해보고 싶었는데."

묘은 언니는 담백하게 말했다.

"난 그 오빠 잘 몰랐어. 그해 봄부터 작업실 다녔으니까, 알 시간이 별로 없었지. 환이가 진짜 많이 따른다는 건 알았어. 작업실에서는 그 오빠, 하늘이라고 불렀는데."

작업실에서는 하늘이었구나, 그래서 나는 풀잎이었구나. 하늘과 풀잎, 우리의 이름이 이렇게 누군가에게 불리고 있을 줄은 몰랐다.

"언니는 왜, 나한테 알고 있다고 말 안 했어요?"

"말하고 싶으면 네가 먼저 말할 거라고 생각했어."

바람이 모래를 날렸다. 공중에 한순간, 그림이 그려졌다. 모래와 바람이 그린 그림. 곧 사라져버릴.

"나는…… 견지 형을 보러 온 거예요."

바람에 얹어, 말했다.

"오빠가 견지 형 얘기 자주 했거든요. 작업실 얘기도요…….."

절대 말할 수 없을 것이라 생각했는데 말이 나왔다. 운동장 끝까지 섰고 다시 뒤돌아 걸어오면서 이야기했다. 몽롱하게 잠에 취한 것처럼, 꿈속인 것처럼 말했다. 작업실에 와서 좋았어요, 건우 오빠 생각도 점점 안하게 됐고요, 그런데 그럼 안 되는 거였나 봐요……. 뒤섞이고 끊겨서 엉망진창인 내 말들을 묘은 언니는 묵묵히 들어주었다.

"큰엄마가 화내는 건 당연해요, 큰엄마네 화실에 다녔으면, 그냥 거기 있었더라면 오빠는 그렇게 되지 않았을지도 모르는데……."

"김초우. 그건 네 잘못이 아니야."

내 말을 끊고 묘은 언니가 말했다. 말문이 막혔다. 안다. 나도 내 잘못이 아니라는 걸 안다. 그런데도 왜 잘못한 것 같을까. 누군가에게 용서받아야만 할 것 같은 기분은 없앨 수가 없다. 스스로가 뻔뻔스럽게 여겨지고 아무것도 해서는 안 될 것 같은 이런 기분은, 그리고 누군가를 탓하고 원망하고 싶은 마음은.

"……환이 오빠는 어떻게 해요?"

"그것도 환이가 감당해야 할 일이니까, 뭐."

묘은 언니는 담담하게 말했다.

"계속 화를 내든지, 받아들이든지. 다른 사람들이 내 생각처럼 움직이고 생각하진 않잖아. 어쩌겠어, 내 인생은 내가 감당해야 하는 거지."

"환이 오빠가 저 미워하면 어쩌죠."

묘은 언니의 손가락이 내 손가락 위에 살짝 닿았다.

"환이는 마음이 약해서."

묘은 언니는 조금 웃었다.

"지금쯤은 너한테 화냈던 거 후회하고 있을 거야."

경하는 어디 안에 들어가지 않고 버스 정류장에 서 있었다. 묘은 언니와 헤어지고 나서, 지금도 괜찮아? 문자를 보냈었다. 기다리고 있었던 것처럼 바로 좋다는 답장이 왔다. 무슨 일일까, 모르는 척할 걸 그랬나, 약속 장소로 가면서 줄곧 생각했는데 경하를 보자 그런 생각은 모두 사라졌다.

경하는 추운 듯 어깨를 움츠리고 있다가 나를 보고 곧게 폈다. 조금 말랐나. 키가 컸나.

"초우야."

너무 오랜만이었다. 얼굴을 잊을 만큼 오래였다. 보고 싶었다……. 얼굴을 보자 생각이 났다. 얼마나 보고 싶었는지. 갑자기 견딜 수 없을 만큼 작업실에 가고 싶어졌다. 햇빛과 나무 그림자가 드는 작업실 창가에서 몇 장이라도 좋으니까 선긋기로 종이를 채우고 싶었다. 아무리 지루해도 좋으니까 정물 정밀묘사를 하고 싶었다. 몇 시간이라도 좋으니까 모두를 위해 모델로 앉아 있고 싶었다.

"줄 게 있어서."

경하는 가방에 손을 넣어 네모난 물건을 꺼냈다. 낡은 스케치북이었다.

"하늘이 형…… 건우 형 거야."

뭐? 순식간에 작업실 생각이 사라졌다. 건우 오빠의 또 다른 스케치북. 내게 있는 것과 비슷하면서도 다른 스케치북이 경하의 손에 들려 있었다.

"……그때."

경하는 어렵게 말을 꺼냈다.

"그날에, 내가 가지고 있었어. 형이 나보고 잠깐 들고 있으라고 했거든."

이 년 전 여름 습격 때. 건우 오빠가 죽은 그날 밤에.

"건우 형이…… 그 벽 아래쪽에 그림을 그리겠다고 했어. 그러려면 쌓인 상자 틈으로 들어가야 했는데, 형이 나에게 들고 있던 스케치북을 맡겼어. 나는 목이 말라서…… 바로 길 건너 편의점에서 물을 사오려고, 잠깐 갔다 오겠다고 말하고 편의점에 들어갔는데. 큰 소리가 났어. 트럭이, 그 벽에……."

경하는 말을 잇지 못했다. 그 자리에 있었던 것처럼 그 장면이 떠올랐다. 싸늘한 여름 새벽 공기, 거리의 냄새, 어두운 하늘과 끈질기게 빛나는 불빛, 그리고 어지러운 소리.

"내가 편의점에 가지만 않았으면, 거기 서 있기만 했어도, 트럭을 멈출 수 있었을지도……. 그럼 건우 형도 괜찮았을 텐데……."

"그렇지 않아. 너까지 다쳤을 거야. 운전자가 취해 있었으니까……."

중얼거렸다. 이야기를 듣는 것이 귀를 찢어놓을 듯이 아팠다. 그래도 나는 들어야 했다.

"형들, 누나들하고 다 같이 경찰서에 갔었어. 조서를 써야 했는데, 아빠가 날 데리고 나왔어. 다른 사람들은 다 거기 남아 있었는데 나 혼자만. 나는 그 자리에 없었던 것처럼."

그래서 경하가 여름에 그렇게 말했던 것이로구나. 다 자기 때문이라고 말했던 경하, 기억하고 싶지 않은 여름 밤. 소리 지르던 경찰, 싸늘한 에어컨 바람과 차갑게 눈부신 조명, 나 아닌 누군가는 이미 겪었던 일.

"건우 형 스케치북을 집까지 들고 왔다는 것도 몰랐어. 아무것도 못 하고 집에 있었어. 집 밖으로도 못 나갔고. 그게 끝이었어. 그대로 작업실에도 안 가게 되어버려서."

경하는 잠깐 숨을 골랐다. 경하도 무서울까, 두려울까. 이렇게 말하기 위해 얼마나 용기를 내야 할까.

"작년에 아운이가 작업실 다니겠다고 할 때 굳이 같이 오겠다고 했어. 환이 형이나 묘은이 누나가 뭐라고 할까봐 무서웠는데…… 그냥 넘어가더라. 견지 형도 아무 말 않고."

경하가 지고 있었던 무게. 나와 비슷한 것. 말할 수 없고 묻지 못했던 것. 모두가 그렇게 묻지 않고 말하지 않던 것.

"건우 형⋯⋯ 하늘이 형이 사촌동생 얘기 자주 했었거든. 그 여름 이후로 계속 찾으려고 했어, 이 스케치북을 돌려주고 싶어서. 이름을 풀잎이로 알아서, 김풀잎을 찾으려 했었는데. 이렇게 가까이 있을 줄 몰랐어."

경하는 왜 진작 밝히지 않았느냐고 나를 탓하지 않았다. 대신 들고 있던 스케치북을 내밀었다. 나는 스케치북을 받아들었다. 경하는 무거운 짐을 내려놓은 사람처럼 숨을 길게 내쉬었다.

"하늘이 형이 스케치북 가지고 다니는 게 멋있어 보였어. 그래서 나도 스케치북 만든 거야. 따라 하고 싶어서."

울지 않으려고 더 꽉, 스케치북을 잡았다. 검은 표지에 하얀 아크릴 물감을 쓱 칠하고 그 위에 펜으로 적은 날짜. 그해 여름. 오빠가 세상에 남긴 마지막 흔적.

발이 저절로 움직였다. 어디로든 가야만 할 것 같았다. 건우 오빠의 마지막 스케치북을 손에 든 채로, 옆에 경하가 있다는 것도 잊고서, 그늘진 골목을 지나, 작은 공원을 지나, 와글와글 떠들며 걷는 아이들을 지나, 계속 걸었다.

"김초우."

경하가 내 팔을 잡았다. 그제야 정신이 들었다. 건널목 앞이었다. 신호도 바뀌지 않았는데 발을 내디딜 뻔했다.

매번 생생해진다. 시간이 지날 만큼 지난 것 같은데도 매번 피가 나고 아프다. 상처가 낫는 날이 오긴 할까. 신호가 파란불로 바뀌는 것을 보고도 나는 움직이지 않았다. 세상은 내게 가라 멈춰라 신호를 주지만 정작 내가 어디로 가야 하는지는 말해주지 않는다. 다시 빨간불이 되었을 때 경하가 말했다.

"네 그림 처음 봤을 때 건우 형 생각이 났어. 어딘가 느낌이 비슷했고, 좋다고 생각했어. ……작업실, 안 돌아올 거야?"

내가 돌아갈 수 있을까. 가서 다시 할 수 있을까. 나는 끝내 경하에게 답을 하지 못했다.

집에 돌아와 허겁지겁 가방을 챙겼다. 스케치북과 색연필, 수채 크레용, 물감을 짜놓은 팔레트, 물통, 붓 몇 자루와 연필과 펜과 잉크까지, 봄에 그림소풍 갔었을 때와 똑같이 가방에 넣고, 뛰어나왔다. 버스를 타고도 발을 굴렀다. 버스에서 내려서 그 비탈길을 뛰어올라가 그림소풍 날 첫 그림을 그렸던 골목에 마침내 도착했을 때,

기운이 쭉 빠졌다. 그때는 이렇지 않았는데. 그토록 그릴 것이 많고 보이는 것이 많았는데, 지금은 아무것도 보이지 않아. 날이 흐려서 더 을씨년스러웠다.

나무를 그리기로 억지로 마음먹고 자리에 앉아 연필을 쥐었지만 선 하나 제대로 긋지 못하고 연필을 놓았다. 이게 무슨 의미가 있어. 잎이 하나도 없는 나뭇가지는 살아있는 것 같지도 않았다.

작업실로 돌아갈 수 있을까. 용기를 가지면 될까. 아니, 내게

부족한 것은 차라리 믿음일 것이다. 그릴 수 있을 거라고 믿을 수가 없었다. 예전처럼 눈앞에 놓인 것들을 아무 의심 없이 그릴 수가 없을 것 같았다.

그걸 알고 싶어서 여기에 나왔다. 너무나 행복하게 그림을 그렸던 이곳에서 단 한 장이라도 그릴 수 있다면 돌아갈 수 있는 거라고 생각했다.

그런데 그릴 수가 없었다.

차가운 바람이 옷 속으로 파고들어 소름이 돋았다. 손에 힘이 들어가지 않아. 몸을 움직일 수가 없어. 머릿속이 뒤죽박죽이야. 견지 형은 힘들 때 그만둬서는 안 된다고 말했지. 하지만 힘든 게 아니라 아예 그릴 수가 없을 때는 어떻게 하지? 그만두려면 시작이라도 해야 하잖아. 아예, 시작을 할 수가 없는데.

쭈그리고 앉아 있다가 반짝, 빛이 반사되는 것을 보았다. 전봇대 옆, 버려진 경대의 금간 거울이었다. 거울에 비친 내가 보였다. 거울 안의 나는 얼굴에 핏기가 없어 시체 같았다. 아주 늙어버린 사람 같았다. 사람 같지도 않았다.

거울 앞에 가까이 가 앉았다. 바닥은 더럽고 차가웠지만 상관없었다. 나는 나를 바라보았다. 내 얼굴을 이렇게 오랫동안 바라본 것은 처음이었다. 이해할 수 없는 표정과 눈빛. 이제껏 내가 본 사람들 가운데 가장, 아니 모든 사물 가운데 가장 이해할 수 없는 얼굴이었다.

저게 나야. 저렇게 추한 얼굴을 하고 있는 게 나야. 비틀린 입술, 찡그린 눈. 그릴 수 없는 게 당연해. 아름다운 것을 찾을 수 없는 것도 당연해.

나는 꽁꽁 얼어버린 손으로 다시 연필을 잡았다.

그리겠다는 의지는 없었다. 그리고 있다는 의식도 없었다. 그저 거울 안에 내가 있었고 종이 위에 번지는 선들이 있었다. 선들은 종이 위로 떠올라 나를 감쌌다. 잡아둘 수 없는 파랑빛 어둠에 갇혀 나는 그렸다.

연필을 놓고 크레용을 잡았다. 색연필, 펜, 잉크, 닥치는 대로 썼다. 저 표정. 저 눈. 저 입. 저 머리카락…….

한 장 그리고, 다시 그리고, 또 다시 그렸다. 너무 거칠게 연필을 써서 종이가 찢어졌다. 상관없었다. 그것도 내 그림의 일부였다. 전혀 아름답지 않은 그림. 이렇게 흉한 내가 싫어……. 그렇지만 이게 바로 나인 거지.

여러 가지 것들이 떠올랐다. 경하가 한 이야기, 이환이나 묘은 언니가 한 이야기. 내가 몰랐던 것들. 각자가 마음속에 담고 있던 것들. 큰엄마의 얼굴과 엄마의 울음. 사람들의 수군거림. 그리고 견지 형.

견지 형은 말했다. 나를 봐야 한다고. 내 안이 어떤지, 내가 정말로 어떻게 생겼는지 보고 내 속에 무엇이 들었는지 알아야 한다고. 난 절대 알고 싶지 않았다. 내 안에서 끓고 있을 화와 분노 같은 것, 곪아 썩은 상처 같은 건 보고 싶지 않았다.

사실은, 건우 오빠를 원망했다. 어떻게 그렇게 죽어버릴 수가 있어, 사라져버릴 수가 있어, 나에게 이렇게 많은 짐을 지워놓고서, 문을 닫아버릴 수가 있어……. 말도 안 된다는 것을 알면서도 화를 냈다. 이런 것까지 다 나라면. 그걸 그릴 수도 있다면.

사람들이 내 뒤를 지나갔다. 사람들이 나를 흘낏흘낏 바라보는 것이 거울에 비쳤다. 오른손 손바닥 옆이 긁혀 피가 났다. 그림에 피가 묻었다. 상관없었다.

많은 화가들이 자신의 얼굴을 그린 것은 스스로가 자랑스럽고 사랑스러워서만은 아니었을 것이다. 이해할 수 없는 것을 그림으로써 이해하고, 안다고 생각했던 것을 그릴 때 몰랐음을 깨닫게 된다. 나는 나를 모른다. 몰라서 말을 할 수도 없었다.

해가 기울어 어둑어둑해질 때까지, 거울에 비친 나를 그렸다. 어떤 할아버지가 와서 괜찮냐고, 뭐하냐고 물었다. 가로등이 켜졌다. 가로등 빛에 그림을 비춰보았다. 색깔이 구별되지도 않았다. 무얼 그린 건지도 보이지 않았다.

짐을 챙겨 가방에 넣고 일어나려다가 넘어질 뻔했다. 다리가 저리고 아팠다. 뒤돌아섰을 때, 어느 집 대문 앞에 옹기종기 모여 나를 보고 있던 아이들을 발견했다. 아이들은 자기들끼리 소곤거렸다. 아니야, 나 미친 사람 아니야. 사실은 조금 미쳤을지도 모르지, 그렇지만 그러지 않고서야 어떻게 이럴 수 있겠니.

기분이 굉장히 맑았다. 다 쏟아부은 것처럼. 그러니까, 끝이 난 건가. 달라진 건가. 아니, 내가 아닌 다른 무엇이 되려는 게 아니다. 이건 그냥 나다. 나의 그림자. 그걸 알았다.

어둠이 골목을 채웠다. 한 겹, 한 겹, 하나씩 그림자를 그려나가면 언젠가는 어둠을 그릴 수도 있을 것이다. 적어도 나는 어둠에 대해서는 알 수가 있다.

돌아오는 버스 안에서 나는 앉아 있는 사람들을 보았다. 무표정한 얼굴. 눈을 감은, 어딘가를 보고 있는 얼굴. 저 얼굴이 웃는다면, 말한다면, 누군가를 바라본다면 얼마나 다르게 될 것인가. 상상이 되었다. 모르는 사람들, 그러나 보이지 않는 것을 상상한 것만으로도 그 얼굴들이 낯설지 않아졌다.

"학생, 가방 들어줄까?"

"네?"

아주머니는 무거워 보인다며 굳이 내 가방을 받아들었다. 가방을 넘겨주고서야 어깨가 뻐근하고 손끝이 덜덜 떨리고 있다는 걸 알았다. 고맙습니다, 말하는데 눈물이 날 것 같아서 꾹 참았다. 보이는 것이 다가 아니라는 것, 그 쉬운 사실이 새삼스럽다고 텅 빈 머리로 생각했다.

집에 돌아와서 나를 그린 그림들을 다시 꺼내 보았다. 엉망진창이었다. 그림을 그리면서 내 안에 있었던 가상 나쁜 것들이 그 그림 안에 들어간 것 같았다. 그래도 그건 나였다.

상자에 담아둔 예전 스케치북과 연습장들도 꺼냈다. 처음 작업실에서 그린 것들은 진짜 못 그려서, 웃겼다. 하지만 그 그림들에도 뭔가 있었다.

첫날 맡았던 작업실의 냄새가 그 그림들에서 났다. 그리고 소리가 들렸다. 종이의 버석거림, 사각사각하는 연필 소리. 검은 나무 바닥을 디딜 때의 삐걱거림과 물감과 잉크로 더러워진 나무 탁자 결의 느낌. 우리가 다 함께 칠한 하얀 벽에 손바닥을 대었을 때의 차가움.

창밖으로는 풍성한 플라타너스 두 그루가 창 이쪽 끝과 저쪽 끝을 지키듯 서 있고, 내다보면 길 건너 과일 가게 아주머니가 손을 흔들지. 재깍 손 흔들어 답을 하지 않았다가는 나중에 올라오셔서 꼭 한 마디 하시니까 열심히 손을 흔들어야 하지. 그곳에서 우리는 함께 그림을 그렸지만 그 누구도 같은 것을 그리진 않았어. 똑같은 것이 앞에 놓였을 때조차도 우리는 서로 다른 것을 보고 다른 것을 그렸던 거지. 그러니 내가 가장 더럽고 추한 것을 그려도 누군가는 그렇지 않은 것을 그릴 거야. 그게, 내가 가질 수 있는 믿음일 수도 있을까.

그림들 사이에 둘러싸여, 깊게 심호흡을 했다.

나는 나로 살 수밖에는 없지 않은가……

마침내 나는 경하가 준 건우 오빠의 스케치북을 펼쳤다. 한 장

한 장 넘겼다. 스케치북은 중간 정도까지 채워져 있었다. 마지막 페이지, 오빠가 그린 여름 밤거리의 풍경이 내가 본 것과 너무나 같아서 웃음이 났고 울음이 났다.

우리에겐 각자 견디어야 할, 버텨야 할 몫이 있다. 누구도 도와줄 수 없고 혼자 해결해야 하는 일. 혼자 그려야 하는 그림. 그림을 그릴 때면 우리는 온전히 혼자가 된다. 자신이 된다.

그러나 우리는 같은 곳에 함께 있을 수 있다. 각자의 그림을 그리면서도 옆에 있을 수는 있다. 온기를 느낄 정도로 가까이에서, 서로가 무엇을 하는지 알아줄 수는 있는 것이다. 그러니 나는 혼자가 아닐 수도 있다.

돌아오는 길

―견지 형 어머니가 돌아가셨대.

묘은 언니가 전화를 했다. 학교에서 만난 지 며칠 뒤였다.

―원래 오래 아프셨어. 오늘 저녁에 빈소에 가보려고 하는데. 같이 갈래?

"우리가 가도 되는 거예요?"

―계림 언니가 와도 된다고 했어.

저녁 아홉 시, 좁은 병원 장례식장은 썰렁했다. 친척이 아닌 사람의 빈소에 온 것은 처음이었다. 음식 냄새. 시끄럽게 떠드는 소리. 우는 소리, 또 그만큼 웃는 소리. 거기서 오랜만에 작업실 사람들을 만났다. 아운이와 주영이는 교복을 입고 있었다. 말을 크게 하는 것도 조심스러워서 눈인사만 했다.

견지 형은 검은 정장차림으로 빈소 안에 앉아 있었다. 옆에는 현수 형님과 계림 언니가 있고 언니네 아기가 조각이불을 덮고 자고 있었다.

"뭐 여기까지 오고 그러냐."

견지 형은 목이 잠겨 있었다. 운 것 같지는 않았다. 다만 아주 피곤하고, 나이 들어 보였다.

국화를 한 송이씩 받아들고 묘은 언니 하는 대로 영정 앞에 놓고 눈을 감았다. 향냄새와 어둠은 낯설지가 않았다.

견지 형은 우리를 빈소 밖 상 앞에 앉히고 다른 문상객들을 맞으러 갔다. 학생들이 여기까지 어떻게 왔어, 걱정인지 칭찬인지 모를 말을 하며 아주머니들이 전과 떡과 국을 가져다주었다. 음식을 앞에 두고도 젓가락을 들 수가 없었는데 경하가 먼저 국에 밥을 말아 국밥이랑 싸우기라도 하는 애처럼 먹기 시작했다.

"견지 형 지난주 내내 작업실에도 못 나왔었대. 어머니가 안 좋아지셔서."

묘은 언니가 말하고,

"초우아······."

뭐라고 말하고 싶은 듯 아운이가 내 이름을 부르는데, 견지 형이 우리에게로 와서 털썩, 내 앞자리에 앉았다. 깎지 못한 수염이 눈에 띄었다.

"초우 오랜만이다. 너 이 자식, 작업실에도 안 나오고."

견지 형은 농담처럼 말했다. 웃기도 했다. 이런 순간에조차 농담을 할 수 있고 웃을 수 있는 게 어른인 걸까. 평소처럼, 아무 일도 없었던 것처럼.

묘은 언니가 전화를 받으며 일어났다. 목상이 실기 본 이야기를 하고, 경하와 아운이와 주영이는 그 이야기를 들으며 뭔가 묻고 있었다. 견지 형은 나를 바라보았다.

"초우야."

"네."

이름이 불린 것뿐인데 눈물이 쏟아질 것 같았다. 미안한 마음. 묻고 싶은 것. 하고 싶은 말. 듣고 싶은 말……. 견지 형이 큰엄마에게서 그런 말을 들은 건 다 나 때문이다. 견지 형이 짊어진 짐에 내 무게를 더 올려놓고서 모른 척했다. 나를 속이고 형을 속인 것 같아서 견지 형의 얼굴을 볼 수가 없었다. 그러면서도, 견지 형이 내게 뭔가 말해주기를 바랐다.

견지 형, 형은 지금 형이 나를 멈추게도 나아가게도 할 수 있다는 걸 알고 있나요. 그거, 너무 힘들지 않나요. 판사의 선고를 기다리는 죄수처럼 견지 형이 입을 열기를 기다리면서 그 순간 견지 형을 깊이 동정했다. 형도 정말 힘들겠구나. 이렇게 흔들리는 아이들을 두 팔 가득 끌고 간다는 거, 참 어렵겠구나.

내게 묻지 않고 말하지 않았던 견지 형의 마음을 이해할 수 있을 것 같은 순간.

"돌아와. 그림 그려야지."

그게 내가 듣고 싶은 말이었는지, 정답이었는지는 알 수 없다. 다만 그 순간에 나는 길고 깊은 숨을 들이마시고 내쉬었다. 휴—우. 그리고 대답했다.

"네. 갈게요."

반짝, 눈물이 상 위에 깔아놓은 하얀 종이 위로 떨어졌다. 금세 종이는 푸르게 젖어 번지고, 견지 형의 든든한 손이 내 머리를 가만 쓰다듬었다.

"울지 말고."

"네……."

울지 말아야지. 뺨을 문질러 닦는데, 경하가 물이 담긴 종이컵을 내 앞에 놓아주었다. 단숨에 들이켰다. 목 안에 뭉친 작은 덩어리가 다시 삼켜질 수 있도록.

견지 형은 손님이 와서 다시 빈소로 들어갔다. 경하와 나란히 앉아 빈자리를 바라보고 있는데,

"빨랑 오라니까?"

묘은 언니가 재촉하는 소리가 늘려 고개를 들었다. 이환이 앞에 서 있었다. 이환은 고개를 푹 숙인 채 눈도 맞추지 않고 내게 인사했다.

"안녕."

"네, 오빠."

우리는 묵묵히 마저 국밥을 먹고, 전을 먹고, 수육과 떡을 먹었다. 사람이 점점 많아졌다. 일반부 사람들도 여럿 왔다.

"우린 그만 가자."

묘은 언니가 말했다.

추운 밤이었다. 구름이 껴서 밤인데도 환했다. 장례식장 앞 주차장에는 상복을 입고 담배를 피우는 사람들과 전화를 받는 사람들이 쓸쓸한 그림의 한 장면처럼 흩어져 있었다.

아운이와 경하, 주영이가 앞서가고 목상과 묘은 언니는 뒤에 처져서 걸었다. 나는 이환과 함께 걸었다.

어떤 비극 앞에서, 사람들은 솔직해진다. 꾸미고 감추고 밀어냈던 것들이 아무것도 아닌 것이 된다. 이환이 입을 열었다.

"너한테만 화가 났던 건 아니야. 그냥 다…… 다 속상했어. 다 엉망인 것 같아서. 내가 너무 형편없는 것 같아서."

"오빠가 왜요……."

이환은 하늘을 향해 하, 숨을 내쉬었다. 하얀 입김이 번졌다.

"건우 형 생각을 계속 하지는 않았어. 생각 안 하려고 되게 노력했었어. 잊히기도 하더라. 근데 그게, 가끔은 진짜……."

이환은 짧게 목을 가다듬고 말했다.

"아무렇지 않다고 생각하면 아무렇지 않은 건데. 지나가는 일이라고 생각하면 하나도…… 하나도 남아 있지 않을 수도 있는 건데. 왜 그렇게 되지가 않을까."

"그렇게 되지 않는다고 자학할 건 없어."

뒤에서 듣고 있었던지, 묘은 언니가 끼어들어 말했다.

"되면 되는 거고, 아니면 아닌 거지."

"그런가."

이환이 중얼거렸다.

"내일부터 작업실 다시 나올 거지?"

묘은 언니가 내게 물었다.

"네."

다시 나가야 한다. 도망가지 말고 마주해야 한다. 그게 내가 책임지기 위해 할 수 있는 유일한 일 같았다.

"오늘의 할 일."

"네?"

"그거, 건우 형이 쓴 거다."

이환이 말했다. 간판 위 지워진 글자. 작업실의 이름, 혹은 목표. 이환은 띄엄띄엄 건우 오빠 이야기를 했다. 처음 만났을 때와 같이 갔던 곳, 함께 그린 그림과 그 많은 대화들. 건우 오빠의 모습이 새롭게 그려졌다.

"건우 형이 만든 달력도 몇 개 있어. 내일 와서 찾아봐."

"참, 내가 너 생각하면서 이월 달력 만들었잖아."

묘온 언니가 말했다. 이환이 웃기 시작했다.

돌아오는 길

"아, 맞다. 그 달력. 초우, 너 와서 보면 웃길 거야."

"뭔데요? 어떤 건데요?"

"보면 김초우가 떠오르는 달력."

묘은 언니가 말했다. 이환은 웃다 말고 새삼스레 나를 바라보았다.

"초우라서 풀잎이었구나. 건우라서 하늘인 것처럼."

"뭐야, 무슨 웃긴 얘기 했어요?"

경하가 돌아보았다.

"아, 초우가 삼월 달력 만들 거라고."

묘은 언니가 말했다.

"내가 왜요!"

소리를 질렀더니 묘은 언니는 어깨를 으쓱 올렸다.

"이미 결정된 사항이다. 알아서 해놓거라. 정 부담되면 사월로 해도 되고. 삼월은 이환이 마지막으로 해놓고 가면 되지, 뭐."

"내가? 왜?"

이환은 콧방귀를 뀌었지만 묘은 언니는 들은 체도 안 했다.

"만들라면 만들어라, 너희 둘 다. 하여간 말도 되게 안 들어요."

괜히 큰 소리로 말하고 웃고, 그럼 조금 기분이 나아질까. 괜찮아질까. 함께 집으로 향하는 밤. 우리는 지구가 스스로 향해 드리운 그림자 안에 있다. 그 안은 생각보다 숨 막히지 않았다.

고작 한 달 빠진 것이었는데 아주 오래 나갔다가 돌아온 듯했다. 누가 나를 너무나 먼 곳에 떨어뜨려놓아서 돌아오기 위해서는 긴 여행을 해야 했어. 신발은 너덜너덜해지고 발에는 물집이 잡혔어. 찬바람에 얼굴이 터서 못 알아볼 만큼 변했을지도 몰라. 떨리는 손으로 문을 밀어 열었을 때, 한 번도 잊어본 적 없는 이곳의 냄새와 빛이.

"초우 네가 없으니까 왜 그렇게 조용하던지."

윤샘이 말했다. 조용해서 좋았다는 얘긴가? 그리고 언니야—하면서 품에 안기는 강강이. 누나 왜 안 나왔어요? 아팠어요? 물어봐주는 태현이.

일단 이월 달력을 봤다. 그러곤 묘은 언니에게 당장 전화했다.

"언니, 이게 뭐가 나 같은데요?"

인사도 안하고 다짜고짜 물었더니 묘은 언니는 사레들린 것처럼 웃었다.

두꺼운 비닐에 실로 숫자를 수놓아 만든 달력이었다. 조금 서툴렀지만 들인 정성과 시간은 엄청날 것 같았다. 언니 수능 끝내고 시간 남아돌았구나. 그런데 이게 왜 나 같냐고.

—넌 투명해. 그림 하는 애들은 어느 정도 다 그런 것 같지만.

그게 무슨 소리야. 속이 들여다보인다는 건가. 전화를 끊고 다시 찬찬히 들여다보았다. 계림 언니가 색깔이 있는 종이를 가지고 와서 달력 밑에 대었다.

"그거, 이렇게 보래. 기분 따라서 다른 종이를 댈 수도 있고."

푸르면 푸르게, 붉으면 붉게 보이는 달력. 주어지는 대로 받아들이는, 그렇지만 자기 결대로 뭉치고 풀어내보이는. 알쏭달쏭했다. 내 마음대로 금빛 은빛 종이들을 가져다가 달력 뒤에 꽂아 두었다.

아운이가 자기 포트폴리오도 보여주었다. 작업실에서의 작업들을 정리한 것이었다. 아운이는 포트폴리오를 한 장 한 장 넘기다가 어느 그림 하나에서 멈추었다. 평소 아운이의 분위기와는 좀 다른 그림이었다.

"이거는 초우 너처럼 해본 건데, 어려웠어."

"나처럼?"

뭐가 나처럼이야, 나는 이렇게 못 그려. 고개를 젓자 아운이는 그림을 넘기며 말했다.

"근데 재밌었어. 너 그림 그리는 거 늘 재밌어 보였는데, 나도 재밌더라."

재밌으면 다냐, 하는 말이 목까지 올라왔다가 아운이가 그런 거 같애, 라고 말할 것 같아서 삼켰다. 하기야 굳이 아닐 것은 없다. 아운이가 말하는 재미있음이 그렇게 얄팍한 불량식품 같은 게 아님을 안다.

경하도 포트폴리오를 만들었다. 그게 경하와 아운이의, 작업실에서의 마지막 작업이었다.

"자주 놀러 올게."

경하가 말했다. 그림 계속 할 거야? 속으로만 물었다. 견지 형의 충고대로 경하는 미술을 그만둘 수도 있을 것이다. 그래도 경하는 자기 길을 찾아내어 곧게 걸어가겠지. 그 길은 나와는 조금도 겹치지 않는 길일지도 모른다.

어른이 된다는 것은 자기가 할 수 없는 일을 할 수 없다고 인정하는 것일까. 그렇다면 마찬가지로 할 수 있는 일을 할 수 있다고 인정하는 것. 인정하고, 정말로 하는 것.

그날 나는 건우 오빠의 백 장 프로젝트까지 보았다. 계림 언니가 그림을 꺼내주었다.

"어머니가 다 가져가셨는데, 나중에 보니 이걸 빼놓았더라. 다시 연락을 드릴 수가 없어서 그냥 두었어."

그건 빛이었다. 건우 오빠의 빛들은 신기하게도 나의 그림자들과 비슷했다. 그림자 없이 빛을 그릴 수는 없다. 빛 없이 그림자를 그릴 수 없듯이.

"초우 네가 그림자 한다고 했을 때 놀랐는데. 어쩜 이렇게 비슷할까 싶어서."

"언니는 언제 아셨어요? 제가 오빠 동생인 거……."

"그림소풍 다녀와서 견지가 말해줬어. 견지는 잘해보고 싶어했어. 제대로, 잘. 건우에게 해주지 못한 것까지. 그리고……."

돌아오는 길 263

계림 언니는 잠깐 망설였다.

"실은 아버지도 전화하셨었어. 전화했단 얘기, 말하지 말아달라고 하셨는데."

"아빠가요?"

"응. 여름에, 너희 경찰서에 갔던 날 다음날에. 건우 얘기도 하시고…… 잘 부탁한다고 하셨어. 알지? 아버지 걱정 많이 하신 거."

몰랐던 것들. 뭐라 대답할 수 없는 말들. 또 눈물을 흘리게 될까봐 나는 일부러 웃었다. 코끝이 시려서 찡그리면서도 웃을 수 있었다.

"그림에 초조함이 보여."

윤샘 말에 멈추었다. 손이 굳어서 연필선도 붓질도 엉망이었다. 일 년 쌓아온 것을 몇 주 만에 다 까먹어버린 것 같아서 초조했다.

"답답한 거 알겠는데, 서둘러서 해결될 일은 아니야. 차분해져."

그 말대로 길어진 머리를 뒤로 질끈 묶고, 연필을 잡고, 어깨를 펴고, 허리를 세우고, 시작한다.

나는 여기에 있고 내가 할 수 있는 일은 아주 적다. 그러니까 그 몇 안 되는 일을 하면 된다. 아주 작은 구멍 하나에 물을 붓기.

제대로 쏟지 못해 넘치는 일은 늘 있겠지만 조심스럽게 주의를 기울인다면 다 부어낼 수도 있을 것이다.

가끔은 숨이 턱 막혀서 붓을, 연필을 내려놓아야만 했다. 아무 생각 없이 그릴 수 있던 때로 돌아갔으면 좋겠다고도 생각했다. 이렇게 따끔따끔 살갗을 찌르는 긴장감 없이, 위를 쥐어짜는 느낌 없이 그리고 싶었다.

그리고 언제나, 다시 붓을 들었다. 연필을 잡았다. 돌아왔으니 이제는 정말 책임을 져야 한다. 그림을 그린다는 선택에 무겁게 달라붙은 기억들과 죄책감들까지도 붓과 함께 들었다.

괴로울 때, 힘들 때가 그만두는 때가 되어서는 안 돼. 견지 형의 말이 정답인지 아닌지는 모른다. 다만 지금의 나는 그 말을 꼭 붙들기로 했다. 다시 넘어지고 주저앉는 한이 있더라도 갈 수 있을 때 간다. 거기에 아무것도 없더라도 직접 내 눈으로 볼 때까지는 가야 한다. 그게 내가 얻은 답.

"안녕하세요?"

새로 온 애가 방으로 들어오면서 인사를 했다. 아직 익숙해지지 않았는지 턱자 잎에 자리 잡는 것도 소심스러웠다. 내가 없는 사이 견지 형은 새로운 아이들을 셋이나 학생부에 받았다고 했다. 낯선 아이들이 콜라주를 하고 손을 그리고 정물을 그리고 있었다. 어색해하는 모습이 꼭 예진의 나 같았다.

새로운 아이들은 다 나보다 어렸다. 견지 형은 그만둘 생각을 접은 것일까. 그렇게 생각하면 작업실이 계속 될 거라고 좋아하기 전에 가슴에 작은 돌이 얹힌 것 같아졌다. 형은 그래도 괜찮은 걸까. 내게 돌아오라고 말해준 견지 형은, 무슨 각오로 그 말을 했을까.

자꾸 견지 형을 보게 되었다. 형의 얼굴에서 조금의 체념이나 허무함을 보게 되면 견딜 수 없을 거라고 생각하면서도 견지 형이 무슨 생각을 하는지 알고 싶었다.

"왜 그렇게 보냐?"

마침내 내 시선을 깨달은 견지 형이 조금 얼굴을 찌푸리며 내게 물었다. 뭐 묻었어? 한번 손으로 얼굴을 죽 훑기도 했다.

"아니, 아니요."

견지 형이 다시 새로 온 아이들 쪽으로 가서 뭐라 말을 하고 방향을 잡아주는 것을 보면서 나는 처음으로 견지 형의 시점에 대해 생각했다.

견지 형에게 보이는 풍경은 어떤 것일지. 그 자리는 편안할지, 즐거울지, 아니면 괴로울지. 견지 형의 눈에 비치는 나는, 우리는 어떤 모습일까. 총무실 문을 열고 나왔을 때 보이는 작업실 풍경은 어떤 것일까.

내가 정물을 앞에 두고 인상을 찌푸리고 있는 것, 강강이와 태현이, 경하, 아운이, 주영이, 묘은 언니와 목상 그리고 이환의 모습이 이상할 정도로 선명하게 보였다. 우리를 볼 때 견지 형은 무슨 생각을 했을까. 참았던 것이라 생각하면 조금 무서워진다.

아니야, 견지 형은 힘들지만은 않았을 거야. 함께 했던 것들이 떠오른다. 그 여름의 바닷가에서 뛰고 소리 지르고 웃던 우리들을 견지 형의 눈으로 다시 보았다. 그림소풍 때 뿔뿔이 흩어져 골목 구석구석에 앉아 몰두하고 있는 우리들에게 하나씩 다가가보았다. 골목에 앉아 있는 경하를 지나 모퉁이를 돌면 색깔이 가득한 아운이의 그림, 쪼그리고 앉은 태현이의 뒷모습까지도 내가 정말 보았던 것처럼 보였다.

이렇게 보였겠구나. 되게 걱정스럽고 이쁘고 안쓰럽다가 사랑스럽고, 그랬겠구나. 그리고 사실은 형도 우리에게 그렇게 보인다는 것을, 형은 알고 있나요.

우리들의 작업실은 바람 불면 날아가도록 허술한, 허공에 세워진 집일지도 모른다. 그렇지만 여기서 있었던 일들, 시작되었던 마음들은 진짜였다. 그 누구도 허물 수 없는 진짜.

설에는 대전 큰집에 갔다. 큰집에 와 본 것은 삼 년 만이었다. 괴로울 것이라고 생각했는데 생각보다 평온했다. 할머니와 어른들에게 세배를 하고 큰엄마가 끓인 떡국과 음식을 먹었다. 막내 고모네 아기들이 열심히 뛰어다녀주어서 다행이었다. 어른들은 아이들을 돌보며 웃었다. 넘어질라, 조심해라.

작은고모가 말했다.

"초우가 이제 고 삼이구나. 벌써 그렇게 됐네."

나는 건우 오빠의 나이를 조금씩 앞지르고 있다. 건우 오빠가 결코 닿지 못할 나이가 된다. 그건 슬픈 게 아니라 당연한 것일 수도 있을까.

"초우, 그림 그린다면서."

어른들은 거실에서 이야기를 하고 나는 책장 앞에서 앉아 잡지를 뒤적이고 있는데, 큰아빠가 다가왔다. 무슨 소리를 듣게 될까 몰라 움츠러들었다. 그런데 큰아빠는 의외의 말을 했다.

"건우 그림 볼래?"

"있어요?"

놀라서 목소리가 떨렸다. 다 태웠다고 들었는데 남은 그림이 있는 걸까? 큰아빠는 이층으로 앞서 계단을 올랐고 나는 조심조심 뒤따랐다. 큰엄마가 이쪽을 바라보는 게 느껴졌다.

쓰는 사람 없는 이층은 적막했다. 큰아빠는 건우 오빠 방의 문을 열고 한발 뒤로 물러섰다. 나는 안으로 들어섰다. 방안을 따스하게 채운 오후의 햇볕이 흔들렸다. 얇게 쌓인 먼지, 사막처럼 가라앉은 공기, 시간. 그리고 그림들.

"아……."

그림이 아주 많았다. 벽에 걸린 액자, 침대 옆에 기대어놓은 포트폴리오, 책상 위의 스케치북들, 종이 상자 안의 드로잉들. 그림들은 재가 되어 허공으로 흩어지는 대신 여기 한 사람만을 위한 미술관에서 고요하게 잠들어 있었다.

"못 치우겠어서……."

큰아빠의 목소리가 들렸다.

"천천히 봐라."

내가 건우 오빠의 그림을 봐주기를 바라는 것처럼, 큰아빠는 말했다. 달칵, 문이 닫히는 소리가 나고 나는 방에 혼자 남았다.

그 그림들이 품고 있는 것들, 그림에 같이 그려진 한 사람의 삶. 압도되고 벅차오르는 마음으로 책상 앞에 앉아 스케치북을 먼저 펼쳤다. 작은 것 하나라도 놓칠까봐 한 장 한 장 깊게 보았다. 여기에 내가 모르던 건우 오빠가, 오빠의 세상이 있었다.

자꾸 눈가가 아려서 몇 번이나 눈을 비볐다. 건우 오빠, 정말로 열심히 했구나. 정말로 그리는 거 좋아했구나. 그때 오빠가 행복해 보였던 것이 정말이었구나 싶어서 눈물이 났다. 그리고 또한, 아파서.

건우 오빠는 없고 그림만이 남았다. 살아서 움직이고, 웃고, 화도 내고, 모습도 생각도 달라질 한 사람 대신 점차 닳고 바래고 바스러질 그림만이 방을 채우고 있다. 고통스러워 구겨버리고 싶다가도, 너무나 소중해서 손가락을 대는 것조차 아까웠다.

짧은 겨울해가 기울어 방 안에 그림자가 찼다. 전등을 켜고 바닥에 앉았다. 햇볕이 사라지자 방은 금세 서늘해졌다. 곱게 접혀

돌아오는 길 269

침대 위에 놓여 있던 모포를 어깨에 두르고 상자를 열었다. 크고 작은 그림들을 하나하나 꺼내 보는데, 두툼한 갈색 종이봉투가 눈에 띄었다. 종이끈으로 묶인 봉투 위에 연필로 쓴 글자들이 보였다.

—견지 형이 그리다 만 것들.

뭐라고? 그 밑으로는 작은 글씨로 삼 년 전의 날짜와 함께,

—견지 형이 버린 걸 구해옴. 난 좋은데.

몇 번이나 그 글자들을 읽고, 그 뜻을 생각했다. 견지 형이 그리다 만, 그러니까 견지 형이 그린…… 견지 형의 그림들. 봉투는 묵직했다. 차갑게 굳은 손가락이 마음대로 움직여지지가 않아서 겨우 종이끈을 풀고 봉투를 열었다.

그 안에 그림이 있었다. 틀에서 뜯어냈는지 가장자리에 자국이 나 있는, 공책보다 조금 큰 캔버스 천에 그려진 그림.

그건 내가 처음으로 보게 된 견지 형의 그림이었다.

흐린 자주와 보라색을 배경으로 어깨 정도까지 그려진 사람의 초상이었다. 따뜻한 느낌의 색깔들로 얼굴 윤곽만 잡아놓은 미완성의 그림. 그렇게 그려지다 만 그림이 모두 네 장, 색깔은 다 달랐다. 연한 녹색, 어두운 노랑과 주황, 그리고 상아와 황금빛이 감도는 흰색. 다 아름다운 색깔들이었다.

여자인지 남자인지 알 수 없을 정도로 뭉개진 얼굴들, 견지 형은 왜 붓을 멈추었을까. 나는 숨죽이고 그림을 바라보다가 손가

락을 내밀어 그림의 표면에 대었다. 색깔의 감촉. 내 손가락의 그림자가 그림 위에 희미한 잿빛을 드리웠다. 그림 속 사람의 얼굴에 알 수 없는 표정이 깃들었다.

나는 봉투에 다시 그림을 넣고서 봉투를 들고 자리에서 일어났다. 다리가 저리고, 심장은 알 수 없는 박자로 뛰었다.

큰엄마는 부엌 식탁 앞에 앉아 과일을 깎고 있었다. 사각사각, 사과 껍질이 정갈한 소리를 내며 접시 위에 떨어졌다. 그 옆에 서서 말했다.

"이거…… 건우 오빠 가르친 선생님 그림인데요, 건우 오빠 방에 있었어요. 저도 지금 배우고 있는 그 선생님이요."

큰엄마는 사과 깎던 손을 멈추었다.

"건우 오빠가 가지고 있었나 봐요. 이거, 선생님한테 가져가서 보여드려도 돼요?"

나는 큰엄마의 상처를 들쑤시고 있는 걸까. 큰엄마가 화를 내도 다 참아낼 생각이었는데,

"……그래."

잠잠한 목소리였다. 허락을 받고 나서도 나는 잠깐 그 자리에 서 있었다. 큰엄마와 조금 더 말하고 싶었다.

"이거 할머니 갖다 드려라."

큰엄마가 곱게 깎인 사과 접시를 내밀었다.

"네. ……고맙습니다."

큰엄마는 끝내 나와 눈을 맞추지는 않았다. 하지만 내 그림을 큰엄마에게 보여주는 날도 언젠가 올지 모른다는 생각이 들었다. 손톱을 세우고 서로의 상처를 할퀴지 않으면서도 건우 오빠에 대해 말할 수 있는 날이 올 수도 있을 것 같았다.

집에 돌아오는 길 내내 견지 형의 그림을 끌어안고 있었다. 그러곤 생각했다. 내가 할 수 있는 일. 하고 싶은 일.

아침 일찍 일어났다. 구름이 많은 날이었다. 눈이 오려나, 비가 오려나. 천천히 걸음을 옮겼다. 새삼스러웠다. 이 길을 따라 그렇게 오랫동안 걸어왔다.

그 길 끝에 있는 것은 오늘의 할 일, 작업실. 내 그림자가 멈췄던 곳. 나의 그림자를 받아주었던 배경. 배경 없이는 그림자도 끝없이 뻗어나갈 것이라는 묘은 언니의 말을 생각하면서, 간판 앞에 서서 건우 오빠의 흔적에 손을 얹고 오늘의 할 일을 잘 할 수 있게 해달라고 빌었다.

"아, 초우야. 떡국 많이 먹었냐."

총무실 커피 메이커 앞에 서 있던 견지 형이 나를 돌아보았다. 일 년 전, 처음 보았던 견지 형이 생각났다. 두근거리기 시작했다.

"형, 이거."

견지 형은 응? 물으며 내가 내민 종이봉투를 받아들었다.

"큰집 갔었어요. 건우 오빠 그림, 거기 다 있었는데, 거기 이게 같이 섞여 있었어요."

견지 형은 한참 봉투를 보았다. 봉투 위의 글자들을 읽고 또 읽고. 빨리 꺼내보라고 재촉하고 싶은 마음을 겨우 참았다. 마침내 견지 형이 봉투를 열어 자기 그림을 꺼냈다.

"이거…… 버린 줄 알았는데."

견지 형은 그림을 넘겨보지 않았다. 마치 건드리면 터지는 폭탄을 보듯 들고 바라보기만 했다.

"저, 온 지 일 년 됐어요."

나는 준비한 말을 시작했다. 견지 형이 내게로 눈을 돌렸다.

"일 년 동안 많이 배웠구요, 저는 정말 좋았어요. 그러니까……"

꿀꺽, 침을 삼켰다.

"형은 형 하고 싶은 거 하러 갔으면 좋겠어요."

내게 이런 말 할 자격이 있을까. 그래도 이렇게 말하고 싶었다. 타닥타닥 소리를 내며 원두커피가 유리 주전자를 채우기 시작했다. 커피 향기가 났다. 이 자리에 없는 사람들을 떠올리게 하는 향기였다.

"계림 언니두 있고, 윤샘이랑 정샘도 있잖아요. 난 형 없어도 괜찮아요. 잘 할 수 있어요."

"초우 너, 왜 이러냐."

견지 형은 처음에는 내 말을 이해 못 했다가 농담으로 받으려

돌아오는 길 273

는 것처럼 웃었다. 나는 따라 웃지 않았다.

"형이 가고 싶은 대로 가고, 하고 싶은 걸 하고, 그러고 나서…… 돌아왔으면 좋겠어요."

견지 형도 이제 웃지 않았다.

떠나지 않는다는 게 견지 형의 선택이라면 괜찮았다. 하지만 형이 선택을 미룬 것뿐이라면, 나를 위해, 또 다른 누군가를 위해 그러는 거라면 그러지 말라고 말하고 싶었다. 여기는 우리의 작업실이니까, 누구 한 사람이 쉬러 간다면 그 사람이 기운을 차려 돌아올 때까지 남은 사람들이 씩씩하게 작업실을 지킬 수 있다고 믿고 싶었다.

견지 형이 내게 물었다.

"안 돌아오면?"

"안 돌아오는 건 없어요. 누구나 언젠가는 돌아와요."

그건 내 진심이었다. 아이구, 왜 갑자기 컸어. 견지 형은 내 머리에 잠깐 손을 올렸다가 뗐다.

나는 견지 형을 올려다보았다. 견지 형은 잠깐 길을 잃은 것처럼 보였다. 눈이 헤매고 손이 헤매고 발이 헤매다가, 겨우 커피 메이커에 닿았다.

"커피 마실래?"

얌전히 손을 내밀어 갓 뽑아낸 커피를 가득 담은 머그컵을 받아들었다. 평소라면 견지 형은 커피가 몸에 안 좋다며 안 주겠다고 버티다가 반 정도만 채워주었을 텐데, 내 말에 놀라기는 했나 보다.

"초우야."

"네."

"내가…… 좀 부끄럽다."

견지 형은 한 손으로 눈가를 문질렀다. 그런 마음을 나는 모른다. 하지만 견지 형이 내게 돌아오라고 말해 준 것의 무게는 알고 있다. 그 반의반도 안 될지라도 나 역시 무게를 지겠다는 각오와 다짐으로, 그만큼의 애정과 관심으로 말하고 싶었다. 우리는 서로의 배경이 될 수도 있다고 말하고 싶었다.

어디까지 내 말이 닿았는지는 모르겠다. 내 말 때문이라고 생각하는 건 오만한 것도 같다. 그렇지만 일주일 후에, 한 사람 한 사람 앞에 엄청난 당부와 스케줄 표와 해야 할 일 목록을 남기고,

견지 형은 떠났다.

눈물의 색깔

예상했던 것과 달리 아무도 크게 놀라지 않았다. 강강이는 조금 심각해졌다가 견지 없을 때 작업실 구조를 싹 바꿔 버릴까? 하는 계림 언니의 말에 손뼉을 치며 좋아했다.

"우리 파랑으로 벽 다시 칠해요! 노랑으로 달도 그려요!"

"야, 그건 좀."

태현이가 중얼거렸다. 태현이는 예고 입학식 전까지 매일 작업실에 나오고 있었다.

"왜애, 예쁠 거야! 언니, 예쁘겠지?"

나도 나한테 물은 건 줄 알았는데 주영이는 오죽했을까? 주영이는 강강이의 시선을 받고 당황해서 우물쭈물 대답했다.

"어…… 예쁠 것 같네. 별도 그리자, 그럼."

강강이는 의기양양하게 가슴을 폈다. 얘들아, 나도 그건 좀. 색깔이 문제가 아니라, 한겨울에 무슨 페인트칠이야!
 이환에게는 전화를 걸어 알려주었다. 이환은 꽤 오래 말이 없었다. 전화가 끊어진 건가, 아님 혹시 나한테 화가 난 건가 걱정했는데,
 ―응. 형은 금방 돌아올 거야.
 이환은 침착하게 말했다. 그럼요, 나도 꼭꼭 힘주어 대답했다. 묘은 언니는 그 소식을 듣고 하하 웃었다.
 ―초우 네가 그렇게 말했어? 정말? 대단하다!
 "언니한테서 칭찬을 들은 건 처음인 것 같은데요."
 실없이 웃으며 말하자 묘은 언니는 얘가 나가 있더니 나사가 풀렸어, 냉정하게 말하고는 전화를 끊었다.
 견지 형은 어디로 가는지, 얼마나 있다 올 건지는 하나도 알려주지 않았다. 자기 자신도 몰라서였을 것이다. 긴 휴가라고, 계림 언니는 말했다.

 개학을 며칠 앞두고 미뤄두었던 방 청소를 하는데 계림 언니에게서 전화가 왔다. 작업실 사람들 나 같이 전시를 보러 가자는 말에 치우던 것도 다 그대로 두고 일어났다. 눈치가 보여서 마루를 걸레질하는 엄마 옆으로 슬금슬금 다가가 쭈그리고 앉았다. 니갔다 올게, 말하고 잠깐 망설이다가 작업실 사람들이랑, 하고

덧붙였다.

엄마는 대답하지 않고 계속 걸레질을 했다. 규칙적으로 움직이는 어깨 너머 화장기 없는 얼굴을 향해 말했다.

"엄마, 미안."

엄마는 걸레질하던 손을 멈추지도 않고 말했다.

"난 몰라. 알아서 해."

걸레를 쥔 마른 손 위로 파란 핏줄이 보였다. 엄마도 말하지 못한 것들이 가슴속에 쌓여서 점점 더 무거워져가고 있을까. 나는 일부러 엄마 등에 기대었다. 무거워, 비켜, 같은 말이 나오기 전에,

"엄마, 말하고 싶은 거 있으면 해요."

걸레가 멈췄다. 엄마가 진짜 말을 할 줄은 몰랐는데, 내가 기댄 등 뒤로 목소리가 울려 나왔다. 조금 다른 목소리.

"엄만 모르겠어. 뭐가 너한테 좋은 건지. 알면 알려주고 싶지. 근데, 그게 뭔지 모르겠다."

"응."

한 번 더 말했다.

"응……."

모른다는 말 가지고는 아무것도 해결되지 않을지도 모른다. 그래도 모른다는 말을 들은 것만으로도 많은 것이 달라지는 듯한 기분이 들었다. 네가 틀렸어, 라고 말하는 대신 엄마도 모르겠다

고 말해준 것만으로도.

엄마, 나도 내가 옳다고 말하는 건 아니야. 나도 모르겠어. 근데 엄마, 알게 된 것이 몇 가지 있어. 그래서 아직은 그리고 싶어. 작업실에 가고 싶어. 더 알게 될 때까지 해보고 싶은 거야. 난 잘못하고 있는지도 몰라. 작업실에 간 것 자체가 실수였는지도 몰라. 하지만 그렇게라도 시작하지 않으면 아무것도 되지 않는대. 실수하고 망쳐야 완성되는 거래. 그러니까, 후회하지 않을 테니까.

"초우야, 여기야."

전시장 입구 매표소 앞에서 계림 언니가 손짓했다. 정샘도 있고 주영이, 태현이, 강강이, 그리고 새로 들어온 아이들이 와 있었다. 그 중 몇 명은 견지 형이 떠난 후 계림 언니가 받은 애들이었다. 굳이 가서 말을 걸지는 않았다.

"올 사람 다 온 거지? 그럼 들어가자."

유명한 작가의 회고전으로, 초기작부터 유고작까지 거의 다 나온다는 큰 전시였다. 보러 온 사람들도 꽤 많았다. 정샘은 안타까워했다.

"견시가 좋아하는 작가야. 같이 보러 왔으면 좋았을 텐데."

"견지는 더 좋은 거 많이 볼 텐데, 뭘."

계림 언니가 말했다. 견지 형은 지금 어디에 있을까. 어디서 뭘 보고 있을까? 계림 언니에게는 진화가 한 번 왔다고 했다.

눈물의 색깔

"뭐래요? 잘 있대요?"

"춥대. 집 떠나면 고생이라니까."

견지 형이 없는 작업실은 작업실 같지 않으리라 생각했는데 상상만큼 허전하지는 않았다. 아마도 형이 멀리 떠났다는 생각이 들지 않아서였을 것이다. 견지 형은 잠깐, 길 건너 과일 가게에 간 것처럼 여기 없는 것뿐이니까. 그래도 이런 날에는 견지 형 자리가 동그랗게 비어 있는 것처럼 느껴졌다.

정샘의 설명을 들어가며 전시장을 한 바퀴 같이 돌았다.

"더 볼 사람은 알아서 보고, 나중에 일층 휴게실에서 다시 만나자."

다 흩어졌다. 나는 혼자서 초기 작품이 있는 전시실에 들어갔다. 전시실을 꽉 채우고 있던 단체 관람객들이 지나갈 때까지 기다렸다가 가장 마음에 들었던 그림에게로 다가갔다.

길다란 캔버스에 그린 정비율의 남자. 화면은 어둡고, 삐쩍 마른 팔다리를 드러낸 남자 또한 어둡다. 남자의 어깨 뒤에 빛이 있는지 어깨와 목과 머리 아래쪽 테두리는 빛나고, 그만큼 남자의 얼굴은 어두웠다. 하나도 닮지 않았는데 견지 형이 생각났다. 빛을 등진 남자. 내게로 그의 그림자가 진다. 그 어둠이 내게 닿는 것 같은, 그 느낌이 좋았다. 아니, 좋다기보다는…… 내게 있는 빈 곳이 채워졌다. 이건 단지 그림일 뿐인데도 그랬다.

누군가는 그림을 그리고, 누군가는 그로 인해 마음이 흔들린다.

나도 이렇게 평생 그림을 그리며 살 수 있을까. 붓질 한 번 한 번이 모여 한 면을 채우고, 일 초 일 초가 모여 하루를 채운다. 그림을 그린다는 건 시간을 들인다는 것. 나는 내 시간을 다른 것으로 메우지 않고 내 그림으로 메울 수 있을까.

—김초우.

"어?"

누가 나를 부른 것 같아서 돌아보았다. 분명히 목소리를 들었다고 생각했는데 아무도 없었다. 그 큰 전시실이 텅 비어 있었다. 소름이 돋았다. 당장이라도 뛰어나가고 싶은 것을 버텼다.

누구야, 누가 날 불렀어?

누군가 굉장히 익숙한 목소리였는데. 아운이, 이환? 묘은 언니이거나 경하일까, 아니면 견지 형일까. 듣고 싶은 목소리고 부름이었는데. 나는 캔버스에 그려진 남자를 등지고 서서 전시실을 채운 크고 작은 그림들을 바라보았다. 혹은, 그림의 부름. 이곳에 걸린 모든 그림이 나를 부르고 있는 것 같았다. 들리지 않는 소리로 채워진 팽팽한 침묵이 들렸다.

열린 문으로 관람객들이 몇 명 걸어들어왔다. 말소리, 발소리에 그 침묵은 깨어졌지만 나는 그것으로 만족했다.

꽃샘추위인지 코끝이 빨개지고 귀가 얼얼할 정도로 추웠는데 감감이가 남산에 가자고 바락바락 우겨서 남산으로 갔다. 이렇게 추운데, 왜! 강강이와 태현이만 신났다. 태현이가 예고 예비소집에 간 얘기를 했는데 듣고 난 강강이가 나도 시험 볼 걸 그랬다며 아쉬운 소리를 했다. 그 말에 태현이는 야! 하고 큰소리를 내서 나를 놀라게 하더니 그럴 거면 시험 보지 그랬냐고, 화난 애처럼 말했다. 강강이는 끄떡없이 메롱, 하면서 돌아섰다.

내가 더 이상은 못 간다고 버티고 그때까지 하얗게 질린 얼굴로 말없이 내 옆에서 걷던 주영이마저 발을 멈추자 계림 언니는 뜨끈한 거라도 먹자며 근처 떡볶이 포장마차로 들어갔다.

종이컵에 담긴 뜨거운 오뎅 국물을 한 모금 마시니 살 것 같았다. 떡볶이를 다 먹은 아이들은 비둘기 떼가 내려앉은 광장으로 뛰어가 사진도 찍고 비둘기에게 먹이도 주며 즐겁게 소리를 질렀다. 주영이까지 그 무리에 합세해서 나랑 계림 언니와 정쌤만 남았다. 그러고 보니 아이들 중에는 내가 제일 나이가 많았다.

"내년에, 재밌을까요."

괜찮을까요. 선배 노릇 잘할 수 있을까요.

"그럼. 넌 네 작업만 잘 하면 되는 거야."

정쌤이 말했다.

내가 오기까지 그 자리를 지키고 있었던 모두를 떠올렸다. 당연한 줄로만 알았는데 당연한 게 아니었다. 함께라는 것만으로도 이렇게 받은 게 많았다.

"가 봐."

계림 언니가 등을 밀었다. 종이컵을 내려놓고, 따뜻한 포장마차에서 한 걸음 나갔다. 산수유일까, 옅은 노랑빛이 은은하게 산을 덮은 것이 보이고 아직 채 가시지 않은 겨울의 마지막 바람이 머리카락 사이로 비집고 들어왔다. 너무 차갑지만 도로 물러서지는 않는다.

다시 예전과 같은 나는 될 수 없을 것이라고 생각한다. 나라는 그림에 붓질이 더해지고, 혹은 지우개질이 되고 다른 종이가 붙었다 떨어지고 또 찢어지기도 했다. 그렇게 그려놓은 것은 지워낼 수 없지만, 새 종이를 가져다 쓸 수는 있을 것이다. 그리고 새 종이를 가져오는 것은 언제나 나의 선택이다. 나는 아이들을 향해 뛰어갔다.

"대학생이 되는 기분은?"

—좋다!

이환의 목소리는 밝았다. 한 번도 울어본 적 없는 사람 같았다. 내가 이환을 몰랐다면 질투했을지도 모른다. 양철 상자는 괜찮아요? 다는 아니더라도 조금은 비워졌어요? 묻고 싶기도 했다.

"계속 고 심이고 싶다고 했으면서."

—어차피 그럴 수는 없는 거였잖아.

이환은 다 알고 있었다는 것처럼 말했다, 어른처럼.

—심심할지도 모르니 자주 놀리 가주지.

눈물의 색깔

"에, 생색내기는."

이환과 사소한 농담을 주고받다가 전화를 끊었다. 작업실엔 나 혼자였다. 현수 형님 생일날이라고 계림 언니는 일찌감치 나갔고 온다던 정샘과 윤샘은 아직 안 왔다. 새로운 애들도 없고 강강이도 없다. 주영이 얘는 어디 가 있는 거야.

그림은 어차피 혼자서 그리는 거지만, 혼자서는 힘이 나지 않아. 작업실은 그런 거잖아? 자기 작업을 하는 사람들이 서로의 존재만으로도 위로를 얻는 곳.

그러니 누가, 내 옆에 있어주었으면.

이렇게 방이 넓었던가, 혹은 좁았던가. 아무도 없는 작업실은 지나치게 넓었고, 또 어떻게 다 자기 자리를 잡고 작업을 했던가 싶게 좁았다. 봄에 칠한 하얀 벽에는 벌써 때가 많이 묻었다. 벽에 연필 닿는 느낌이 좋다며 이환이 스케치한 그림들과 강강이가 잡지에서 오려 붙여놓은 사진들.

연필을 들고 내가 칠했던 안쪽 벽을 찾아갔다. 벽은 차갑고, 꾹 누르면 누르는 대로 손자국이 날 듯 말랑말랑한 느낌도 났다. 탁자 뒤에 무릎을 꿇고 앉아 그림을 그렸다. 아주 조그만 그림을. 글도 썼다. 아주 짧은 몇 문장.

견지 형, 형은 지금 뭘 하고 있어요? 뭘 보고 있어요? 지금 행복해요?

내년에 이 낙서를 찾아보게 될까? 내가, 혹은 다른 누군가가.

견지 형은 내년에도 페인트칠을 하자고 할까. 그 생각을 하고 조금 웃었다. 하지만 거기엔 싫다고 투덜거릴 이환은 없을 테니까 나라도 있어서 불평을 해야 할 것이다. 주영이는 착해서 그런 말 못 할 테니까 나라도 있어서…….

갑자기 눈물이 났다. 툭. 뜨거운 눈물이 바지 위에 떨어져서 검은 얼룩을 만들었다. 아니지, 이걸 검다고 말하면 안 되지. 청바지가 눈물에 젖은 색깔은 뭐라고 불러야 할까. 무엇으로 그려야 할까. 무슨 색을 더해야 이 어둠을 표현할 수 있을까. 눈물은 뚝뚝 떨어지고, 나는 목이 메는 것을 어쩌지 못해 끅끅거리면서 한참을 벽 옆에 무릎 꿇고 앉아 울었다. 왜 우는지도 모르고 울었다.

이렇게 울고 나면 괜찮아질 것 같았는데,

울고 나니까 정말 괜찮아졌다. 이걸로 충분했다. 저린 다리를 펴고 일어서는데,

"으악!"

내가 소리를 지르자 앞에 선 아이도 헉! 하고 큰 소리를 냈다.

"아……. 죄송해요. 저는, 그냥……."

새로 온 애였다. 고 일이고…… 이름이 뭐였더라. 그 아이는 손에 쥔 것을 내밀었다. 휴지였다. 그제야 얼굴이 엉망으로 젖어 있다는 것을 깨달았다. 창피했지만 일단 받았다.

"고마워."

코맹맹이 소리로 말했다. 그런데 얘 이름이 뭐더라?

눈물의 색깔

"저기."

"응?"

코를 풀고 싶은데, 창피해서 못 풀고 있었다. 말 시키지 말고 빨리 비켜주었으면 했는데,

"김초우…… 누나시죠."

"응."

"저기, 그림 참 잘 그리세요."

휴지를 코에 댄 채 얼떨떨하게 아이를 봤다. 얘가, 뭐라 그런 거야? 남자애는 씩 웃더니 휴지를 한 뭉치 더 건네주었다. 창피고 뭐고, 나는 시원하게 팽 코를 풀었다.

개학을 앞두고 달력을 걸었다. 묘은 언니가 제멋대로 한 약속 때문에 내가 만들어야 했던 삼월 달력이었다.

네모난 크기에 맞춰 그림을 그리고, 그 위에 하얀 마분지를 덮었다. 마분지에는 칼집을 내어 쉽게 떼어낼 수 있게 만든 크고 작은 사각형 칸들이 넛대도 흩어져 있는데, 칸마다 1부터 31까지 날짜를 의미하는 숫자가 쓰여 있다. 하루가 지날 때마다 그 날짜의 칸을 떼어내면 밑에 감춰진 그림이 조금씩 드러날 것이고, 마지막 31을 떼면 그림 전체가 비로소 보일 것이다.

기다리면 된다. 시간은 어차피 흘러간다. 믿고, 하루하루 할 일을 하면 된다. 그렇게 시간이 흐른 후 드러날 그림이 실망스럽지

않으리라는 믿음. 그것을 위해 시간을 보낸 것을 후회하지 않으리라는 믿음. 그건 세상에 아직 아름다운 것이 남아 있다는 믿음만큼이나 중요한 것이다. 그런 믿음을 실행할 수 있는 기회는 자주 오는 것이 아니다. 그러기 위해, 진지해지고 싶었다.

모른 척하기 위해서가 아니라 다 받아들일 수 있기 위해서 진지해지는 것. 남극 바다를 천천히 유영하는 빙산같이 무거운 진지함을 가지고 싶었다. 그러기 위해서는 사막같이 메마른 길과 화산같이 뜨겁고 거친 날들을 지나야 할지도 모른다.

그래서, 마지막 장면은 이렇다. 달력이 걸린 벽 옆 게시판에는 먼 나라에서 보낸 견지 형의 편지가 꽂혀 있다. 작업실을 떠나고 처음으로 보낸 편지였다. 글은 하나도 없고 그림만 있었다. 놀랄 만큼 닮은, 우리의 얼굴들을 그린 편지. 내가 두 번째로 본 견지 형의 그림. 거기까지 가서 우리 얼굴이나 그리냐, 누가 말했었는데.

곧 견지 형은 풍경을 그려 보내겠지. 자신이 보는 것들, 우리는 볼 수 없는 것들을 전해주겠지. 아름답다 말하고 그렇지 않으냐고 묻겠지. 언젠간 너희도, 초우 너도 보게 될 거야, 말해주겠지.

오늘의 할 일, 그리워하기. 참기. 그리고…… 그리기. 실수하고 망쳐도 괜찮으니까. 나는 소금도 구겨지지 않은, 이제 내가 칠하고 지우고 긋고 구기고 찢을, 그래서 나만의 그림으로 완성할 새 종이를 꺼내들었다.

발문

행(行)하기, 견디기, 바라보기, 그리고 깨닫기

정진희(문학박사, 성신여대 강사)

1. 성장에 관한 잠언(箴言)들

 인간은 누구나 지금보다 나은 모습으로 변화하고 싶은 욕구가 있다. 자신을 변화시키기 위해 다양하게 노력하지만, 이러한 노력이 항상 성공적인 것은 아니다. 성공은커녕 그 결과를 짐작조차 할 수 없으므로 삶은 누구에게나 모호한 존재가 되며, 이러한 삶의 속성 때문에 우리들은 끊임없이 갈등하고, 고민하며 불안에 떤다. 특히 육체적 정신적으로 큰 변화를 겪는 청소년기는 불투명한 삶에 대한 개인의 고민이 가장 첨예하게 드러나는 시기라 해도 과언이 아닐 것이다. 김혜진의 『오늘의 할 일 작업실』은 바로 이러한 성장의 순간에 주목한 작품이다.

이 작품의 주된 화두는 '성장'이다. '청소년 소설=성장소설'이 므로 성장이 글의 화두가 된다는 점은 그리 대수로운 것이 아니다. 이 작품의 성장이 남다른 것은 '성장하였음'을 논하는 것이 아니라 성장의 과정과 성장을 이뤄내는 인물의 태도를 주목하고 있기 때문이다.

많은 성장소설들은 등장인물들이 통과의례를 겪으며 얼마나 괴로웠는가에 초점을 맞추는 반면, 이 작품은 인물이 어떤 과정을 걸쳐서 성장하는가에 초점을 맞춘다. 험난한 통과의례를 논하지 않으므로 이 작품에는 그 흔한 문제아들이 등장하지 않는다. 등장인물들의 행동 역시 청소년이므로 반항기가 엿보이지만 도덕적으로 비난받을 만한 심각한 일탈 역시 언급되지 않는다. 그야말로 평범한 아이들의 평범한 고민을 담은 이야기인 것이다. 평범한 아이들의 평범한 고민이지만, 그렇다고 해서 이들에게 당면한 문제가 이른바 문제아들의 것보다 가볍다고 치부해서는 안 된다. 이들의 문제 역시 자신의 미래를 걸고 배팅해야 하는 것이며, 미래의 무게는 어느 누구도 가늠할 수 없는 무거운 것이기 때문이다.

이 작품은 크게 두 가지 질문을 던진다. '앞으로 내가 무엇을 하며 살아야 할까', '내가 지금 하는 선택이 옳은 것인가'가 바로 그것이다. 두 가지 모두 질문 자체는 명료하지만 답하는 것은 간단하지 않다. 자신에게 온 인생의 고비를 보다 성공적으로 넘고 싶다면 우리는 이 질문의 정답을 반드시 맞혀야 한다. 그러나 자신의 답이 정답임을 당장 확인할 수 없으므로 이 질문들은 우리들을 불편하게 만든다. 게다가 이러한 질문은 사춘기 청소년들에게만 국한된 것이 아니다. 인간은 죽는 날까지 끊임없이 자신을 성장시키려 한다. 또한 순간순간 고비를 맞고, 그것을 넘기 위하여 중요한 선택을 해야 하므로 어른들 역시 매일같이 이러한 질문을 받으며 매 순간 고민하고, 결정한다. 이 작품에서는 어른들에게도 이런 질문을 던지고 고민하는 모습까지 드러내어 성장 담론이 어른에게도 해당하는 것임을 보여준다.

주인공인 '초우'를 통하여 드러나는 성장에 대한 질문과 답은 실체는 있으나 명확하지 않은 형태를 띠고 있어 마치 '잠언(箴言)'처럼 들린다. 또한 이 소설은 불투명한 삶에 대한 개인의 고민과 괴로움을 드러내고 해결하는 방식이 작업실, 그리고 '건우'의 죽음과 맞물려 긴장감을 유지하면서 신비롭게 서술되는데, 이런 점 역시 이 소설이 지닌 장점이다.

2. 행(行)하기

『오늘의 할 일 작업실』에서 언급한 첫 번째 잠언은 '행(行)하라'이다. 인간은 누구나 실패를 두려워한다. 그러다 보니 어떤 행동을 하기 전에 행동 이후에 발생할 여러 가지 문제들에 대해 진지하게 고려한다. 그러나 고려하는 과정에서 우리는 행동을 주저하게 되며, 생각이 길어질수록 원하는 바를 얻기 위해 도전할 확률은 줄어든다. 어느 누구라도 자신의 행동에 확신을 가질 수는 없다. 화실에 등록할지, 그림의 시작을 어떻게 해야 할지 고민하는 초우의 모습을 통하여 작가는 '행하라'고 말한다.

> 나도 시작하긴 해야 할 텐데, 어쩌지……. 일단 만만한 목탄을 잡았다. 선을 긋자마자 후회했다. 아니, 이게 아니야. 음악에 귀 기울여보지만 모르겠다. 목탄을 내려놓고 물감을 팔레트에 짜고 물을 섞어 풀면서 시간을 끌었다. 나 말고 다른 애들은 모두 종이 위에서 펄펄 나는데 나 혼자 땅에 남아 벌벌 떨고 있다. (……)
> 내가 초록 크레파스를 내려놓고 보라색 크레파스를 잡자 견지 형은 서슴없이 크레파스를 빼앗아 반으로 뚝 자르더니, 포장지를 벗기고 넓게 문질러 보라고 했다. 그 다음에는 잉크가, 연필이, 상자 속 이름 모를 재료들이 내 손으로 들어왔다.
> 어느 순간엔가 몰라, 맘대로 할래 하고 생각했던 것 같다. 마치 그전까지는 누가 못하게 해서 맘대로 못했던 것처럼. 엉망이면 어떻고 망치면 어때, 나 이렇게밖에 못 그려, 라고도 생각했다. 그러고 나니까 들리고, 보이기 시작했다. (18~19쪽)

작업실에 간 첫날, 초우는 난생 처음 음악 그리기를 해본다. 음악을 듣고 자신의 느낌을 살려서 자유롭게 그리면 되는 것이다. 그러나 이런 자유 역시 누려본 사람만이 누릴 수 있는 것이므로 초우는 여러 미술 도구들을 들었다, 내렸다를 반복한다. 그냥 한 번 선을 그어보지만 잘하지 못한 것 같아서 조마조마하고, 다른 것을 들어보아도 망칠 것만 같다. 그러나 견지 형의 도움으로 무작정 그리기 시작하자 어느 순간이 지난 다음부터는 어떻게 그려야 좋을지 머릿속에 떠오르기 시작한다. 이처럼 어떤 식으로든 움직이기 시작해야 아무리 모호한 것이라 할지라도 조금씩 구체화되어 그 실체를 파악할 수 있게 된다. 초우는 작업실에 와서 그림을 그리며 미술이 자기가 하고 싶어 했던 일이라는 것을 깨닫는다. 모호한 자신의 생각을 '미술'이라는 행위를 통하여 구체화시킨 것이다.

이 작품에는 초우처럼 자신의 막연함을 미술이라는 구체적 행위를 통하여 해소한 것이 아니라 상황 때문에 어쩔 수 없이 할 수 있는 일을 찾아서 자신의 미래를 변경시킨 인물도 등장한다. 바로 '아운이'이다. 아운이는 원래 무용가가 되려 했으나 부상 때문에 더 이상 무용을 할 수 없게 되어 미술반으로 전향한 특이한 경우에 속한다. 그러나 아운이는 "첫 번째 가능성이 사라졌으니 두 번째로 온 거"라며 평생 그림을 그리고 살 수 있을 것 같다고 말한다. 낙심하지 않고 자신에게 온 두 번째 가능성을 잘 이끌기 위하여 자신에게 부족한 부분을 메우려 노력하는 아운이의 모습 또한 청소년들이 자신의 미래를 선택하기 위해 행하는 방법 중 하나이다.

초우나 아운이처럼 어떤 방식으로든 자신의 미래를 위해서 움직이는 아이들과 달리 어른들은 섣불리 자기 마음이 이끄는 대로 움직이려 하지 않는다. 아이들에 비하여 상대적으로 명확하지만 어른들 역시 자신의 미래에 대한 비전과 확신은 여전히 불투명한 상태이기 때문이다. 게다가 어른은 자신의 행동에 대한 책임을 져야 한다. 책임은 자기 자신에게만 국한된 것이 아니다. 자신과 연결된 많은 사람들이 자신의 결정과 행동에 따라 영향을 받기 때문에 어른들의 움직임은 운신의 폭이 좁은 만큼 조심스럽다. 그래서 어른의 삶은 아이보다 정체된 것으로 형상화된다.

"그걸 왜 못하니, 네가······."
"난 못해요, 그러니까 진작 다 그만두겠다고 했잖아!" (199쪽)

견지 형은 작업실의 중심에서 미술에 관한 질문에 대한 모든 대답을 다 알고 있는 것 같은 인물이다. 그러나 실제로는 자신의 상처도 치료하지 못한 아프고 지친 영혼일 뿐이다. 이러한 견지 형의 내면은 아이들을 가르치는 것이 버거워 더 이상 학생들을 받지 않는다거나 그림을 그리지 않는 것으로 형상화된다. 회가가 그림을 그리지 않는 것은 자신의 미래를 덮어버리는 행위이다. 자신의 상처도 치유하지 못하고 자신의 미래까지 덮어버리는 모습은 어른이라 할지라도 여전히 외부로부터 상처를 받으며, 그 상처를 치유하여 자신의 미래를 향해서 움직여야 하는 삶의 메커니즘 속에 여전히 속해 있음을 드러내는 것이다. 초우가 견지 형의 도움으로 작업을 시작했던 것처럼, 견지 형은 초우의 도움으로 자신의 의지대로 움직일 수 있게 된다. 작품의 결말에 이르러서야 견지 형은 작업실을 떠나고, 다시 그림을 그릴 수 있게 된다. 이것은 견지 형이 자기 자신을 위하여 행(行)하여 이룬 일종의 결과물이다.

평범한 사람의 볼품없는 인생이라도 행하지 않으면 이루어지는 것은 아무 것도 없다. 작가는 말한다. 원하는 것이 있다면 주저하지 말고 행(行)하라, 망쳐도 좋으니 원하는 일을 과감하게 시도해야 한다, 하고 말이다.

3. 견디기

'견디다'의 사전적 의미는 사람이나 생물이 어려운 환경에 굴복하거나 죽지 않고 계속 버티는 상태가 되는 것이다. 사람들이 '이번에는 어찌어찌 견뎠어'라고 후일담을 토로하는 것은 그들이

처했던 상황이 녹록치 않았음을 시사한다. 상황이 힘들었던 만큼 그것을 이겨낸 사람들의 기쁨은 말로 표현할 수 없을 것이다. 게다가 힘든 상황이 지난 후에 변화한 자신의 모습은 어느 누구도 예측할 수 없는 것, 즉 성장한 자신의 모습이 된다. 그러므로 '견디기'는 자신을 성장시키는데 반드시 필요한 요소라 할 수 있다.

이 작품의 주요 등장인물들은 입시를 앞둔 중·고등학생들이다. 지극히 평범한 학생인 이들의 삶은 의외로 매우 단조롭다. 아침에 일어나면 학교 가서 공부하고, 작업실에 들러 그림을 그리고 집에 돌아가는 것이 이들의 일상이다. 다람쥐 쳇바퀴 돌듯 반복되는 이들의 일상은 지극히 단조로운 만큼 정체되고 지루한 일상이기도 하다. 밤에 작업실에 남아서 작업을 계속 한다거나, 여름에 실시한 '백 장 프로젝트' 같은 것들은 단조로운 일상을 더욱 단조롭고 지루하게 만들어 이들을 더욱 힘들게 한다.

　　시간이 천천히 흐르고 있나보다. 아직 한 시였다. 견지 형이 빨리 왔으면 싶기도 하고 이대로 계속 여기 있었으면 싶기도 했다. 엄청 피곤한데 정신은 도리어 맑아졌다. 지금껏 찍은 사진을 죽 보았다. 천천히 진행되는 게 보인다. 운샘 지적이 무슨 뜻인지도 알겠다. (　　)
　　견지 형이 왔을 때는 눈이 아팠다. 손도 아팠다. 손목도 저렸다. 속도 좀 쓰린 거 같았다. (……)
　　내일 생각할래 난 오늘의 할 일을 다 해냈으니까. (108~110쪽)

밤의 작업실은 일과 중에 끝내야 할 작업을 제대로 끝내지 못한 사람들이 남아서 작업을 마저 끝내는 시간이다. 그러나 이미 하루 종일 작업을 했기 때문에 몸은 지칠 대로 지쳐 있으므로 쉬지 못하고 새벽까지 움직여야 하는 것은 그 자체로 고통의 시간이며 인내의 시간이 된다. 주인공 초우는 윤샘에게 성급하게 그림을 그린다고 지적을 받아 이십 분에 한 번씩 진척상황을 사진으로 찍어가며 그림을 완성시키는 과제를 받는다. 몸은 아프고, 지루하고, 작업에 진전이 없는, 매우 지루한 상황이다. 그러나 과제를 수행하며 찍은 사진을 돌려보면서 작업이 제대로 진행되고 있음을 확인하고 자신의 그림이 나아지는 모습을 보자 뿌듯함을 느낀다. 이러한 감정은 자신도 알지 못했던 자기의 문제를 찾아낸 것에 대한 기쁨과 힘든 시간을 잘 견뎌낸 것에 대한 대견함, 그리고 제시된 과제를 성공적으로 수행한 것에 대한 만족감 등으로 형성된 복합적인 감정이다. 작가는 하루하루를 충실하게 살아내면서 힘들고 지루한 일상을 견디는 법을 배우고, 견뎌내며 어려움을 극복하는 방법까지 터득하게 됨을 보여준다.

하지만 힘든 상황을 견뎌내는 일상이 항상 성공적인 것은 아니다. 최선을 다했지만 그에 상응하는 결과가 없다면 오히려 이전보다 더 암담해진다. '백 장 프로젝트'가 바로 그런 예이다. 각자 한 가지 주제를 정하고, 그 주제를 각각 다르게 백 장씩 그리는 작업은 결코 만만한 것이 아니다. 초우는 '그림자'를 주제로 하여 백 장의 그림을 그리려 시도했으나 실패한다.

> 나는 결국 백 장을 채우진 못했다. 오십 장째부터는 집중력도 떨어지고 재미도 없어져서 억지로 칠십칠 장을 만들었다. 77, 하면 그나마 그럴듯해 보이니까. (……)
> 내 그림이 제일 초라했다. 어둡고 칙칙하고 뭐가 뭔지도 모르겠는 그림들. 형상도 없고 의미도 재미도 없는 그림들. 지난 몇 달간 뭘 한 걸까, 제자리걸음만 하고 있었나. (156쪽)

그림을 그리는 것은 지극히 개인적인 작업이다. 피사체를 선택하고, 관찰하고, 표현한다. 이것은 오롯이 자기만의 것이다. 그림을 그리는 작업이 개인적인 것이듯, 그림을 그리는 시간 역시 지극히 개인적인 시간이 된다. 그렇다면 백 장 프로젝트를 수행하는 시간은 모두 '나'를 위한 시간이 된다. '나'를 위하여 몇 달 동안 그림에 집중했으나 눈에 띄는 성과를 얻지 못하자 자신에 대한 실망감과 패배감이 가득 찼음을 예문을 통하여 확인할 수 있다. 견디는 것이 항상 성공하는 것은 아니며, 모든 문제를 해결해주는 것 역시 아니다. 그러나 우리의 일상은 성공과 실패가 반복되는 것이므로, 당장 힘들고 어려운 상황이라 하여 손쉽게 포기해서는 안 된다. 성공했다고 하여 너무 자만해서도 안 되며, 실패했다고 할지라도 절망감에 빠져 있을 필요는 없다. 그저 당면한 문제를 포기하지 않고 묵묵히 수행해야 한다.

초우의 '견딤'이 '실력 향상'과 같은 외적 영역에 집중하였다면 이환의 '견딤'은 자신의 복잡한 내면을 조율하는 것 같은 내적 영역에 초점을 둔다. 이환은 고 삼이지만 늘 실실거리고 돌아다녀서 철딱서니 없는 사람으로 묘사된다. 그러나 이환의 경우, 부모님의 이혼과 재혼으로 인한 신산한 가족사 때문에 내면에 깊은 상처를 지니고 있다. 패싸움이나 가출 같은 돌출행동은 모두 그의 내적 상처에서 기인한 것이다.

"나는, 내가 뭐 대단한 거 하는 줄 알았거든. 근데 알고 보니까 그냥 엄마 아빠한테 짜증내고, 관심 받으려고 별짓 다 하는 애였던 거지. 그래놓고서 견지 형한테 큰소리나 치고. 내가 뭐 엄청 잘난 것처럼." (……)

그러니까…… 내 안에 양철 상자 같은 게 있어. 정육면체, 실버 그레이. 하하. 너무 구체적인가? 어쨌든 그런 게 있어. 나는 거기에다가 내가 받아들일 수 없는 것들, 받아들이고 싶지 않은 것들…… 잊고 싶은 것들을 넣어두거든. 날카로운 것들. 그대로 두면 내 속이 막 피투성이가 될 것 같은 것들을 넣어둔단 말이야. 근데 그게 용량이 얼마나 될까? 응? 나는 그걸 언젠가는 버릴 수 있을 거라고…… 지금 이 순간이 지나면 자연스레 비워질 수도 있을 거라고 생각하면서 버티고 있는 건데, 그런 날이 올까? (219~220쪽)

예문에서 알 수 있듯이, 이환은 자신의 상처를 치유하는 방법을 알지 못한다. 부모님의 이혼을 '받아들일 수 없으며', 아버지의 재혼도 '받아들일 수 없다.' 게다가 엄마의 삶 역시 '받아들이고 싶지 않은 것'이다. 이환에게는 부모의 이혼과 재혼을 결정할 권리가 없다. 그러나 그 사실을 받아들이고 인정하는 것은 이환 자신의 몫이다. 그래서 시간이 지나서 자기 마음이 편안해지기를 기다리지만, 언제 올지 알 수는 없다. 자신이 스스로 인정할 수 있을 때까지 '견뎌내야' 하는 것이다. 작품 속에서 이환은 원하는 대학에 진학한다. 그러나 그가 '실버 그레이 양철 상자'를 비워냈는가에 대해서는 작품에 언급되지 않는다. 이환의 신분이 바뀌었으므로 이환의 내면도 바뀌어 날카로운 감정을 털어냈기를 바랄 뿐이다.

견뎌낸다는 것은 어두컴컴한 터널 속에서 멀리 조그맣게 보이는 출구를 바라보며 길고 긴 터널을 더듬거리며 통과하는 것에 비유할 수 있다. 어두컴컴한 터널을 통과할 수도, 그렇지 못할 수도 있다. 또, 통과한 이후에 보이는 광경이 기대했던 것만큼 훌륭하지 않을 수도 있다. 그러나 견뎌내야만 터널 너머의 정경을 알 수 있기 때문에 힘들어도 포기해서는 안 된다고, 작가는 말한다. '견디기' 이것이 바로 작가가 말하는 두 번째 잠언이다.

4. 바라보기, 그리고 깨닫기

『오늘의 할 일 작업실』이 말하는 세 번째 잠언은 '바라보기'이다. 자신의 모습을 대면하여 정확하게 파악해야 한다는 의미이다. 작품 속에서 견지 형은 초우에게 "자기만의 답을 찾으려면 자기 자신에게 정직해야 해."라고 말한다. '자기만의 답'이란 그림에 대한 답일 수도, 확대하면 자신의 인생에 대한 답일 수도 있다. 인생이나 그림, 무엇이 되었던 부족한 부분을 정확하게 알기 위하여 자신의 모습을 대면하는 것은 자신을 파악하기 위해서 반드시 행해야 하는 필연적인 과제가 된다. 그런데 자신의 모습을 대면하는 것은 거울을 보고 얼굴에 묻은 것은 없는지 확인하는 것처럼 손쉽지 않다. 얼굴에 묻은 이물질은 간단하게 떼어낼 수 있지만, 부족한 자신의 모습을 직접 확인하는 것은 그 모습을 바라보는 것만으로도 마음이 아파서 제대로 쳐다보지도 못하기 때문이다.

이 작품의 등장인물들은 모두 마음속에 공통의 상처를 지니고 있다. '건우'의 죽음이 바로 그것이다. 건우가 죽던 날 함께 있었던 아이들, 아이들의 습격을 막지 않은 견지 형, 아이가 한밤중에 나가는 것을 막지 않은 초우의 아빠, 그리고 건우가 화실에 다니는 것을 알고 있던 초우까지. 이들은 모두 건우의 죽음에 대해 일종의 부채의식을 지니고 있다. 특히 초우의 경우, 건우의 죽음과 직접적 관련이 없음에도 불구하고 건우의 죽음에 대해 누군가에게 끊임없이 용서를 구한다.

"김초우, 그건 네 잘못이 아니야."
내 말을 끊고 묘은 언니가 말했다. 말문이 막혔다. 안다. 나도 내 잘못이 아니라는 걸 안다. 그런데도 왜 잘못한 것 같을까. 누군가에게 용서받아야만 할 것 같은 기분은 없앨 수가 없다. 스스로가 뻔뻔스럽게 여겨지고 아무것도 해서는 안 될 것 같은 이런 기분은, 그리고 누군가를 탓하고 원망하고 싶은 마음은. (242쪽)

묘은 언니가 초우에게 "네 잘못이 아니야."라고 한 말은 일종의 고해성사와 같다. 이 작품에서는 서로가 서로에게 '네 잘못이 아니야.'라는 고해성사를 베푼다. 묘은은 초우에게, 초우는 경하에게, 큰엄마는 초우에게, 초우는 견지에게 서로 보이지 않는 상처를 쓰다듬으며 '괜찮다'고 위로한다. 이들은 모두 건우의 죽음 때문에 상처 입은 사람들이다. 건우의 죽음은 그 자체로 모두에게 상처가 되었을 뿐만 아니라 보기 싫은 자신들의 모습을 들추어낸다. 그러니 이들은 '고해성사'를 통하여 상처를 치유하고 보다 성숙한 모습으로 거듭난다.

특히 이 작품에서 건우와 초우는 각각 '빛'과 '그림자'로 형상화된다. 빛과 그림자는 건우와 초우가 각각 백 장 프로젝트에서 선택했던 주제이다. 빛이 없으면 그림자도 없다. 빛과 그림자가 모두 있어야 사물의 실체를 파악할 수 있듯이 건우와 초우는 작품 속에서 '빛'과 '그림자'로 작용하여 자신과 주변 사람들의 모습을 디테일하게 들여다보도록 만든다.

> 거울 앞에 가까이 가 앉았다. 바닥은 더럽고 차가웠지만 상관없었다. 나는 나를 바라보았다. 내 얼굴을 이렇게 오랫동안 바라본 것은 처음이었다. 이해할 수 없는 표정과 눈빛. 이제껏 내가 본 사람들 가운데 가장, 아니 모든 사물 가운데 가장 이해할 수 없는 얼굴이었다. (……)
> 많은 화가들이 자신의 얼굴을 그린 것은 스스로가 자랑스럽고 사랑스러워서만은 아니었을 것이다. 이해할 수 없는 것을 그림으로써 이해하고, 안다고 생각했던 것을 그릴 때 몰랐음을 깨닫게 된다. 나는 나를 모른다. 몰라서 말을 할 수도 없었다. (248~250쪽)

위 인용문에서, 거울에 비친 자신의 모습은 이해할 수 없는 표정을 지녔다. 자신을 이해한다는 것은 무얼까. 자신의 모습을 알고, 인정하고, 돌보는 것이 곧 자신을 이해하는 길일 것이다. 이 작품의 주인공 초우의 보기 싫은 모습은 '원죄의식'에서 비롯된 것이다. 건우의 죽음에 대한 동반 책임, 다른 사람들에 대한 미안함 등이 '이해할 수 없는 모습'으로 형상화된다. 구체적인 잘못은 없으나 자신이 죄를 지었다고 느끼는 것—이것은 일종의 '원죄의식'에 해당한다. 자신이 어떤 대상에 대해 명확한 잘못을 저지른 것이 아니므로 실제로 용서를 구해야 하는 대상도 없다. 그럼에도 불구하고 초우는 매사를 건우의 죽음과 관련지으며 조심스런 태도로 행동하고 자신의 모습을 똑바로 바라보지 않으려 한다. 그러나 자기가 스스로를 인정하고 이해하는 것만이 자신을 구원할 수 있으므로, 초우는 자신의 모습을 그리고, 또 그리는 행위를 통하여 이해할 수 없는 자신의 내면을 이해하려고 노력한다. 이것은 자신을 마주하고 깨닫기 위하여 반드시 필요한 과정이며, 이것 역시 자기 자신에게 베푸는 '고해성사'가 된다. 이러한 과정을 지나면 등장인물들은 일종의 깨달음을 얻는다. 이해할 수 없던 것을 이해하게 되고, 알지 못하던 모습을 알게 되면서 그 결과로 얻게 된 깨달음이다. 고통을 참으며 나를 알아가는 것, 그것은 등장인물을 성장시키는 일종의 통과제의와 같다. '행하기, 견디기, 바라보기'의 과정을 통하여 '깨달음'을 얻는 것, 그것이 바로 이 작품이 말하는 성장의 방식이다.

5. 다시, '오늘의 할 일'

'행하기, 견디기, 바라보기, 깨닫기'의 과정을 다 겪었다 하더라도 인물들이 큰 성장을 이룬 것은 아니다. 단지 성장의 한 사이

클(cycle)을 순환했을 뿐이다. 성장은 태어나서 죽는 날까지 진행되는 것이므로 우리들은 평생 동안 셀 수 없이 많은 성장의 메커니즘을 겪는다. 분명한 점은 고난의 순간에 좌절하지 말아야 하며, 힘든 시간들을 자신이 해야만 하는 오늘의 할 일을 수행하며 성실하게 임해야 한다는 점이다. 밥 먹기, 운동하기, 학교 가기, 공부하기와 같이 하루하루 해당하는 작업들을 성실하게 하는 것이 막막한 자신의 앞길을 명료하게 해준다. 성실하게 살아온 시간들이 촘촘하게 성장의 메커니즘을 채우며, 자신들의 시간 더 나아가 자신의 인생을 튼튼하게 세운다. 원하는 것이 있다면 겁내지 말고 행해야 한다. 행하지 않는다면 얻을 수 있는 것이 없다. 힘들고 괴로운 순간이 닥치더라도 포기해서는 안 된다. 괴로운 순간이 다 지나야만 비로소 자신의 모습을 제대로 볼 수 있기 때문이다. 내가 누구인지, 무엇을 원하는지, 무엇을 잘 하는지 알기 위해서는 나 자신과 대면하여 직접 알아봐야 한다. 그리하여 성장의 메커니즘을 돌아 자신의 모습을 확인하고, 다시 확인하는 과정을 통하여 내 모습은 보다 구체화되며 나의 앞길 역시 명료해진다. 하루하루를 성실하게 살아내어 나를 촘촘히 채우는 것, 그래서 알 수 없는 나 자신을 알아가는 작업—그것이 작가가 말하는 '오늘의 할 일'이다.

작가의 말

그림 그리는 아이들에 대해 써보고 싶다고 생각한 것은 몇 해 전 영국에서 그림을 배우고 있던 중의 일이다.

나는 주변 사람들을 이야기 속에 집어넣는 일을 꺼려왔다. 예전에는 아는 사람을 연상시키는 이름도 쓰지 않았다. 그 사람의 이미지가 투영될까봐 두려웠기 때문이다. 그게 왜 두려운 일인지는 설명할 수 없지만, 어쨌든 기분이 그랬다. 타인에게서 쓰고 싶은 자극을 받는 일은 좀처럼 없었다. 일부러 피했다. 그랬던 만큼 이 이야기를 시작한 순간은 특별했다.

써봐야겠다, 라고 생각한 순간이 기억난다. 한국에서 대학을 다니다가 다시 코스에 들어온 유학생이 있었는데 대학을 다니며 굳어진 그림체를 바꾸기가 쉽지 않아 힘들어 했었다. 몇 번이나 선생들에게서 지적을 받고, 새로 프로젝트를 시작하면서도 같은 일이 반복될까 고민하던 모습을 보았을 때, 그림을 그린다는 것이, 얼마나 진지할 수 있는가를 생각했다.

무엇인가에 대해 진지해진다는 것. 내가 뭘 원하는지 안다는 것.

나는 이 이야기가 욕망에 대한 것이 될 것이라고 생각했다. 하지만 언제나 그렇듯 이야기는 미끄러운 비늘을 가진 물고기처럼 내 손을 빠져나가, 무엇이라 한마디로 말할 수 없는 것이 된다.

계림이 말한 도예과의 이야기는 데이비드 베일즈의 책 『예술가여 무엇이 두려운가』에 나온 에피소드이다. 묘은이 들려준 높은 탑을 올라가는 남자의 이야기는 테드 창의 단편 「바빌론의 탑」이고, 인용된 구절 또한 이 단편 속에 나온다.

'그림은 완성되는 것이 아니라 단지 흥미로운 지점에서 멈추는 것'이라는 말은 폴 가드너의 말이고, '그림을 끝내기 위해서는 항상 조금 망쳐야 한다'는 외젠 들라크루아의 말이다. 리스본으로 떠난 그림 여행 때 우리 그룹을 이끈 선생이었던 크리스가 나눠준 종이에 적혀 있었다.

리스본의 어느 가파른 골목 위쪽에 나타난 성당. 로마시대의 유적 위에 세워진 것이 뒤늦게 밝혀진 탓에 성당 한쪽은 유적 발

굴지였다. 네모나게 둘러싸인 낮은 벽 안쪽은 폐허로 남은 유적이고, 그 위의 유리창으로 빛이 쏟아져 들어왔다. 우리는 그곳에 머물러 그림을 그렸다.

갑자기, 성당 안쪽에서 청아한 합창소리가 들려왔다. 성가복을 차려입은 것도 아니고 청바지에 티셔츠, 편안한 옷차림을 한 사람들이 서서 성가연습을 하고 있었다. 맑고 또렷한 화음. 아름다웠다. 어두운 성당의 회랑을 지나 무거운 나무문을 밀어 열고 나올 때까지 몇 번이나 돌아보았다.

그때 참 행복했다. 행복했다고, 거리낌 없이 말할 수 있는 몇 안 되는 시기 중 하나였다. 한 순간도 스케치북을 놓지 않는 내게 크리스는 그림 그리는 병에 걸린 거냐고 웃음 섞인 질문을 했다.

나는 그 순간들을 너무나 사랑했지만 지금 생각하면 역시 너무 조급했었나 싶기도 하다. 좀 더 머물렀어야 했는데. 그림조차 그리지 말고 조금 더, 들여다보아야 했는데. 하지만 나는 나를 밀어붙이는, 내게로 쏟아져 내리는 것들을 감당하지 못했을 것이다. 압도되었을 것이다. 울음을 터뜨리고 절망했을 것이다. 그릴 수 있었기에, 글로 썼기에 나는 받아들일 수 있었다.

글은, 그림은 내 한계이자 발을 집아끄는 족쇄였지만 동시에 방패막이이자 의지할 기둥이기도 했다.

지금은 거의 그림을 그리지 않는다. 한 자리에 미무를 여유가 없기 때문일 것이다. 몸은 머물러도 마음은 늘 있으면 좋을 곳에 있지 않는다. 하지만 책상 옆 먼지 쌓인 포트폴리오 상자 안에, 책장에 꽂힌 스케치북들 안에 담겨진 것들을 생각할 때면 가난하지 않다는 생각이 든다.

다시 그림을 그리고 싶다. 선을 긋고 색을 칠하고 싶다. 뜻한 대로 되지 않아 답답하고 뭘 그리고 싶은지도 몰라 막막할 것을 알면서도 그려나가고 싶은 것이다. 어쩌면 이렇게 원하는 것이 있다는 것이, 원한다는 것을 알고 있다는 사실이 그 시절에 내가 얻은 가장 깊은 힘의 원천일지도 모른다. 그 힘을 가지고 이 책을 썼다. 이 이야기를 읽는 누군가도, 그러한 것을 발견했으면 좋겠다.

2011년 봄

김혜진

오늘의 할 일 작업실

© 김혜진, 2011

1판 1쇄 인쇄 | 2011년 5월 20일
1판 4쇄 발행 | 2022년 7월 4일

지은이 | 김혜진
펴낸이 | 정은영

펴낸곳 | (주)자음과모음
출판등록 | 2001년 11월 28일 제2001-000259호
주   소 | 10881 경기도 파주시 회동길 325-20
전   화 | 편집부 (02)324-2347, 경영지원부 (02)325-6047
팩   스 | 편집부 (02)324-2348, 경영지원부 (02)2648-1311
E-mail | jamoteen@jamobook.com

ISBN 978-89-544-2654-1 (43810)

잘못된 책은 교환해드립니다.
저자와의 협의하에 인지는 붙이지 않습니다.